心眼

SHINGAN

AIBA HIDEO

相場英雄

実業之日本社

目次

装丁　岡 孝治
写真　Richard I'Anson/
GettyImages.com

心眼

第一章　定点

1

違う、違う、違う……。

片桐文雄《かたぎりふみお》は白い不織布《ふしょくふ》マスクの下でなんども呟《つぶや》いた。

正月休みが終わり、多くの勤め人や学生たちが通常生活に戻った。歌舞伎町《かぶきちょう》一番街の西側には私鉄の終着駅があり、新宿《しんじゅく》の中心部や地下鉄の乗り換えに向かう多くの人がアーチの真ん前にある横断歩道を渡っていく。

一方、新宿の商業地から私鉄駅に向かう者、そして一年中眠らないと称される歌舞伎町に吸い込まれていく人間も多い。

違う、違う、違う……。

片桐と同様、ほとんどの通行人がマスクで口元を覆っている。新型コロナの世界的な蔓延《まんえん》から三年目に入っても高名な医者や疫学専門家が着用を推奨し、ほとんどの国民が従っている。白や黒のマスクのせいで通行人の表情が読めない。おまけにマスクでメガネを曇らせた人もいる。

別人、別人、別人……。

頭の中にインプットした顔写真と目の前を早足で通り過ぎる人々を見比べるが、該当者は一人もいない。新たな職場で六〇〇名分の顔写真を手渡され、目元を注視して仕事に臨めと指示されたが、初めて立つ現場では戸惑うばかりだ。

歌舞伎町エリアをゆっくりと歩き回り、片桐は一番街の巨大アーチ脇にあるチェーンのコーヒーショップに立ち寄った。

厚手の紙コップを通して、テイクアウトしたコーヒーの温《ぬく》もりが掌《てのひら》全体に伝わってきた。片桐は、ガラス窓越しに店内を見渡した。歌舞伎町一番街の大きなアーチの真下にいると、通りを吹き抜けるからっ風が頬を切るように冷たい。店の中から通りを監視することは可能だが、万が一の事態が起きたときに反応が遅れてしまう。

紙コップの蓋を開け、一口、濃い目のブレンドを喉に流し込む。この場所に立ち始めて一時間が経過した。足元のアスファルトから冷気がデニムをつたって体を這《は》い上がる。肩から首にかけて筋肉が強張《こわば》っていた。片桐はもう一口、ゆっくりとコーヒーを喉に流し込み、冷気を脚の先に追いやろうと努めた。

他人、他人、他人……。

定点観察を始めてから既に一〇〇〇人以上が目の前を通過した。しかし、リストアップされた人物は誰一人目の前を通らない。

コーヒーの温もりを逃さぬように、ダウンジャケットのジッパーを襟元まで引き上げたとき、両耳に挿したワイヤレスイヤホンが警報音を鳴らした。左手でイヤホンの通話ボタンを押した途端、くぐもった声が響く。

〈いたぞ、西田健一《にしだけんいち》だ〉

声の主は二期先輩の平野司《ひらのつかさ》巡査部長だ。片桐は紙コップを路上に置くと、ショルダーバッグからシステム手帳を引っ張り出し、慌ててページをめくった。五十音のナ行の欄に、西田の顔写真を見つけた。片桐は写真を凝視する。

西田は太い眉、二重瞼《まぶた》が特徴的で、髭《ひげ》の剃《そ》り跡が青々と濃い四五歳の男だ。顔写真下のメモに目をやった。甲府市内中心部のマンションの一室に押し入り、居合わせた主婦を乱打した上に、現金五万円を奪って逃走した凶悪犯だ。主婦は肋骨《ろっこつ》と右腕の骨を折り、全治三カ月の重傷を負った。西田に対しては強盗致傷容疑で二カ月前に山梨県警が全国指名手配をかけた。

「場所はどこですか？」

〈さくら通り、二四時間営業のゲーセン。すぐに来てくれ〉

「了解」

紙コップの中にはまだ半分以上コーヒーが残っていたが、店に入るとレジカウンターの店員に始末してくれと伝えた。

「なにか不手際でも？」

訝《いぶか》しがる店員に首を振り、慌てて店の外に出た。私鉄駅に急行電車が停車したのかもしれない。

先ほどより周囲の人通りが多くなっていた。

混み合う靖国《やすくに》通り沿いの歩道を東の方向に駆ける。

歌舞伎町には西側にある一番街のほか、巨大映画館とホテルに通じるセントラルロード、猥雑《わいざつ》な飲食店や風俗店が軒を連ねるさくら通りと東通り、そして歌舞伎町と大久保《おおくぼ》を縦につなぐ区役所通りがある。

西田は真ん中のさくら通り、不特定多数の人間が集まるゲームセンターに身を隠している。事件後、西田はどんな逃走経路をたどり、甲府から新宿に流れ着いたのか。なんども通行人と肩をぶつけながら、片桐は考えた。

失業中で金に困っていたという西田は、犯行現場から友人に借りた軽自動車に乗り、甲府駅にたどり着き、中央本線に乗ったところで後足《うしろあし》が消えていた。身を隠すには、全国から多くの観光客が訪れる、歌舞伎町が適当と判断したのだろう。

今回の仕事では、片桐が路上で行き交う人々を監視し続け、コンビで指導役の平野は飲食店やカラオケボックスを丹念に当たる役割分担をした。平野は一年半の経験から、指名手配犯の居場所を的確に見つけたのだ。

片桐は靖国通り沿いの歩道を、通行人を避けながら駆け、さくら通りに入った。車一台がようやく通れるほどの狭い通りの入り口には、牛タン屋、その向かいには風俗案内所がある。

牛タン屋の前を通り過ぎると、何色もパステルカラーを塗り重ねたゲームセンターの看板が目に入った。

革ジャンを羽織った平野が看板の真下にいた。平野はクレーンゲームに興じるふりをしながら、内部を凝視している。片桐は待ち合わせを装い、平野の横についた。

「どこですか？」

片桐が尋ねると、平野がクレーンの下にあるぬいぐるみに視線を固定させたまま言った。

「右側、二時の方向。格闘ゲームだ」

「見てきます」

「づかれるなよ」

「了解」

片桐はデニムの尻ポケットから財布を抜き、一〇〇〇円を取り出した。ゆっくりとした足取りでコイン販売機の前へ進む。途中、目線だけを動かし、ゲーム中の男を見た。

濃い眉毛にくっきりした二重瞼。マスクを着けてはいるが、たしかに西田だ。片桐はコインを買ったあと再び西田の横顔をチェックした。手配写真と同一人物だ。西田の顔を二度目に見たとき、心拍数が突然上がった。

〈何カ月、いや半年や一年、獲物にありつけない期間がある。だが、見つけた瞬間、全身の血流が逆流するような感覚を味わう〉

転属直後、片桐と入れ替わりで定年退職したベテラン警部が言った。西田の横顔を垣間見《かいまみ》た瞬間、言葉の意味が理解できた。

言い様のない興奮で血圧が上がるが、懸命に気持ちを抑え込む。看板下のクレーンゲーム機に戻ろうとしたとき、平野が手サインで止まれと指示した。左目で確認すると西田はゲーム機の前にいて、画面に集中している。こちら側の気配は察知されていない。

片桐の顔を凝視したあと、平野が小走りで西田の背後に回った。この瞬間、片桐は他の客の様子を確認した。西田の両脇の席は空いている。一番近くで太鼓のゲームに興じる若いカップルとの間は五メートル以上離れている。

片桐は密《ひそ》かに唾を飲み込んだ。万が一、西田に暴れられたらどうするか。襷掛《たすきが》けにしたショルダーバッグの中に手を入れ、特殊警棒があることを確認した。同時に手配書にあった強盗致傷事件の概要を思い起こす。マンションに一人で在宅していた主婦を襲い、現金を奪って逃走した粗暴犯の典型例だ。

七年前の奉職後、交番で警ら中に遭遇した被疑者らの顔が頭をよぎり、掌に汗が滲《にじ》む。今の段階で所轄署に応援要請をかけた方がよいのではないか。いや、応援がたどり着く前に西田に逃げられては元も子もない。まして、他の客を人質に立てこもりでも起こされたら……様々な考えが頭の中に渦巻く。

傍らの平野に目をやる。平野は目線で行くぞと合図した直後、西田の肩を叩《たた》いた。

「どう、勝ってる?」

ゲーム好きの仲間が気軽に声をかけたといった具合だった。西田が怪訝《けげん》な顔で振り向いた。指名手配犯は平野、そして片桐の順に顔を見た。

「なんか用?」

「警察だ。わかっているよな」

平野が身分証を提示した瞬間、片桐は一歩踏み出して西田の真横に付いた。右手がバッグの中の特殊警棒に触れる。依然として西田があっけにとられたような顔つきをしている。油断するな。暴れれば警棒で応戦する。西田の顔を睨《にら》みつけ、片桐は肩に力を入れた。次の瞬間、西田が腰を浮かせたが、片桐は両肩をつかんだ。

「はぁぁ……」

観念したのか、西田が深い溜息《ためいき》を吐《つ》いた。

「山梨県警から指名手配されている。たった今、午前八時一一分、おまえを通常逮捕する」

平野が時刻を告げ、西田の両手首に手錠をかけた。片桐は手早く腰紐《こしひも》を伸ばし、西田の胴に巻いた。

「新宿署に連絡しろ」

平野の声が少しだけ上ずっていた。

「了解」

片桐はダウンジャケットからスマホを取り出し、メモリから担当部署の直通番号をタップした。

2

西田を逮捕した日の夕方、警視庁本部五階の捜査共助課に山梨県警本部捜査一課の警部と警部補のコンビが顔を出した。課長のほか、平野や片桐になんども頭を下げて帰っていった。西田は取調室から県警の捜査車両に移され、首都高と中央道を経て地元に戻った。

「山梨県警から感謝状出るな」

二人の刑事を見送ったあと、平野が満面の笑みで言った。

「お手柄でした」

初めての現場で指名手配犯の検挙に立ち会うことができたのだ。平野のおかげで幸先がよかった。

「わずかだけど金一封も出るさ。軽く一杯行くか」

「ご相伴《しょうばん》にあずかります」

金一封といっても、警察内部の報奨金はせいぜいで一〇〇〇～二〇〇〇円だ。要は気持ちの問題で、平野は祝杯をあげたくて仕方がないのだ。

所轄署時代に職務質問で薬物犯や盗犯を何人も検挙したが、片桐が受け取ったのはそれぞれ五〇〇円、一〇〇〇円レベルにとどまった。報奨金を釣り上げると行きすぎた検挙事例が続出する。税金面でも問題が生じるとの懸念から、実績が上がっても報奨金は小学生のお年玉レベルに抑制されているのだ。

「これでノルマはなんとかなりそうだ」

平野が言った。金一封と飲み会よりも、平野が発した言葉に重みがあった。

〈個人実績等評価表〉

全国の警察官は、ポイント制で各々の仕事を厳密に評価される。片桐自身、評価表を目にしたことはないが、所轄署時代の上司がその存在を明かしてくれた。

〈無から有の職質検挙五〇点〉

〈重要犯罪検挙八〇点〉

交番勤務の警ら担当巡査から現場の幹部警官に至るまで、日々の検挙事例について、罪状の軽い重いに応じてポイントが付与される仕組みだ。自ら積極的にポイントを取りにいかない警官に対しては、無能を意味するゴンゾウのレッテルが貼られる。

隣席で平野が小型のシステム手帳を取り出した。運転免許証に添付された顔写真と同じサイズのリフィルが詰め込まれている。

それぞれの小さなマスには指名手配犯の正面、左右の横顔の写真が入れてある。平野は鼻歌混じりに西田の写真三枚を取り外した。

「これで五〇点ゲットだぜ」

平野が口元に笑みをたたえ、西田の写真をデスク脇のゴミ箱に放り込んだ。平野の弾んだ声を聞く一方、片桐は気分が沈んでいく。

平野が手配犯を検挙したのは二カ月ぶりだという。獲物に恵まれない間、平野は己《おのれ》の能力の限界を感じ、また動体視力が落ちてしまったとの不安に苛《さいな》まれ続けたという。

ここだと決めた街や駅、歓楽街の雑踏に身を投じても、全国に六〇〇名いる指名手配犯が確実に現れるという保証は一つもない。

明日から片桐も一人で街頭に立つ。初日で検挙の場面に立ち会ったことで運を使い果たしてしまったのではないかと心配になる。

片桐は捜査共助課の奥にある専用端末に足を向けた。平野に教わった通り全国指名手配犯を登録した警察庁のシステムにアクセスする。

〈警察庁指定重要指名手配被疑者〉

六名の男性の顔写真が並んでいる。いずれも事件発生から数年が経過し、被疑者の身柄確保には至っていない。懸賞金をかけられた被疑者もいる。マウスをクリックしてページを繰る。山梨県警のページを探し、西田の顔写真を見つけた。編集用の欄に行き着く。

〈警視庁見当たり捜査班が逮捕〉

片桐がコメントを入力してエンターキーを押すと画面が更新され、西田の顔写真に赤い斜線が入った。これで全国都道府県警察本部に所属する見当たり捜査員の記憶対象から西田のデータが抜け落ちる。

一カ月前、人員補充の形で片桐は念願の本部勤務となった。所属は刑事部の捜査共助課だ。街頭に立ち、指名手配犯を見つけ出す、通称「見当たり捜査班」の一員となった。

見当たり捜査の発祥は一九七八年大阪府警とされる。沖縄から逃走した容疑者を西成《にしなり》のあいりん地区で検挙したことをきっかけに、府警が専門部署を創設した。府警が着実に検挙者を増やすのをみて、警視庁は二〇〇一年から、他の県警本部も専門の部署を立ち上げた。

片桐は自席に戻り、ブックエンドの前に置いた組織表のコピーに目をやった。

警視庁本部は日本で一番規模の大きな地方警察だ。刑事部には捜査一課から三課、鑑識課等々の名前が並び、最後に捜査共助課の欄がある。

片桐は一課の欄を睨み、両手で頬を叩いた。

Cランクの私大を七年前に卒業し、半年間の警察学校生活を経て、城北エリアの所轄署に配置された。交番勤務と地域課を経て、今度は城東の所轄署地域課、三つ目の所轄署で念願の刑事課に配属された。現在二九歳、警察学校の同期の中で本部勤務は早い方だ。

片桐は交番時代から積極的に職務質問を実施した。自転車盗難などで頻繁に所轄署に連絡を入れることで、やる気のある若手とみなしてもらえるよう努力した。職質では相手に怒鳴られ、署に苦情を入れられたことも度々だったが、回数をこなすことで勘所《かんどころ》がわかってきた。

最初の交番勤務になってから半年程度経過したとき、最寄《もよ》り駅の改札に立っていると、職質すべき人物がわかるようになった。

私鉄の準急が停車する中規模駅だったが、一日に一〇万人近くの利用者がいた。改札近くに立つと、制服姿の片桐を見て急に目線を逸《そ》らす者が一定数いることに気づいた。その動きを見逃さず、丁寧な言葉で声をかける。苛立《いらだ》つ相手を交番に連れて行き、荷物検査を要請する。この段階で渋る対象者は大概違法薬物や麻薬、あるいは銃刀法で禁じられた刃物などを所持していた。

また、改札口で待機していると、女性の臀部《でんぶ》に視線を固定させたまま移動する男性客もいた。数日間張っているうち、生活安全課の担当捜査員に情報を上げる程度までリストが集まった。片桐の情報で三名の痴漢常習者が検挙された。

個人実績等評価表には、他の同期よりも多く加点された自負があった。制服の交番勤務から私服の刑事課勤務までは三年半と比較的早く異動することができた。

この後、管轄で発生した強盗致傷事件でいち早く臨場し、被害者の名刺入れを拾った。慎重に中身を取り出し、一番上にあった名刺の名前、住所、連絡先をスマホで撮影し、駆けつけた機動捜査隊の警部補に伝えた。

これを契機に機捜が犯人の立ち回り先を見つけ、早期検挙につながった。この一件からほどなくして署長から本部勤務を打診されたのだ。その直後、昔見た映画のワンシーンが脳内で再生された。モノクロの邦画で、定年間際の北海道の刑事が真犯人を追跡し、日本中を旅する内容だった。小さな証拠を集め、徹底的に証言を聞く。老俳優が演じた地道な刑事像が憧れとなった。

所轄署時代の実績からすれば、一課に行けるかもしれないと思った矢先、正式に異動先が決まった。しかし念願の一課ではなく、欠員が出た見当たり捜査班だった。在籍五名の二班のチームに加えられた。

片桐は眼前の組織表に視線を戻した。警視庁の捜査共助課は全国指名手配担当・他道府県警察との協力事務が主任務となる。

第一捜査共助手配係が課内の庶務や指名手配の連絡調整を担い、第二捜査共助捜査共助係が実際の指名手配被疑者の追跡捜査を行なう。

係長の川勝賢治《かわかつけんじ》警部を筆頭に、一から三班まで計一五名の所帯だ。

片桐のほかには、先輩で一緒に歌舞伎町の街頭に立った同じ階級の巡査部長平野、そして女性巡査部長の小出克恵《こいでかつえ》、佐々木睦美《ささきむつみ》がいる。

目下、二人の女性捜査員はそれぞれ渋谷《しぶや》と上野《うえの》で見当たり中とホワイトボートに加えられていた。片桐がダウンジャケットにデニムという出で立《た》ちなのと同様、小出、佐々木もカジュアルな服装で勤務に当たる。警官然としたジャケットやスーツだと街の中で目立ってしまうからだ。二人の先輩も成果をあげ、意気揚々と本部に戻ってくるのか。

一方、一人だけ予定が書かれていない欄がある。稲本邦明《いなもとくにあき》警部補で、二班を束ねる立場だ。片桐が配属されて一カ月経過したが、名前だけで実際に顔を合わせたことは一度もない。

「稲本警部補《しゅにん》には一度も会っていません」

片桐が尋ねた途端、平野が顔をしかめた。

「あの人は特別だからな。元々は一課にいた」

「どう特別なんですか？　なぜ一課からこちらに？」

片桐が身を乗り出すと、平野が面倒臭そうに言った。

「おまえはまだ知らなくていいよ」

平野が吐き捨てるように告げたとき、片桐は唐突に背後から肩を叩かれた。

「どうだった、検挙の現場は？」

「血が逆流するような感覚がありました」

片桐が言うと、川勝が満足げに頷《うなず》いた。

「それでいい。手配犯が目の前に現れて興奮しない見当たり刑事はいない。いや、興奮しないような奴《やつ》はこの仕事に向いていない」

「はい」

「地道な努力が結果につながる。期待しているぞ」

「あの、係長……」

片桐が稲本のことを口にしかけたことを察したのか、平野に脇腹を小突かれた。

「平野、よくやった。次も頼むな」

快活な笑みを浮かべ、川勝が自席に戻った。

「俺、腹が減ったからクールに行ってくるわ」

平野が立ち上がった。クールとは、本部講堂脇にあるカフェレストランのことだ。カレーやスパゲッティなど体力勝負の警官が愛するデカ盛りメニューが充実している。

「行ってらっしゃい」

平野の背中を見送ると、片桐はショルダーバッグからシステム手帳を取り出した。ナ行のページを開き、西田の顔写真に赤ペンで斜線を引いた。

あとは、ア行からひたすら繰り返しの作業となる。

一ページに六名分ある写真を睨み続け、顔つきのほか、身長や体重など身体的特徴を一つ一つ記憶し、ページを繰る。

今朝も新宿区の山吹町《やまぶきちょう》にある古い自宅アパートで同じ作業を繰り返した。顔写真の目元に注目し、トランプの神経衰弱のように氏名と身体的特徴を突き合わせ、名前と顔を一致させる。

システム手帳は三センチほどの厚みがある。最新鋭の小型タブレット端末は五ミリほどで、これに手配犯のデータを落とし込めば、街頭で荷物が減る。実際、他の県警本部ではタブレットを装備しているところもあるし、警視庁でも使用することは可能だ。

だが、片桐はアナログな手帳にこだわった。自分の手で写真を抜き挿しすることで、起きたばかりの犯罪に対する怒りを込めることができるし、検挙されたことが実感できるのだ。なにより、ペンでメモを加え、写真を触ることで、犯人に一歩ずつでも近づける感覚もある。自分が秀才でないことは百も承知だ。小さな事柄を繰り返し積み重ねることでしか前に進めないのは、中学校のころから変わらない。

平野ら先輩捜査員は、目元だけ見ればすぐに三〇〇名ほどの名前が浮かんでくると言うが、新米の片桐はそのレベルには至っていない。せいぜいで二〇名だ。

地味で根気のいる作業を続ける間、先輩捜査員たちは二週に一度程度の割合で指名手配犯を街頭で発見し、身柄を確保している。

果たして同じ成果をあげられるのか。要はこの手帳にある人物を片っ端から覚え、反射的に名前を呼べるレベルまでスキルを磨くしかない。

異動当初はあまりにも地味な作業に腐り、心が折れかけた。しかし、物は考えようだ。交番勤務、そして所轄署の刑事課時代と同様に、見当たり捜査で実績を高め、一課が欲しいと考える人材になるしかないのだ。

ア行からカ行に移っても、片桐はひたすら手帳の中の顔写真を睨み続けた。

3

午前九時過ぎ、片桐は前日に続き新宿歌舞伎町に足を向けた。一番街のゲート下で一時間、行き交う人波を見続けた。しかし、収穫はゼロだった。

その後は通りを北上した。平野に倣い、ゲームセンターのほか、喫茶店やチェーンの牛丼屋、ラーメン店の内部もチェックしたが、六〇〇名いる指名手配犯と一致する顔はなかった。

巨大な映画館とホテルを併設する大手映画会社のビル横に向かうと、広場にはそれぞれ五、六人ずつの少年や少女のグループの姿があった。

新宿署の面々がなんど補導しても、若者たちが全国から集まってくるエリアだ。貧困により家庭から弾《はじ》き出された少年、親にネグレクトされた挙句、体を売りにくる少女など若者たちの属性は様々だ。最近、この広場に集う若者たちのグループ同士で揉《も》め事が起こり、死者も出た。

片桐は頭の中で懸命に手帳のページを繰った。二〇歳そこそこの指名手配犯が何人かいる。地元で傷害事件を起こした者、特殊詐欺に加担して受け子を務め、銀行のATMの防犯カメラに写された少女らだ。

広場のそこかしこにたむろする若者たちの傍らを通り、さりげなく顔をチェックする。しかし、該当者はいない。

広場の端まで来たとき、地面に座り込む男女四人組の若者グループの傍らに一人の背広姿の男性が歩み寄り、膝を折った。目付きが険しい白髪頭の中年男性だ。この一帯の若者を悪事に利用する反社会勢力がいると新聞で読んだ記憶が蘇《よみがえ》る。

片桐が歩くピッチを落として様子を見ていると、目つきの悪い白髪頭の男は、パステルイエローの派手な柄物パーカーを着た少年に気安く話しかけていた。食事は摂《と》ったのか。雨露《あめつゆ》を凌《しの》ぐ場所は確保したか。男性は砕けた口調で話しかけていた。若者たちもこの白髪頭の男と顔見知りとみて、タメ口で会話を続けていた。

貧困対策のＮＰＯ職員、あるいは新宿区役所のスタッフかもしれない。スマホでメールをチェックするふりをして様子をうかがったが、白髪頭の男が若者グループを悪事に誘うような気配はなかった。

片桐は広場を離れ、さらに北方向へと歩き出した。大型のホテル施設の横を通り抜けると、花道通りとぶつかる。東方向には日本で一番多忙とされる新宿署歌舞伎町交番があり、目の前には高層ビルがある。東京都が民間企業と共同運営する健康施設で、スポーツクラブや飲食店が入居している。

ビル自体にはなんの問題もないが、この建物の周囲は先ほどの広場と同じで、全国から若者が集う場所として知られる。

新型コロナが全国を襲った際は、地方で職を失《な》くした少年や少女が集った。今も高校生とおぼしき年代の若者たちが通り沿いのガードレールに腰掛け、ぼんやりとスマホの画面を見ている。

所轄署時代、このエリアから流れてきた地方出身の女子高生を補導した同僚がいた。上京して所持金が一〇〇〇〇円を切ったことを契機に、売春を繰り返したという。

片桐の目の前でも、腹が出た中年のサラリーマンが少女たちに卑猥な目線を送っている。値踏みしているのだ。周囲をチェックする。一瞥《いちべつ》したところでは、手配されている被疑者は誰もいない。

「君、学校は？」

片桐は思わず若い女性に声をかけた。

「中退した。お兄さんに関係ないじゃん」

澱《よど》んだ目で少女は片桐を仰ぎ見た。この少女を狙っていた中年男に見えるよう身分証を提示した。

「俺、警察官。気をつけなきゃだめだよ。なにかあったら、あの交番へ行って」

少女にも身分証を見せたが、相手は露骨に眉根を寄せた。

「うざっ」

少女はガードレールから降りると、大久保病院の方向へと足速に立ち去った。片桐は中年男を睨んだあと、私鉄駅の北口方向へと足を向けた。

歌舞伎町に来てから、早くも一時間半が経過した。見当たり班は、雑踏に立ち止まる、移動の繰り返しだ。

〈五〇点ゲット〉

昨日平野が告げた言葉が頭の奥で反響する。平野が二カ月ぶりの獲物にありついた。今日の片桐と同じように、立ち止まり、歩き続けた結果だ。

ダウンジャケットのジッパーを首元まで引き上げ、片桐は私鉄駅の北口周辺を歩き回った。東南アジア系、中東系の外国人が大型のリュックを背負い、食品配達の自転車を漕《こ》いでいる以外、人通りは少ない。以前、この場所で先輩の小出巡査部長が詐欺の手配犯を検挙したことがあると聞いて回ってみたが、成果はない。

溜息を吐くと、眼前に白い息が溢《あふ》れた。成果がないと寒さが身に沁《し》みる。片桐は大久保病院近くの公園に向け、再度歩き出した。

実績を作らねば所轄署に戻されてしまう。念願の一課勤務など夢のまた夢だ。

歌舞伎町の北の外れにある大久保公園に近づくが、人通りは少ない。舌打ちを堪《こら》えながら、歩を進めると、またもや平野の言葉が後頭部で響いた。

〈二、三カ月獲物にありつけないと、眠りが浅くなる〉

〈役立たずって周囲から責められるような気持ちに苛まれる〉

道路脇の自販機でコーヒーを買い、周囲をチェックしながらプルトップを引く。缶コーヒー特有の甘ったるい香りが鼻腔《びこう》を刺激する。

バッティングセンターや韓国クラブが密集するエリアに目を向けていると、白髪頭の男の姿が視界に入った。

歌舞伎町の中心部、大型ホテル施設横の広場にいた背広の男だ。こんな外れのエリアまで出向き、青少年の動向を気にしているのか。

コーヒーをもう一口飲み、片桐は白髪の男を見続けた。先ほどはよくわからなかったが、身長が高い。おそらく一八〇センチ以上あるだろう。胸板が薄く、猫背だ。区役所かＮＰＯのスタッフかは不明だが、白髪頭の男は酒屋の配達員と立ち話を始めた。互いに笑みを交わしている。地元密着の活動をしているのだ。

飲み終えた缶をゴミ箱に放り込むと、片桐は獲物を探して歌舞伎町を南方向に歩き出した。人《ひと》気《け》のないエリアよりも、歌舞伎町の中心部に出向いた方が確率は上がるはずだ。

いつ現れるかわからない手配犯を求め、片桐は歩き続けた。

4

午後五時過ぎ、片桐は重い足を引きずり、警視庁本部に戻った。

共助課見当たり班のシマに向かうと、二班の他メンバーの姿が見えない。専用端末に向かい、全国指名手配犯のページを開く。

大阪と名古屋でそれぞれ一名ずつ手配の被疑者が検挙されていたが、警視庁管内はゼロだ。安《あん》堵《ど》の息を吐《は》き、画面を閉じたときだった。見当たり班が入る部屋の扉が開き、背の高い背広の男が入ってきた。

男が早足でデスク脇を通ったとき、片桐は思わず声をあげそうになった。男の顔に見覚えがある。短く刈られた白髪、猫背、一際目つきの鋭い中年男性だ。片桐と同じように、わずかに残っていた他係のメンバーたちの表情が強張った。

白髪の長身男性は、今朝がた歌舞伎町で若者たちに声をかけていた人物だ。男は片桐が座る専用端末の前に来た。だが、なにも言わない。醒《さ》めた目で片桐を見下ろすのみだ。

片桐は気圧《けお》されて席を譲った。もしやと思い、口を開いた。

「あの、稲本警部補《しゅにん》でいらっしゃいますか？」

「そうだ」

ぶっきらぼうに答えると、稲本は専用端末のキーボードに触れた。

「一カ月前に配属された片桐です。よろしくお願いします」

「そうか」

視線をキーボードに向けたまま、稲本が小声で言った。

「本日、歌舞伎町でお見かけしました。ご挨拶できず失礼しました」

「知ってるよ」

稲本の声のトーンは思い切り低く、掠《かす》れていた。

「本職の顔をですか？」

「ああ」

異動時には全職員向けに通知が出る。その際、制服姿で撮った顔写真が添付される。稲本は小さな異動の知らせをチェックしていた、ということらしい。

「よろしくご指導のほど、お願いします」

片桐は背を丸める稲本に言った。

「知らん」

稲本は一方的に告げ、専用端末の画面を凝視し始めた。片桐は稲本の横から同じように画面を見た。

先ほどチェックしたばかりの全国指名手配犯の画面だ。稲本はキーボードを叩き、次々に顔写真をスクロールしていく。

「あの、なにかお手伝いしましょうか」

「いらん」

眉根を寄せた稲本が、キーボードに添えた手を止めた。片桐は稲本の視線の先を見た。一九年前、戸塚《とつか》署管内で発生した強盗殺人事件の指名手配犯だ。薄い眉に一重の瞼で、将棋の駒のように角張った輪郭の男が目の前にいる。

片桐はさらに目を凝らした。全国指名手配犯、通称・山田龍人《やまだたつと》、本名・劉高見《りゅうこうけん》(中国人)。画面には一九年前に四〇歳だった劉の顔写真があり、その横には鑑識課の似顔絵捜査官が書いた年相応に老けた想像図がある。

事件が起きた頃、片桐は一〇歳だった。凄惨な事件でメディアが連日報道したことを覚えている。見当たり捜査班に加わった後も、リストの中で見た手配犯だが、中国に逃亡中とあったので熱心にはマークしていなかった。

画面を再確認したあと、稲本がキーボードを叩いた。

〈警視庁見当たり捜査班が検挙〉

「えっ」

片桐は思わず声を上げた。稲本は一向に意に介さず、淡々とエンターキーを押した。目の前の劉の手配写真の上に赤い斜線が塗られ、〈警視庁見当たり捜査班が検挙〉の文字が記された。画面が更新されたことを確認すると、稲本は黙って立ち上がり、出口の方向に歩き始めた。

もう一度画面をチェックした。間違いない、あの凶悪犯だ。片桐は慌てて稲本の後を追った。

稲本はすでに共助課の隅、出口近くにいた。

「稲本さん！」

片桐が呼ぶが、稲本は止まらず、ドアノブに手をかけた。

「検挙、おめでとうございます！」

片桐が背中に向けて叫ぶと、稲本はようやく振り返った。

「別にめでたくねえよ」

眉間に深い皺《しわ》が刻まれ、その下の両目が鈍く光っていた。

「秘訣《ひけつ》を教えてください」

片桐は大きな声で言い、深く頭を下げた。

「日頃の行ないだ」

ぶっきらぼうに告げると、稲本は部屋から出ていった。

「おお、お手柄だったな」

稲本と入れ違いに、係長の川勝が現れた。

「稲本警部補がまたお手柄だ。長年海外逃亡を続けていた凶悪事件の犯人《しゅにん》を挙げた」

川勝が言うと、共助課内にいた捜査員や庶務の職員から感嘆の声があがった。

「初めてお目にかかりました」

「そうだったか。まあ、おまえも見習ってくれ」

川勝は快活に笑い、席に向かった。

「係長、今回の犯人《ホシ》、海外にいたのに、どうやって？」

「その辺りを炙《あぶ》り出すのが稲本の腕だ」

「彼は今どこへ？」

「良い犯人《ホシ》を挙げたんで、またジャズ喫茶か映画館だろう。当分仕事しないだろうな」

川勝が管理職にあるまじき言葉を吐いた。片桐が首を傾《かし》げると、川勝が生真面目《きまじめ》な顔で言った。

「実績があれば、時間をどう使おうが個人の自由。それが実力主義の警察社会、特に見当たり捜査班だ。おまえもそうしたかったら、美味《おい》しい犯人《ホシ》挙げてこい」

稲本の両目は醒めていた。目の前の川勝の視線も冷徹だった。

職務質問で実績を上げ、ようやく本部に上がってきた。だが、冷徹な加点主義の壁が片桐の前に立ち塞《ふさ》がった。

片桐は自席へ戻り、二班のメンバーが検挙した被疑者リストをめくった。ファイルの先頭は、昨日平野が検挙した西田の顔写真と身柄確保時の状況を説明した報告書が添付されていた。

片桐は乱暴にページをめくった。この一年間で、稲本は二〇名の手配犯を逮捕していた。先ほどの劉を加えれば二一名となる。

もう一度、片桐はページを繰り、稲本が確保した被疑者の顔、そして犯歴をチェックした。警視庁だけでなく、全国の道府県警が手配した重要指定の被疑者ばかりだ。

他の道府県警で年間一〇〇名近く検挙した伝説の見当たり刑事がいたことを川勝から聞かされた。ただ、彼らの頭抜けた実績はドヤ街と呼ばれる日雇い労働者の街を重点的に回ったことが奏功したのだと教えられた。

こうしたドヤ街には様々な人間が全国から集まるだけに、指名手配犯も紛れ込みやすいという特徴がある。だが、稲本の摘発事例は山谷《さんや》のドヤ街ではなく、警視庁管内の様々な場所だった。それぞれの手配犯に関し、どうやって狙いを定めたのか。

いや、それぞれの事件には継続捜査担当の刑事たちが存在し、ずっと行方を追っていたのだ。全国の警察本部の継続捜査班には、粘り強く捜査を続ける猛者《もさ》が在籍する。事件の被害者だけでなく、加害者の鑑《かん》を深く知り、立ち回り先の情報さえ持っている。それでもベテラン捜査員たちが検挙できず、指名手配となっているのだ。

稲本は直接事件を担当したわけではない。顔写真だけが頼りなのに、ファイルにはそうした難事件の当事者ばかりを検挙した稲本の実績が載っている。

どうやって被疑者たちを見つけ、捕まえたのか。片桐の胸の奥から、間欠泉《かんけつせん》のように疑問が湧き出した。

5

稲本と初めて会った翌日、片桐は新宿駅西口ロータリーで見当たりを続けた。バスターミナルが見渡せる二つの大手百貨店の出口付近に計三時間、地下にある私鉄や東京メトロの改札付近で二時間半、そして西口の家電量販店が密集する一帯で二時間ほど歩き回ったが、収穫はゼロだった。

肩を落として本部の自席に戻ると、茶封筒が置かれていた。

「依頼品ですよ」

片桐が席に着いたことを確認した庶務係の女性職員が言った。片桐は礼を言い、封を切った。

稲本が前日検挙した劉について記した戸塚署の資料だ。ダウンジャケットを脱ぎ、椅子の背にかけると、片桐は黒い表紙のファイルを開いた。

所轄署時代に嫌というほど接した事件に関する報告書の書式が目の前にある。

主犯格の劉は同郷（中国黒竜江省《こくりゅうこうしょう》）の共犯者三名とともに、東京都新宿区西早稲田《にしわせだ》の歯科医師宅に侵入し、就寝中の夫人と娘を縛ったうえ、顔面を殴打するなどして殺害し、現金、貴金属等（時価合計約四五〇〇万円相当）を強取《ごうしゅ》した、とある。

片桐はさらに書面に目を凝らした。

この事件で戸塚署の捜査本部は、発生後二週間以内に共犯三名を逮捕したが、主犯の劉は沖縄県の離島を経由、漁船で違法出国し、その後は来日した形跡がないという。

歌舞伎町の裏町にいた中国人窃盗団の犯行だった。劉は黒竜江省出身の仲間たちと窃盗を繰り返し、これを換金した上で本国に送っていた。当時の歌舞伎町、あるいは池袋《いけぶくろ》周辺では、中国各地から来日した不良たちがそれぞれの地縁でつながり、集団で悪事を働くケースが多かった。

一方、現在は日本経済の長期低迷、中国の急成長に伴い不良中国人の数はめっきり減っている。以前読んだ週刊誌の記事では、日本で犯罪を犯して金を稼ぐより、本国でまっとうな仕事に就いた方が稼げるようになったことも一因だと分析していた。

日中の経済環境が完全に逆転してしまった状況下で、稲本はなぜこの犯人《ホシ》を見つけることができたのか。報告書を読みながら、片桐は首をひねった。

一旦黒表紙の資料を閉じると、二班備え付けの青い表紙のファイルを手に取った。綴《と》じられている一番上の書類は、稲本が作成したものだ。

稲本が劉を検挙したのは、西新宿の老舗《しにせ》高級ホテルのラウンジとある。

新宿駅の西口から徒歩で一〇分程度かかるエリアにある。昭和の時代、淀橋《よどばし》浄水場の跡地が再開発され、財閥系不動産会社が相次いで五〇階を超える高層ビルを建てた。この時期、新たな都心のシンボル近くに作られたのがこの老舗ホテルだ。

なぜホテルだったのか。西口エリアは、新人の片桐も足を運ぶエリアだが、このホテルは通常見当たり捜査員が行くような場所とは思えない。

「どうした？」

書類を睨んでいると、隣席に平野が戻ってきた。

「これなんですけど」

片桐が書類の一点を指すと、平野が腕組みした。

「西口のホテルか」

そう言ったあと、平野が天井を仰ぎ見た。

「普段、我々が張るような場所じゃないですよね」

「そうだな」

平野が書類に視線を戻し、隣席に腰を下ろした。

「もしかすると……」

「なんですか？」

「狙い撃ちかもしれないな」

「どういう意味ですか？」

「この犯人《ホシ》がいることを知った上で、ホテルに行ったたってことだ」

平野の声のトーンが低くなった。

「だってさ、普通、こんな高級ホテルに手配犯が泊まるか？」

平野の言葉に片桐は首を振った。

「逃げているくらいだから、そもそもそんな金はないはずだ」

「その通りですよね」

「犯人《ホシ》が来日することを見越し、見当たりに行った。それ以外考えられないよ」

片桐はページを繰った。昨日撮影された劉の正面、左右の横顔の写真が三枚添付されていた。癖毛を無造作に伸ばしていた一九年前と違い、劉は両サイドを綺麗《きれい》に刈り上げ、ポマードで髪を七三分けにしていた。一見しただけでは同一人物とわからぬほど風貌が変わっていた。だが、鋭い一重の瞼は一緒だ。

「なにかタレコミがあったのかもしれないな」

平野が唸《うな》るように言った。

「誰からですか？」

「そりゃ、稲本さんしか知らないし、教えてくれって言っても無理だろうなあ」

無理という言葉を聞いた瞬間、昨日初めて会った稲本の顔が頭をよぎった。

〈別にめでたくねえよ〉

〈日頃の行ないだ〉

稲本はぶっきらぼうに言った。眉間に深い皺を刻み、口元に笑みもなかった。淡々と捕まえ、担当捜査員に引き渡しただけなのだ。どこか不貞腐《ふてくさ》れたような顔に喜びや達成感を示す色は一切なかった。稲本は一課在籍経験があるという。強行犯捜査の第一線にいた刑事特有のスキルでもあるのか。

「いずれにしても、個人実績表でいけば、海外逃亡した凶悪手配犯検挙で稲本さんのポイントは一〇〇点以上、いや、一五〇点以上かもしれない。当分遊んで暮らせる」

周囲を見回し、平野が唾棄《だき》するように言った。

「俺がパクった西田なんて、小物すぎて比較にもならん」

そう言った直後、平野はデスクの上にシステム手帳を広げ、手配犯の顔を睨みながらページを繰り始めた。

海外に逃亡していた凶悪犯がなぜ日本にいたのか。そして、その情報をどうやって入手したのか。頭の奥に、猫背で歌舞伎町を歩く稲本の姿が映った。

6

庶務の女性職員に直接現場に出ると連絡したのち、片桐は今朝も新宿駅西口にたどり着いた。昨日回ったエリアを一通り歩いてみたものの、手配犯は一人も目の前には現れなかった。先輩の平野らに教わった通り、人通りの多いエリアを中心に定点観測と見回りを行なってきた。

前回、平野が強盗致傷犯の西田を検挙したのも、人混みや逃亡犯が紛れ込みやすい飲食店やゲームセンターを調べるという見当たり捜査のセオリー通りだった。だが、稲本は違った。平野の言う通り、狙いを定めて獲物を狩っているとしか思えないのだ。

新宿駅西口のロータリー、バスターミナルに臨む階段下で人通りを睨んでいたが、稲本独自の狩りの方法について、答えは出なかった。

意を決し、片桐は稲本が赴いた老舗ホテルに足を向けた。駅ビルの階段で一度地下に降り、都庁を目指す人波に紛れ込む。

西口の地下街はサラリーマンだけでなく、近隣の専門学校に通う学生たちが忙《せわ》しなく行き交っている。数十メートル歩き、一旦歩道の脇に立ち止まり、周囲を点検した。駅の改札口と違うのは、歩いている人々の視線がほとんどブレないことだ。都庁や付近の高層ビル、あるいは商店に行くという目的がはっきりしているため、通行人の視線が動かず、人波と違う動きをする者がほとんどいない。

当然、指名手配犯はおろか不審者の姿もない。見当たり捜査班のほとんどが対象としないのも頷けた。

歌舞伎町や新宿駅の西口にいると、職務質問をしたい衝動にかられる人が数分に一度の割合で現れる。都庁方向に早足で進む人波を見ながら、片桐は所轄署の交番勤務時代を思い起こした。交番で夜勤警らする際、私鉄の駅前で積極的に声かけを繰り返した。城北エリアから千葉や埼玉など東京に隣接するベッドタウン駅に通じる駅だっただけに、多種多様な人間が行き交った。駅の駐輪場近くにいると、毎晩数人の自転車盗《じてんしゃとう》を検挙した。

このほか、違法薬物の販売を生業《なりわい》とする輩《やから》たちも数十人単位で職質を通じて検挙した。

同じ視点に立つと、西口から高層ホテルに向かう人の流れでは、声かけをしたくなるような人間の数が圧倒的に少ない。言い換えれば、昨日の稲本は効率的にポイントを上げるために、わざわざこの場所に来たのだ。

片桐は都庁の周囲を回り込み、老舗ホテル前にたどり着いた。ここまで来ると、警察官目線に怪しいと映る人物は皆無となった。

車寄せが見渡せる歩道から、ホテルの様子をうかがった。ちょうど昼前近くの時間帯となり、近隣のビルからスーツ姿のサラリーマンのほか、カジュアルな出《い》で立《た》ちの勤め人たちがホテルの入り口に吸い込まれていくのが見えた。

老舗ホテルには、寿司《すし》や天ぷら、和食のほか中華やフレンチのレストランが何軒も入居している。近くの勤め人たちは頻繁に利用しているのか、日替わりのお得なランチ、特別定食など口々に昼食のことを話している。このほかにも、片桐の母親世代と思《おぼ》しき着飾った婦人たちも多い。新宿駅から利用したのだろう。婦人たちは大声で話しながらタクシーから降り立った。

なぜこのホテルだったのか。車寄せに通じる植え込みの陰で、片桐は考え込んだ。たった数百メートル離れただけなのに、新宿駅の西口に集う人たちと、このホテルの利用者たちの属性が全く違う。

漫然と車寄せを見つめていると、片桐の傍らを何台もの欧州製の高級リムジンが通りすぎた。芸能人の結婚式でもあるのか。片桐は慌ててスマホのカレンダーをチェックした。しかし、今日は仏滅だ。わざわざ老舗ホテルで盛大な結婚式のはずがない。そんなことを考えながら、片桐は車寄せに歩み寄った。

グレーの制服に身を包んだドアマンたちが、何人もリムジンのもとに駆け寄った。恭《うやうや》しく頭を下げたドアマンが大きなリムジンの扉を開ける。

「你好《ニーハオ》！」

腹回りにでっぷりと脂肪を蓄え、毛皮のコートを着た中年男性が降り立ち、ドアマンに声をかけた。

同じ車両からは、フランスのブランドのロゴをあしらったダウンベストを来た同年代の男も降り立った。他の車両からも小太りの男たちが現れ、大声で話し始めた。中国の富裕層が観光に来たのだ。

毛皮の男が大きなワニ革の財布を取り出し、ドアマンにチップを渡している。ドアマンはもう一度深く頭を下げ、手早くトランクにある荷物を取り出していた。

車寄せでタクシー待ちをするふりをしながら、片桐は中国人たちの様子を観察し続けた。毛皮の男だけでなく、他の中年男たちも気前よくチップを配っていた。日本にはチップの習慣はないが、欧米から来た観光客が居酒屋やバーでチップを渡す姿にはなんどか接したことがある。しかし、目の前では下腹にたっぷりと脂肪を蓄えた男たちが気前良くチップを渡し、自分がいかに金を持っているのか、互いに競い合っているように見えた。

稲本が昨日検挙した劉も中国人だ。目の前にいる大声で話し続ける中年男たちと劉は関係があるのか。片桐は首を傾げた。共通点が見つからない。まして稲本が一本釣りした謎は解けなかった。

7

一旦ホテルの敷地を出て、片桐は徒歩で五分ほどの新宿署に向かった。所轄署の刑事課時代の先輩が、同署で生活安全課のメンバーになっている。事情が聴けるかもしれないと考えた。

「ご無沙汰しております」

生活安全課を尋ねると、大森辰巳《おおもりたつみ》警部補が笑みを浮かべた。

「どうだよ、本部勤務は？」

「厳しいです」

「大変だよな、見当たりは」

大森が優しい声音で言った。少人数でなんでもこなさねばならない所轄署の刑事課時代、大森は刑事のいろはを叩き込んでくれた。強面《こわもて》が多い中で、大森は常に柔らかい言葉で後輩に接し、捜査の機微を丹念に教えてくれた。昼時で他のメンバーはほとんどおらず、片桐は大森の隣席に腰掛けた。

「それで、どうして俺んとこに来た？」

「実は……」

周囲を見回し、片桐は稲本の一件を話した。

「稲さんか……」

少しだけ、大森の顔が曇った。

「なにかあるんですか？」

「俺と稲さんが勤務で重なったことはないんだけど、彼は二回、新宿署にいたことがある。だから独自の情報網《ハタケ》があるんだろうな」

警察を見る世間の視線は厳しい。最近は捜査協力費の私的流用や盗撮などで摘発される警官が増えていることから、片桐自身、世間からの風当たりが強いと感じる。捜査員の一人一人は、様々な業界、業種の人間と付き合い、世情を知り、ときに有力な情報を得るよう心がけるべき。そう教えてくれたのが眼前にいる大森だった。

大森は管轄内の老舗商店の社長や町工場の専務など多くの人と交わり、いざ事件が発生した際は彼らから重大な話を引き出していた。その大森が舌を巻くほど、稲本の人脈は広いということだ。

「そうなんですか？」

「新宿で稲さんは強行犯とマル暴担当をやった。だからあちこちに顔が利く」

大森が淡々と言った。強行犯担当をやると、常に人を疑ってかかる目つき、すなわち刑事眼《デカメ》になる捜査員が多い。それに加え、暴力団担当を務めれば、ヤクザと対等に渡り合う胆力が必要となる。稲本の人を寄せ付けないオーラは、こうした前歴から培われたのだ。

「おまえはボヤッとした顔をしているから、見当たり班でやっていける」

大森が片桐の顔をまじまじと見ていた。

「でもな、稲本さんはあの風貌だ。絶対に見当たりに向いていない」

大森の声が低くなった。

不意に片桐は二班のメンバーの顔を思い起こした。大森に言われるまでもなく、自分の顔は、丸顔で一重瞼、目も小さい。どこにでもいるありふれた顔で、身長も一七〇センチで中肉中背だ。平野は高校大学と柔道をやっていたせいか肩幅が広く胸板が厚い。寝技の連続で耳が潰れているものの、顔は童顔だ。他の二名いる先輩の女性捜査員にしても、身分証を見なければ警官だとは思われない顔立ちだ。要は、街頭に一時間立ち尽くしていても、誰も気にしない風貌なのだ。

一方、稲本は違う。まず眼光が鋭い。典型的な刑事眼だ。本人は無意識でも、目を合わせたら万人が睨まれたと思うだろう。

おまけにひょろりと背が高く、街頭で嫌でも目立ってしまう。かつて所轄時代に職質をかけた男の声が頭の奥で反響した。駅前でばったりと片桐と出くわした麻薬の売人は、とっさに踵《きびす》を返し、逆方向に歩きだした。当時は私服刑事になりたてだったが、常に人を疑う目つきをしていたことから、片桐のような凡庸な見た目でも警官ではないかと体が反応したのだと明かした。

昨日、歌舞伎町で二回稲本の姿を見つけたのも、その風貌に特徴があったからだ。稲本が街頭に立ち、手配犯を目で追っていたら、警戒心のセンサーが敏感になった被疑者が遠目で気づいてしまう。

「昨日の検挙に関して、大森さんに情報はあがっていたんですか？」

生活安全課は、ホテルの人間とは常日頃から接触している。客が一旦チェックインすれば、それぞれの部屋はホテルマンといえど無断で立ち入ることができないパーソナルスペースとなる。その閉鎖性を悪用する輩が後を絶たないため、万が一不審者が出入りすれば、生活安全課の出番となる。そんな背景から片桐は尋ねた。

「見事に出し抜かれた。まあ、相手が稲さんなら仕方ないけどな」

大森は肩をすくめた。

「それじゃあ、先輩も稲本さんの捜査手法に心当たりはない？」

「ないよ。彼はほとんど喋《しゃべ》らないし、手柄を自慢するような人でもない」

片桐だけに無愛想だったわけではなく、稲本は周囲との壁を高くして生きているのだ。小さく溜息を吐き出し、片桐は切り出した。

「そういえば先ほど……」

老舗ホテルに何台ものリムジンが到着し、金持ちの中国人が羽振りよくチップを与えていたと明かすと、大森の顔が曇った。

「そうか」

大森の両目が鈍い光を発した。

「中国は経済成長が凄《すさ》まじいと聞いたことがありますけど、あれほど成金っぽい人を初めて見ました」

片桐が言うと、大森が露骨に舌打ちした。新聞や雑誌で日本人の平均給与が下がり続け、先進国中で最低となり、アジア諸国にも抜かれ始めているとの記事をいくつも読んだ。そんな状況で中国人の金遣いの荒さを目の当たりにした。ほんの世間話のつもりで話題を振ったが、大森の反応は予想以上だ。

「やつら、ヤリモクで日本に来てんだよ」

「えっ？」

大森の口から、予想外の言葉が飛び出した。

「ヤリモクって、日本で買春を？」

「そうだ。だが裏が取れない。ホテルは正規の料金払えば密室だ。薬絡《ヤク》みのトラブルや殺しでもない限り、俺たちは手出しできない」

大森の眉根が寄った。

「新型コロナがようやく落ち着き、ビジネス目的、あるいはビザがあればほとんどの国の人間が日本に入国できるようになった。その仕組みを使って、中国の一部富裕層がプライベートジェットで来日している。それも相当な数だ」

大森が唾棄するように言った。

「具体的な手口は？」

「手口と言っても、完全に違法ではないし、奴らの部屋に家宅捜索《ガサ》かけるとなると、相当な証拠固めが必要だし、大使館も黙っていない。だから、事実上野放しになっている」

もう一度、大森が舌打ちした。

「日本のアダルトビデオは、中国でも大人気だ。相当数のマニアがいるらしい。それは貧乏人も金持ちも同様だ」

「彼らはドアマンに高額のチップを弾んでいました」

「新型コロナが蔓延する前は、新宿の風俗店や吉原《よしわら》のソープを店ごと貸し切るような遊びをしていたらしいが、最近は専門のプロダクションに金を渡して、人気のAV嬢を一本釣りしている」

大森の顔がさらに曇った。

「明確な買春じゃないですか」

「俺だってそう思うよ。だがな、本部の偉い人や警察庁《サッチョウ》の上層部が彼《か》の国を刺激したくないそうでな」

「つまり、黙認ということですか？」

「黙認って言えば聞こえはいいが、彼らの行為は自由恋愛の域を出ない可能性が高い、だとさ」

「プロダクションと女優にそれぞれガサを打てば……」

片桐が言い終えぬうちに、大森が強く首を振った。

「おまえが考えるようなことは、こっちはとっくに試したんだよ」

「失礼しました」

大森は東洋一の歓楽街を担当する捜査員だ。街の情報は本部の捜査員の誰よりも詳しい。

「そうか、もしかして……」

大森の話を聞き、片桐の胸の中に仮説が浮かんだ。

「なんだ？」

「昨日稲本さんが検挙した劉という手配犯がその金満軍団に紛れ込んでいたらどうでしょうか？」

片桐の言葉に反応した大森が自席のデスクにあるパソコンのキーボードを叩いた。画面には、逮捕された劉の顔写真と大手紙の社会面のページがある。

「ちょっと待ってろ」

大森は一方的に告げると、スマホで誰かに電話をかけ始めた。

「ああ、大森です……」

掌でスマホを覆い、大森が誰かと話し始めた。大方、大森が懇意にしている特別協力者だろう。

「うんうん、なるほど……」

話の中身は聞き取れないが、時折、劉、逮捕といった単語が漏れてくる。電話の相手が誰かは不明だが、大森の声音は柔らかい。相手との関係性が良好で、世間話の延長で話しているのだ。

だが、その表情は険しいままだ。
二、三分話したあと、大森が丁寧に礼を言って電話を切った。
「どうでしたか？」

「やっぱり稲さんはすごい人だよ」

「なにかわかったんですか？」

「概要はこんな感じだ」

スマホを机に置き、大森が体を片桐に向けた。

「今のは歌舞伎町の情報屋だ。マル暴、薬中、不良外国人とあらゆる方向にツテがある」

言葉を区切ると、大森がパソコン脇のペットボトルの緑茶を喉に流しこんだ。

「おまえの想像した通り、劉は有名なAV女優を買いにきたうちの一人のようだ。去年の一一月が最初で、今回は二回目だったようだ」

情報屋がどんな輩かは知らないが、具体的な手配犯の足取りが浮かび上がりつつある。片桐は唾を飲んだ。

「歌舞伎町や大久保一帯で強盗や窃盗を繰り返した劉だが、仲間がパクられたことを契機に本国へ逃げ帰った」

「そこまでは私も調べました」

「故郷でどうやったかは知らないが、この一〇年で奴は不動産投機で莫大な利益を稼いだらしい。それで偽造パスポートを作り、友達のプライベートジェットに乗ってきた。普通便と比べ、随分と入国審査が緩いらしいからな」

大森が眉根を寄せ、言った。

「では、その情報を稲本さんがつかんでいた?」

「そうとしか考えられない。俺の担当エリアで、こんな大物が潜り込んでいたなんて、とんだ赤っ恥だ」

大森が乱暴にスマホを机に投げ出した。

「しかし、先輩はいまそのネタを引いてきたじゃないですか」

「違うよ。奴によれば、劉が舞い戻ったことは一部の歌舞伎町関係者が知っていたようだ」

「だったら先輩に真っ先に情報提供《タレコミ》があっても……」

「だから、古くからの歌舞伎町の住人は、劉やその一味の凶暴さを知っている。チンコロしたのがバレたら復讐《ふくしゅう》される。牛刀で腕を切り落とすような連中だ。だから俺に報せなかった」

「しかし……」

「劉が稲さんにパクられたから、安心して問い合わせに答えたんだよ」

「すみません」

「それより、こうして端緒《たんしょ》がわかってよかったよ。俺も本腰入れて素行《そこう》の悪い金持ち中国人を監視する」

大森が言ったとき、昼食に出ていた他の係員が戻り始めた。

「それじゃあ、失礼します」

「稲さんにあんまり縄張り荒らさないでくれって、伝えてくれよ」

大森の言葉に曖昧な笑みを返したあと、片桐は新宿署を後にした。駐車場を左に曲がり、青梅《おうめ》街道へと向かう。

平野が睨んだ通り、稲本はやはり劉という重要手配犯を一本釣りしたのだ。ホテルに出向いたのも劉が確実に建物の中にいると確信していたからだ。

だが、どうやって偽パスポートで密入国した事実を知り、しかも当該時間にこのホテルにいることをつかんだのか。

所轄署の担当捜査員を出し抜く情報を、稲本はどこで入手したのか。片桐の足は自然と西口の大ガード、そしてその東側に広がる歌舞伎町に向いた。

8

ショーウィンドウや駅の看板にバレンタインの文字とハートマークばかりが目立つ時期になり、片桐は焦りを募らせた。

所轄署から本部捜査共助課の捜査共助係第二班に配属されたが、肝心の獲物はゼロのままだ。今年に入り、二班は稲本が二名の大物手配犯を検挙したほか、平野が山梨県警手配の西田を、女性の先輩で小出巡査部長が特殊詐欺の出し子を一名検挙した。

川勝警部によれば、まずまずの月間成績ということだった。しかし、手配犯を検挙するどころか、誰一人としてその姿を自分の目で見ていない片桐は肩身が狭かった。

五反田《ごたんだ》駅には、山手線という大動脈が通っているほか、私鉄と都営地下鉄も乗り入れる。城南エリアではかなり人の流れが活発な上に、駅の東南エリアには一大歓楽街もある。逃げる手配犯が鉄道を乗り継ぐ、あるいは猥雑な一帯に身を潜めているのではないか。片桐にはそんな目論《もくろ》みがあった。実際、過去に五名ほど同駅周辺で検挙された手配犯がいたことも片桐を後押しした。

午前中に駅の東西の出口付近を張り、居酒屋のランチ定食で腹を満たしたあとは、飲食店がひしめくエリアを歩き、ホテル街の周囲も点検した。最後は夕方に通勤通学客で混雑する駅の改札口付近で待ちを行なったが、収穫はなかった。

ダウンジャケットの下に保温シャツを着込み、デニムの下にもスキー用のアンダーウエアを穿《は》いたが、スニーカーの底を通して冷気が入り込み、体の芯が冷え切った。

電車を乗り継ぎ、警視庁本部に戻ったのが午後七時半だった。自席に着いてからもダウンを脱ぐことができず、机の下で両手を擦り合わせ、体が温まるのを待った。

「身も心も冷えるよな。この時期手ぶらだと疲れが倍増する」

書類を作成していた隣席の平野が言った。

「すみません、今度は夜間に行ってみます」

「焦るのはわかる。俺だって一カ月獲物なしだからな」

平野の言葉がささくれた心に沁みた。だが、平野は成果を上げている。一カ月のゼロはまだ短期のうちだ。一方、自分は二班にとってただ飯食らいにすぎない。以前は職質でポイントを稼いだが、見当たりの仕事とは随分中身が違う。

この一カ月で一五〇名ほどの手配犯の特徴を頭に叩き込んだ。同僚の平野や小出、そして佐々木らにクイズ形式で顔写真、とくに目元だけを見せられ、一五〇名ほどであれば氏名や年齢、罪状を的確に答えられるようになった。

だが、誰一人片桐の目の前には現れない。片桐はようやく温もりを取り戻した両手を机の上に出し、手配写真が詰まった小型の手帳を開いた。

朝方出勤する前、ア行から手配犯の顔をチェックした。今度はワ行からだ。巻末のページをめくる。何人かは名前と罪状が出てきたが、半分程度はダメだった。

見当たり捜査の才能がないのか。あるいは、手配犯の人相を見る能力自体に問題があるのか。

ワ行からヤ行にかけてページを繰っていると、共助課のドアが勢いよく開いた。次いで、荒い呼吸音が耳に入った。

「失礼、川勝警部はどちらに？」

声の主は、背の高い若い男だった。スーツの左襟に赤いバッジが光っている。

「一課強行犯三係のキャリア管理官さまだ」

平野が小声で言った。捜査一課には三五〇名もの生え抜き捜査員が在籍する。所轄署で華々しい功績を上げ、警視庁の顔とも呼ばれる部署に配属されたノンキャリアの猛者たちだ。一方、一癖も二癖もある捜査員を束ねるのは、階級が警視の管理官だ。一課では半分にノンキャリの叩き上げが就き、残りは警察庁採用の若きキャリアがそのポストを担っている。

「どうされました？」

一課の管理官よりずっと年上の川勝が声を出した。

「お願いがあります」

管理官が腰を折り、席に座ったままの川勝に耳打ちした。話を聞いていた川勝の表情が険しくなる。

「了解、応援を出しましょう」

「ありがとうございます。では、私はこれで」

若い管理官は川勝に一礼し、小走りで捜査共助課を後にした。

「応援ってなんだよ」

川勝の言葉に平野が反応した。

「おい、聞いてくれ」

川勝が立ち上がり、見当たり捜査班のシマに目を向けた。

「一〇分前、有楽町《ゆうらくちょう》駅で刃物による傷害事件が発生した。見当たり班にも応援要請がかかった。この部屋にいる者はただちに臨場し、現場指揮官の指示を仰ぐこと」

平野が頷いた。

「非番や現在も外回りしている者にはこちらから臨場指令を出す、以上」

革のジャケットを椅子の背から取り上げた平野を見上げ、片桐は尋ねた。

「現在進行形の事件《ヤマ》も我々が扱うのですか？」

「滅多にないが、動員がかかった以上やるしかないよ。きっと現場で特別な事情があるはずだ」

「わかりました」

片桐もダウンジャケットを椅子から取り、慌てて手配写真が詰まった手帳を閉じた。

「平野君、一緒に行くわよ」

ちょうど外から戻ってきた丸顔の小出が言った。小柄なショートカットの先輩捜査員は、ロングのダウンコートを羽織っている。

ぐに従った。

「車は？」

「一課が用意してくれるって。早く地下の駐車場へ」

常に稲本が不在のため、二班で実質的にリーダーとなっている小出の指示に、片桐と平野はすぐに従った。

9

有楽町駅の東口、交通会館の横で一課のミニバンを降りると、片桐は他の二班のメンバーとともに山手線の改札口を目指した。

桜田門《さくらだもん》から有楽町まではサイレンを鳴らし、五分ほどで着いた。この間、若い男性が同年代の男性に刺され、重体だと聞かされた。

大手書店脇を駆け抜けたとき、黄色い規制線が見えた。銀座《ぎんざ》に通じる都内有数の商業地のため、規制線の近くまで多くの野次馬が集まっている。

片桐は小出、平野とともに、現場保全要員の丸《まる》の内署《うち》の巡査に敬礼し、規制線の中へ入った。

本部の鑑識課員が一〇名ほど地べたに膝を付け、遺留品の有無を確認しているほか、足跡《ゲソコン》を採取している。二班のメンバーとともに鑑識作業を遠巻きに見つめていると、赤バッジを着けた一課の警部が小出の前に進み出た。

「すぐに来てもらって助かりました」

「どういう状況ですか？」

小出が一歩前に出て、尋ねた。ロングのダウンコートに小さなリュックを背負った小出の外見は、買い物に来た主婦と見分けがつかない。ただ、普段は柔和な丸顔だが、今は両目が切れ上がっていた。凶悪事件に接し、刑事本来の顔つきになった。

「書店を出た被害者男性《マルガイ》が駅に向かおうとした際、改札の手前で別の男性に呼び止められ、振り向いた。その直後、男性は腹部を何箇所か刺された」

警部の話を聞きながら、片桐は周囲を見回した。同じく赤バッジを着けた若手の捜査員が目撃者らしい男女五名に事情聴取中だ。

片桐が目線を戻した直後、警部の手にあったスマホが振動した。通話ボタンを押した警部の顔が一気に曇った。

「わかった。これで殺人未遂から殺人だな」

警部の声に怒気がこもっていた。

「被害者が搬送先の病院で出血多量で亡くなった」

片桐は小出と顔を見合わせた。

「ＳＳＢＣの分析はどうなっていますか？」

小出が警部に言った。途端に警部は顔をしかめた。片桐はもう一度、周囲を見た。警部の背後に、タブレット端末を持った数人の青いジャンパーの捜査員たちが動き回っていた。ジャンパーの背にはＳＳＢＣの文字がプリントされている。刑事部に所属する捜査支援分析センターの頭文字だ。

ＳＳＢＣは、都内全域に設置された監視カメラや防犯カメラの位置を把握し、事件発生時から逃走する被疑者の足取りまでを追う比較的新しいセクションだ。

駅や公共団体だけでなく、一般企業や民家が設置したカメラの位置を常にアップデートしてデータベース化している。本部に異動してから、都内でのカメラのカバー率が九〇％近い数値になっていると小出から聞かされた。

今回の場合、駅の改札付近に設置された防犯カメラから犯行時間帯の画像を回収し、ＳＳＢＣの捜査員が持つタブレットにダウンロードする。担当捜査員たちは手分けして駅周辺の映像を回収し、犯行時から逃走に至るまでの犯人像を捕捉するのだ。

それぞれの防犯カメラの性能や記憶媒体の違いはあっても、警視庁と民間ＩＴ企業が共同開発した特殊なソフトがある。ＳＳＢＣでは回収したデータをつなぎ合わせ、クリアな画像の再生と保存が可能になっている。

「事件発生直後の映像は回収した」

そう告げると、警部が大手町の方向を見た。

「マル被はガード下の商店街へと逃走した」

「そのエリアの画像は？」

小出が矢継ぎ早に尋ねる。

「高架下の商店街なんだが、停電で防犯カメラの映像が撮れていない」

警部が困り顔で言った。ここ数年、ＳＳＢＣの機動力の高さと画像分析能力の精緻さが事件の早期解決に結びついたケースが増えていた。

防犯意識の高まりで市中に監視カメラが急増するとともに、被疑者の犯行をリアルタイムで捉え、逃走経路を精緻に割り出すことが可能になったことが大きい。

今回のような突発的な事件が発生した際も、ＳＳＢＣがいち早く臨場して映像を回収、分析することで、目撃者を丹念に洗い出す地取り捜査の比重が急減していた。

「停電か。リレー捜査がダメになったわけですね」

小出が警部に言った。

「ひとつ、よろしく頼みます」

階級がずっと上の警部が頭を下げた。

「お任せください」

小出が言うと、警部は鑑識課員の元へ向かった。

「見当たりの皆さんですね」

警部と入れ違いに、青いジャンパーの若手捜査員がタブレット片手に片桐の前に立った。

「状況を説明します……」

タブレットを中心に、片桐と小出、平野が取り囲んだ。目の前の地図ソフトには、犯行現場から高架沿いに赤い線が伸び、警部の説明通り高架下商店街のところで途切れていた。

「こちらが被害者の画像です」

片桐の目の前に、モスグリーンのモッズコートを着た青年が映った。駅前の書店から改札に向かう途中だ。寒いのか、右手をコートのポケットに突っ込み、背を丸めている。左手には書店の買い物袋がある。

「ソフトで解析した結果、被害者の身長は約一八〇センチです」

「まだ名前わかっていないの？」

小出の問いに若手捜査員が首を振った。

「身分証を持っていなかったようです。目下、所持していたスマホから通信会社に照会して身元を割っています」

若手捜査員が画面をタップすると、画像が切り替わった。短髪の青年だ。

「こちらが被疑者です」

もう一度若手が画面に触れると、画像が拡大表示された。短髪、太い眉、そして二重の瞼だ。両目は大きく見開かれ、頬と鼻の下、顎に無精髭がある。

「ずいぶん体格良いですね」

片桐が言うと、若手が頷いた。

「身長はこちらが約一八五センチです。胸板が厚く、肩幅も広いがっしりしたタイプです」

若手が言ったとき、片桐は背後に人の気配を感じた。振り向くと、険しい目付きの稲本が立っていた。

「そのマル被の写真、この番号に転送してくれ」

稲本は事務的に自分の携帯番号を若手に告げた。

「了解です」

「稲本さん……」

片桐が言うと、小出と平野が反応した。

「稲本さんにも動員が？」

小出の言葉に稲本が頷いた。

「観《み》始めたばかりの映画を途中でやめた」

稲本が不機嫌そうに言ったとき、鈍い振動音が周囲に響いた。稲本が自身のスマホを確認している。

「たしかに受け取った。それじゃあな」

稲本が踵を返し、書店の方向に歩き出した。

「ちょっと、稲本さん……」

小出が首を振った。

「彼がチームプレーするわけないよね」

小出が溜息を吐き、片桐と平野に目をやった。

「作戦会議するわ。配置を決めるの」

「わかりました」

平野が言ったとき、片桐の視界の隅で稲本が立ち止まった。青い鑑識服の課員とジャーマン・

シェパードの警察犬の傍らだ。稲本は膝を折り、シェパードの頭をなんども撫《な》でている。そして鑑識課員を見上げ、なにか話している。

「ちょっと、片桐くん」

小出が言った。顔を向けると、眉根が寄っていた。

「すみません」

「片桐くんは私と一緒に高架下を歩き、その後は東京駅方向へ行って、八重洲《やえす》口、それから丸の内口までチェックするのよ」

「了解です」

「平野くんは……」

主要駅の見取り図がほぼ全て頭に入っているという小出は、的確に指示を飛ばす。この間SSBCの若手からメールが着信した。マル被の画像だ。小出の指示を聞きながらスマホから鑑識課員の方向に目をやると、もう一度シェパードの頭を撫でた稲本が立ち上がり、右手をあげて交通会館の方向へ去っていった。

「それじゃあ、片桐くんは私と一緒に来て」

小出が被疑者と同じく、高架沿いに歩き始めた。

「あの、小出さん」

横に並びながら、片桐は切り出した。

「稲本さんが挙げた劉なんですけど」

片桐は一月前の西新宿のホテルの様子、そして新宿署の大森との会話をかいつまんで説明した。

「稲本さん、その件は絶対に一本釣りしているわね。でもさ、今回は無理よ」

「なぜですか？」

「だって突発だもん。稲本さんはおそらく手配犯の背後を洗って、彼なりの情報網から端緒をつかんだはず。今回はマル被の名前も年齢もわからない。判明しているのは男ってことだけ。さすがに無理筋よ」

「そうですね」

片桐は頷いた。たしかに小出の言う通りで、稲本も片桐も犯人《ホシ》の粗い粒子の顔写真と性別しか知らない。見当たり捜査官になったばかりの片桐と同一線上にいるのだ。

「絶対捕まえましょう」

自らに言い聞かせ、片桐は足を蹴り出した。

10

大量のコンテナが崩れ落ちるような轟音《ごうおん》が頭上で響き渡ったとき、片桐は顔をしかめた。山手線が通過したのだ。ガードが崩れることはないとわかってはいても、思わず肩が強張る。

片桐は先輩の小出とともに犯行現場となった有楽町駅東口から高架に沿って歩き、ガード下にたどり着いた。

「この辺までは防犯カメラの映像が生きていたわけか」

ガードの入り口近くにある家電量販店を指し、小出が言った。丸い爪の先には、街灯の下に小さな円盤状のカメラが見えた。

「そうですね」

片桐は手元のスマホにあるＳＳＢＣの追跡アプリの画像を見た。小出とともにたどった被疑者の足取りは赤い太線で記してあるが、今立っている地点から先は点線に、そして道路の反対側からは消えている。

「行こうか」

小出が言った。横断歩道のない道路を渡る。昼間だが、ガード下にはライトが灯《とも》っている。和風居酒屋、焼き鳥屋、そして小さなイタリアンレストランが目の前にある。

「店の中もチェックしてね」

「了解です」

細いガード下の通路を小出とともに歩き始めた。

一軒目の居酒屋からは、煮込み鍋の香りが漏れ出していた。客の入りは半分程度だが、ネクタイを緩めた中年男たちがビアタンブラーを傾け、顔を赤く染めていた。片桐は店をひやかす客を装い、店内をうかがった。ネクタイの男たちのほかは、金髪を逆立てた革ジャンの青年が三人、もつ煮とスルメでちびちびと日本酒を飲んでいるだけで、被疑者に似た面相の客はいない。

「このエリアで停電したら、商売上がったりよね」

もうもうと煙を吐き出す焼き鳥屋の換気扇の下で小出が言った。

「こんな場所が残っていたんですね」

東京の西部にある無機質な新興住宅街で生まれ育った片桐には、目の前の映画のセットのような光景が新鮮に映った。

「都内のあちこちに新しい商業施設ができたけど、すましたカフェとか、おしゃれなレストランばかり。結局さ、庶民にはこういう場所が落ち着くのよ。捜査じゃなかったら、この店の焼き鳥テイクアウトしたいもの」

煙の向こう側にある店の様子をうかがいながら、小出が言った。

小出は三九歳、小学生の息子二人を育てている。区役所に勤める夫とともに、非番の日には熱心に二人の息子の野球を指導する母親の顔を持つ。

元々、所轄署で将来を嘱望された強行犯捜査担当だったが、出産を機に子育てに融通が利く見当たり班に異動を願い出たという。

「焼き鳥って、子供にご馳走《ちそう》ですものね」

「そうよ。今度はここで見当たりやって、そのついでに買っていくわ」

小出は隣にある小さなイタリアンレストランの様子をチェックし始めた。片桐は通行人にも目を凝らした。だがスマホの中にある被疑者の人着《にんちゃく》と一致する人物は皆無だった。

被疑者はどこに行ったのか。本来ならばＳＳＢＣがこのエリアの防犯カメラ映像を回収し、確実に足取りをつかんでいたはずだ。

昼間とあって飲食店街の人通りはまばらだ。この小路を逃走し、東京駅の方向に向かったのか。あるいは、ガード下でタクシーに乗ったのかもしれない。共犯がいて車両やバイクで被疑者をピックアップした可能性もある。

「連絡ないわね」

イタリアンの隣にある蔦《つた》のからまったビール専門店の看板を見上げ、小出が言った。

「なんの連絡ですか？」

「前歴者リストに該当者がいたかどうか」

東京駅方向に歩き続けながら、小出が言った。話しながらも、ベテラン捜査員の視線は常に周囲をチェックしていた。

「どうやって照会するんですか？」

片桐も小出に倣《なら》い、周囲の店のほか、店と店のわずかな隙間にも目を向けた。被疑者が店の中にいるとは限らない。昭和の香りが残る小路には、ビールの空きケースや野菜を運んで用済みとなった段ボールがあちこちに積まれていた。無造作に積まれた段ボールの陰に隠れるという手段もある。

「動体認識って知ってる？」

「映画とかドラマでは観たことがありますけど」

「警視庁本部では導入済みよ」

「本当ですか」

「ええ」

小出によれば、ＳＳＢＣが事件現場で回収した動画は、即座に鑑識課に転送されるという。鑑識課には、古い動画や写真を鮮明な画像に修復する特殊なソフトやシステムがある。このほかにも、前歴者が写った写真や動画を保存し、今回の事件のように新たに回収した動画とチェックする機能もあるのだと小出が明かした。

「例えばだけど、片桐くんは踵《かかと》を擦りながら歩く癖がある」

「そうですか？」

小出が立ち止まり、片桐の足元を指した。片桐は右足を上げ、スニーカーの裏を見た。

「たしかに……」

スニーカーの踵の部分が歪《いびつ》な形で磨《す》り減っていた。

「一人一人の歩き方や、首の傾け方には特徴があるの。なんでも最近鑑識課はＡＩを導入して、膨大な前歴者のリストから、こいつだって、すぐに結果が出るようにシステムをアップグレードしたらしいから」

近未来のロボットや兵器が登場するＳＦ映画で、独裁政権が反逆者を探し出すシーンがあった。国民全員の顔と全身写真を登録した上で、街中に監視カメラを設置し、誰がいつ、どこにいたか把握するという内容だった。反逆者に逃げ場はなく、作中の警察官がボタン一つで被疑者の位置を即座に把握した。

片桐自身は権力者の側に立っているが、映画のように個人の行動履歴までを全て政権が管理するような考え方には賛同できなかった。

「本当ですか？」

「鑑識に同期がいるからね。記者発表していないから、外部の人に言っちゃだめよ。プライバシーの問題とかでメディアが騒ぎそうだから」

「はい」

「でもね、中国では巨大な監視システムが完成して、実際に稼働して被疑者をバンバン捕まえている」

小出が足を止め、スマホの画面をなんどかスワイプした。目を凝らしてみると、週刊誌の記事だった。

〈中国国内には一億七〇〇〇万台の監視カメラが設置され、近い将来四億台に増加する。顔の画像は収集が容易であるため、これが政府によって国民監視の重要ツールとなることは確実〉

見出しを読んだ瞬間、言い様のない不気味さを感じた。

〈顔認証技術とＡＩによる分析はシステム構築が容易なため、同国政府は犯罪人の炙り出しに活用している。ＡＩが間違いを起こす確率は一〇〇万分の一程度で、同国で開催された国際会議やスポーツ大会の警備にも実装されている〉

〈大規模コンサートで指名手配犯を五名逮捕、ＡＩと監視カメラが活躍〉

「でしょ？　これ、同じことを日本でやったら大変」

「確実にメディアが騒ぎますね」

片桐が言った直後、小出のスマホが振動した。

「連絡よ。ちょっと待って」

小出が画面になんどか触れ、溜息を吐いた。

「鑑識からよ。前歴者リストに該当者なしですって」

「わかりました。絶対に俺たちが捕まえましょう」

「その意気よ」

小出が拳を握り、笑みを浮かべた。小出はこうやってやんちゃな息子たちを育てているのだ。未《いま》だ獲物ゼロの片桐は、小出から見たらできの悪い子供と一緒なのかもしれない。

「それにしても、本部の上層部は相当焦っているわね」

「なぜですか？」

「上層部はこのところ、ずっとＳＳＢＣ任せだったの。実際、凶悪事件の検挙率が上がっていたからね。まさか停電で足をすくわれるとは思っていなかったのよ」

「なるほど」

「だから超アナログな私たちにお鉢が回ってきたの。実力見せてやろうじゃない」

小出の目付きが変わった。わんぱく坊主を愛《め》でる母親の顔ではなく、貪欲に獲物を狙うハンターの鋭い視線だった。

11

三〇分前、小出と東京駅の八重洲口で別れた。片桐は長く混み合う通路を歩き、東京駅の西側にある丸の内口に出た。

丸の内、大手町と日本で最大のビジネス街を擁するだけに、行き交う人の大半は勤め人だ。分厚いチェスターコートを羽織ったビジネスマン、ロングレザーのコートを着こなした重役風の男たちが何人も目の前を通り過ぎる。

片桐は、鑑識課から転送されてきた新たな写真をスマホで確認した。太い眉、二重瞼と人相だけだった被疑者の画像が、鑑識課のソフトによって一層鮮明になっていた。被疑者は黒いレザーのライダースジャケットを着用し、膝に穴が開いたデニムを穿いていた。

視線を改札口からタクシー乗り場へと移す。目の前を行き交うのはビジネス客、そして地方から大きな荷物を抱えて上京した観光客らしき一団で、挙動不審な人物はいない。

被疑者が片桐の目の前に現れれば、否《いや》が応《おう》でも目に付く。休日ならばカジュアルな身なりをしている者が多いが、平日のビジネス街ではライダースジャケットは目立つからだ。

周囲を見回し、被疑者がいないことを確認すると、片桐はもう一度スマホに届いた写真をチェックした。

濃い目の顔つきで、勤め人のような感じはしない。飲食業、あるいはモデルかもしれない。

〈引き続き八重洲。改札、券売機前をチェックしたあと、駅直結の百貨店を検索〉

スマホに小出からダイレクトメッセージが届いた。了解と返答し、片桐は再度歩き始めた。

ベテランの小出のセンサーにも被疑者の反応はない。検索対象を広げたのであれば、新人の自分も倣うべきだと考えた。

八重洲口への通路を歩き、今度は地下街へ向かう。ここ数年、東京駅の地下街は再開発が進んでいる。

都内の有名ラーメン店が相次いで支店を出し、人気の高い店の前には長蛇の列ができている。ラーメンのメニューを確かめるふりをしながら、片桐は行列する人たちの顔と服装を素早くチェックした。だが、ダウンジャケットの人間が大半で、ライダースジャケット姿の男性の姿はない。もう一度、スマホの画面を見る。被疑者は黒いレザーにダークインディゴのデニムを着用していた。被害者が失血死するほどのダメージを与えたのであれば、被疑者も相当な返り血を浴びている。白っぽいジャケットやコートならば、返り血が目立つ。だが、黒い革なら血の色が同化する。ハンカチやタオルがあれば拭き取ることも可能だ。

現場に刃物が落ちていなかったことを勘案すれば、被害者の体から刃物を引き抜いたのは確実だ。被疑者は凶器となった刃物を今も所持している可能性がある。万が一、目の前に被疑者が現れたら、周囲に迷惑をかけぬよう取り押さえなければならない。いや、その前に応援を呼ぶ必要がある。

あれこれ考えを巡らせながら、片桐はラーメン屋が連なる一帯を抜け、革製鞄《かばん》の専門店やテレビ局のキャラクターグッズを売る店の前にきた。

有楽町駅に臨場してから、すでに三時間半が経過した。普段の捜査は、いつ現れるか全く予想もつかない手配犯を追っている。だが、今はリアルタイムで被疑者の姿を探している。少しでも気を抜けば、目の前を通り過ぎ、手の届かない場所に逃げてしまうかもしれないという恐怖心さえある。

周囲の通行人に不審感を与えぬよう、片桐は店の前にあるベンチに腰を降ろし、待ち合わせを装って被疑者の姿を追う。二、三分の間隔で鑑識課やSSBCからの連絡がダイレクトメッセージを通じて入った。だが、有楽町駅や新橋《しんばし》駅など近隣駅で被疑者らしき人物を発見できていないという事務連絡ばかりだった。

〈現在、駅の地下街の一角。姿ナシ〉

スマホで小出に連絡を入れる。

〈了解。こちら百貨店の地下食品売り場。姿ナシ〉

小出から即座に返信があった。

〈もう一回り、丸の内口をチェックして〉

小出から矢継ぎ早に指示され、片桐は立ち上がった。

「打ち合わせ、始めるわね」

事件発生から丸一日が経過した。捜査共助課の隅にある小さな会議室で小出がメモ帳を手に立ち上がった。

片桐はスマホを取り出し、メモアプリを起動した。右隣には平野、左側には女性捜査員で、片桐より五期上の佐々木睦美巡査部長がいる。

昨日、片桐と小出は午後一一時過ぎまで東京駅の構内、そして付近の商業施設を歩き、逃走した被疑者の姿を追った。だが、人波が減るとともに見当たり捜査員の姿が目立つことを懸念した川勝の指示により、引き揚げが決まった。今日も通常の見当たり捜査と並行して二班の面々は都内の主要駅や繁華街に出たが、成果はなかった。

片桐はスマホに表示された時刻を見た。午後九時三五分だった。捜査本部が立ち上がった丸の内署に見当たり班代表として参加した小出は、概要を二班に伝えようと都内各地に散っていたメンバーを本部に集めたのだ。

「一課の調べで判明した概要を伝えます。被害者の氏名は宇佐美浩太郎《うさみこうたろう》、二九歳。通信会社の契約から身元が判明しました」

小出の声を聞きながら、片桐はフリック入力で情報をスマホに打ち込んだ。

「宇佐美さんは下北沢《しもきたざわ》にある演劇集団・ピュアマトリックスに所属する俳優で、現住所は世田谷《せたがや》区上北沢……」

小出が淡々と概要を読み上げる。右隣の平野は小さな手帳にペンを走らせ、左側の佐々木はスマホの録音アプリで小出の話を録《と》っていた。

「宇佐美さんは石川県金沢市の出身で、高校卒業後に上京。私大のサークルに入ってから演劇に開眼し、大学を中退。その後は現在の所属劇団にて主要メンバーの一人として大道具から営業、もちろんステージにも立っていた」

片桐がメモを打っていると、小出がメンバーそれぞれに小さな顔写真を配った。ツーブロックで前髪を垂らした青年だ。鼻筋が通り、口が大きい。演劇に興味はないが、整った顔立ちは役者然としている。

「本業だけで食べていたの？」

今まで黙って説明を聞いていた佐々木が口を開いた。

佐々木は元々捜査二課に在籍していた。強行犯捜査のように凶悪な犯人《ホシ》を追う部署ではなく、横領や贈収賄など知能犯を追う捜査員だった。

平野によれば、徹底した保秘の世界で、隣の係がなにを追っているかも秘密にされる仕事の中で、心のバランスを崩し、半年の休職を経て二班へ転属してきたという。

二課の仕事の大半は、悪事を働く人間を根気強く内偵することだ。組織内部での強烈な足の引っ張り合いに疲れた佐々木にとって、個人で動く見当たり班の仕事は性に合っているらしい。何人もの知能犯を理詰めで自供させた経歴もあるという佐々木は、小出の説明にも自ら切り込んだ。細面でセミロングヘア、女優ならばクール・ビューティーと評されるような風貌で、語り口も常に冷静だ。

「もちろん、昔から劇団員は低収入が定番よ。宇佐美さんもコンビニや居酒屋のアルバイトで食い扶持《ぶち》を稼いでいたようね」

「バイト先の鑑は？」

佐々木は矢継ぎ早に訊《き》く。

「気さく、真面目で通っていたようね。バイト先はもちろんのこと、細々とこなしていたモデルの仕事でも恨みを買うような人物では決してない、そんな証言ばかり集まったそうよ」

「了解……」

佐々木の声のトーンが下がった。片桐が横を見ると、佐々木は顔写真を睨み、顔をしかめていた。

「どうしたの？」

小出が不満げに言った。

「いえ、今どき、そんな聖人君子がいるのかなって思ったの」

「鑑取りについては、一課の情報を信じるしかないわね」

「それはそうなんですけど」

佐々木はなおも写真を凝視している。

「見たことある人ですか？」

片桐が尋ねると、佐々木が首を振った。

「ないわ。でも、どこか隠し事とか、陰があるような気がするの」

狡猾《こうかつ》で人を騙《だま》すことを全く厭《いと》わない知能犯と対峙《たいじ》してきた佐々木は、口を真一文字に閉じ、黙り込んだ。

「それから、現在の状況を伝えておくわね」

小出が佐々木を一瞥したあと、切り出した。

「有楽町の高架下で姿が途絶えて以降、被疑者の痕跡をたどれていない。この状況は昨日とかわりなし」

「今後も手伝いを？」

平野が尋ねると、小出が頷いた。

「肝心のSSBCが機能しなかったので、一課の管理官は私に猫撫で声を出したわ」

昨日見た背の高い管理官は、プライドの高そうなキャリアだ。それが頭を下げてきたことが小出には嬉《うれ》しかったらしい。

「以上が先ほどの捜査会議の概要。なにか質問は？」

片桐は二人の先輩の顔を見た。二人とも首を振っている。片桐も同じ気持ちだ。あくまで捜査は一課が主体であり、見当たり班は補助にすぎない。だが、やれることはある。

「あの、いいですか？」

片桐は恐る恐る切り出した。

「なに？」

小出が言った。

「こうして被害者のプロフィールが出てきました。今後は被害者の鑑に沿った見当たりをしませんか？」

片桐の言葉に、三名が頷いた。

「そうだな。犯行現場付近を手当たり次第張っているより、効率的かもしれない」

平野が言うと、佐々木も口を開いた。

「それ、いいかも。ちょっと考えてみない？」

片桐らは一斉に頷いた。

「それじゃあ、私から」

小出が身を乗り出した。

「痴情のもつれじゃないかな。だってイケメンで劇団員、モデルだもの。彼女を取られた男が逆恨みしたのかも」

片桐はスマホのメモ欄に〈痴情のもつれ〉と書き込んだ。

「以前所轄にいたとき、彼女を取られた男が、新しい彼氏の家の前に張り込んでトラブルになったの。交番勤務だった私は、先輩と一緒に仲裁した。男のジェラシーは怖いから」

ベテランの小出らしい見立てだった。実際に同じような経験があれば、見立てにも説得力が増す。

「劇団とかモデルの仕事って、オーディションがつきものでしょう。マル害のせいで役を取り損なった人とかじゃない？」

佐々木が被害者・宇佐美の写真を見ながら言った。片桐自身、芸能関係の仕事の中身には全く知識がない。先輩の言葉に納得した。白昼堂々、衆人環視の下で被疑者は犯行に及んだ。根深い怨恨の感情が事件の背後にある公算は高い。

「俺も佐々木さんに同意です。一課の鑑取りは、良い人アピールばかりじゃないのかな」

平野が言った。

「案外こういうイケメンって裏表があるよ。中学時代、こういう奴が裏で陰湿ないじめやっていたからな」

「なるほどね、そういう見方もあるわね」

平野の話を聞いた直後、小出が片桐に目を向けた。

「友人関係のトラブルとか、そのくらいしか……」

片桐が言葉尻を濁すと、小出と平野が溜息を吐き、佐々木が舌打ちした。

「まあ、様々な事柄を考えながら、見当たりしよう」

沈んだ座のムードを変えようと、小出が明るい声音で言った。

「被害者の自宅が上北沢だったから、私は新宿駅の小田急の改札中心に待ちをやるわ」

佐々木が言うと、今度は平野が口を開いた。

「それじゃ、俺は下北の京王線エリアを重点的に当たります」

「俺は新宿駅の京王改札と西口を検索します」

「それじゃ、明日の朝はみんな現場直行でお願いします」

一課から渡された資料を片付けながら、小出が立ち上がった。片桐は心の中にあった疑問を口にした。

「あの……稲本さんはどうされるのですか？」

稲本という名前を口にした途端、三人の先輩たちの顔が曇った。

「チームプレーしない人だから、どこかで見当たりしていると思う。それにこの前、中国人の逃亡犯を検挙したばかりだから、余裕あるんじゃないの？」

吐き捨てるように言うと、小出がコートとバックパックを携え、二班のシマを後にした。

「稲本さんは一課におられたんですよね」

メルトン素材のロングコートに袖を通した佐々木に尋ねた。

「そうらしいけど、詳しいことは知らないし、興味もない。だって、ほとんどいないんだもの」

「そうですか……」

佐々木も小出の後を追うように出ていった。

「警察の仕事はコンビ、もしくはチームが基本ですよね」

片桐は平野に小声で言った。夜間の警ら、聞き込みは二人組が鉄則だ。見当たり班は捜査員が一人で街頭に立つが、他の捜査員とは常に連絡を取り合い、いざ指名手配犯が現れた場合はチーム単位で身柄確保に動く。だが、稲本だけはいつも単独行動だ。

「川勝警部に怒られる、あるいは刑事部長から睨まれることはないのでしょうか？」

「まあ、彼のことは気にするな。俺たちとは次元が違うんだ」

平野に肩を叩かれ、片桐は立ち上がった。

12

「追加でお稲荷《いなり》さんをください」

「はいよ」

片桐の目の前にあるカウンターに、小皿にのった二個の稲荷寿司が置かれた。空いた丼を下げてもらい、片桐は片手で稲荷を口に放り込んだ。

昨夜の二班の打ち合わせを経て、片桐は新宿駅の西口エリアを任された。午前七時半に地下鉄に乗って新宿駅に到着した。

西口のバス乗り場周辺を歩き、近くの喫煙所もこまめに覗《のぞ》いた。このほか、京王線と小田急線の改札付近にも一時間ずつ張り付いた。

午前一一時近くになり、戦後の闇市の面影を残す思い出横丁に赴き、立ち食い蕎麦《そば》屋に入った。二月の寒風がきつく、体を温めようとかき揚げ蕎麦をオーダーしたが、もの足りなかった。

「ごちそうさま」

小皿を店員に戻すと、片桐は再び新宿駅西口を目指した。

新宿駅へ向かう人、小滝橋《おたきばし》方面へ急ぐ者が狭い歩道の中を行き交う。すれ違う人波に目を凝らすが、殺人事件の被疑者はいない。それどころか、見当たり班の主任務である指名手配犯の姿も見えない。

今度は、西新宿の商店街を目指す。西口と目と鼻の先だが、家電量販店が軒を連ね、人通りが多い。通勤時間帯が過ぎ、鉄道の乗降客も減ってきた。量販店の周囲やスマホ売り場を冷やかす客になりきり、回った。

だが、被疑者の顔はない。その次は、西口から都庁や百貨店をつなぐ地下通路に降りてみた。地上のロータリーとバスターミナルを支える太い柱が何本も建っている。五、六本の柱には、背をもたれて休むホームレスたちの姿がある。

片桐はゆっくりと彼らに近づき、面相をチェックした。中年から壮年の男女ばかりで、被疑者の年代と合致する人間はいなかった。

目の前を行き交う人波に注意を払いつつ、片桐は駅構内のそこかしこにある監視カメラをチェックした。

鉄道会社が導入したカメラのほか、近隣のビルにつながる通路にも小型で広角レンズを備えたカメラが設置されている。それぞれの筐体《きょうたい》には小さなランプがあり、録画中であることを示す赤色のランプが点《とも》っている。

昨日の停電によって捜査が頓挫したSSBCは、警視庁管内にある監視、防犯用カメラの九〇%近くの設置情報を把握していると小出から聞かされた。

同時に新宿署の大森の顔が浮かんだ。所轄署時代に新宿署を訪ねた際、勤務終わりの大森と居酒屋に行こうという話になった。片桐はてっきり歌舞伎町に行くものだと思っていたが、大森は西新宿の裏通りにある台湾料理屋に赴いた。

〈歌舞伎町の至るところに防犯カメラが設置されている。中には新宿署の生活安全課のモニターに直結されている物もある。とてもじゃないが、飲んだ気がしない〉

大森は諦め顔で言った。新宿署は一分間に三度も一一〇番通報がある全国でも一番忙しい所轄署だ。

東洋一の歓楽街歌舞伎町では、日常的に喧嘩《けんか》が発生し、酔客のトラブルが頻発する。暴力団絡みの事件も起こるので、生活安全課や刑事課の当直捜査員が定期的に防犯カメラの映像をチェックし、時にはズームアップして人物の顔を特定するため、新宿署の面々は歌舞伎町を避けるのだという。

突然、ダウンジャケットのポケットのスマホが震えた。取り出してみると、小出からのメッセージだった。

〈こちら異常なし〉

〈新宿西口、異常なし〉

即座に返信を送り、再び歩き出す。都庁方面につながる地下通路のあちこちにも監視カメラが設置されている。

小出が明かしてくれたように、鑑識課には特殊なソフトがある。前歴者のデータベースとＳＳＢＣが回収した画像を照合し、たちどころに被疑者を合致させる。

今回の刺殺事件では、被疑者に前歴がなかったことから、前歴者と歩行データから行動を把握できなかった。

複数のカメラの位置を確認しながら、ぐるりと地下のロータリーを一周する。街中にカメラが設置され、警察側のシステムも精度が上がっている。事件を起こせば、逃げ場はない。有楽町の事件は、停電という要因が被疑者を利した特殊なケースだ。

片桐の目の前を、猫背気味の男が通り過ぎたとき、稲本の顔が頭をよぎった。

先月、稲本が検挙した劉という手配犯は、物理的に二〇年近く日本から離れていた。だが、偽造パスポートを使い、何食わぬ顔で再来日して女を買っていた。例えば、過去一、二カ月の間に日本で事件を起こしていれば、鑑識課のデータベースに監視カメラ映像が吸い取られ、身柄を拘束されていたかもしれない。

だが、劉は他の金持ちの中国人に混じり、一般市民を装って来日したことから、監視の網から逃れていた。片桐は立ち止まり、都庁につながる通路を見た。この先にある老舗ホテルに劉がいることを、稲本はどのように炙り出したのか。

この一カ月、稲本のことばかり考えている自分に気づいた。元捜査一課という経歴、刑事のセオリーを無視した完全なる単独行動。二班は常に一名欠員状態で回っていた。なぜ自分勝手な行動が許されているのか。ポイントの高い重要指定の手配犯を軒並み検挙していたことから、単独での捜査が容認されているのか。二班の先輩捜査員たちは稲本の存在をなかったことのように働いているが、どうにも気にかかる。

〈一課の包囲網に獲物かからず、見当たり継続指令〉

再度、スマホが振動した。係長の稲本がいないため、実質的な現場責任者は小出だ。

〈了解。引き続き検索〉

メッセージを返すと、片桐は強く首を振った。稲本のことは一旦忘れるしかない。スマホの画面を今回の事件の被疑者写真に切り替え、片桐は濃い目の顔を凝視した。

13

駅中のコンビニで握り飯を買ったあと、片桐は地下のロータリーの柱にもたれながらこの日二度目の食事を胃に流し込んだ。新年会の季節がとっくに終わり、歓送迎会にもまだ間がある二月の夜は、ダウンジャケットを通して凍《い》てつく風が体に突き刺さる。

スマホのモニターにある時間をチェックする。午後一一時五三分、あと一時間ほどで新宿駅を出発する電車がなくなる。

京王や小田急の改札方向に走り込むサラリーマンや、酔ってまともに歩けない大学生たちの姿を見送り、なおも街中の人波に目を凝らしたとき、スマホが震えた。入電のランプが点《とも》り、小出の携帯番号が表示された。すぐに通話ボタンを押す。

〈新宿駅の終電が全て出たら、一度本部に戻って〉

心なしか小出の声が疲れていた。

「了解しました。そちらはどうですか？」

〈ダメね。あちこち回っているけど、アタリなしよ〉

「お子さんたちは？」

〈だんなが残業切り上げてみてくれている。ちょっと疲れた。子供の顔見たいよ〉

そう言うと、小出が電話を切った。

有楽町の現場に臨場してから丸二日だ。片桐は新宿区のはずれにある山吹町のアパートに全く帰っていない。警視庁本部内の仮眠所でシャワーを浴び、何人もの捜査員たちがいびきをかく二段ベッドの部屋で体を横たえただけだ。

一方、子育て中の小出は毎晩遅くに新小岩《しんこいわ》の自宅マンションに帰宅し、洗濯や弁当の仕込みをこなしてから現場に出ていた。母親の役目は絶対に手抜きしたくないと言っていたベテランにも、色濃く疲れが滲んでいた。

片桐はもう一度周囲を見回した。私鉄二線の改札方向に、人が吸い込まれるように流れていく。酔客のほか、残業疲れで俯《うつむ》いて歩くサラリーマンも多い。スマホの時刻表示が午前零時になる直前、多くの人が疲れた体を引きずるように改札に急いでいた。終電が無くなれば、タクシーで本部まで戻らねばならない。経費精算が済んでおらず、財布の中は領収書の束が出来始めている。

通常の見当たりで結果が出せず、現在進行形の凶悪事件に際しても、全く手がかりが得られていない。いつになったら負のループから抜け出せるのか。そんなことを考えた直後だった。ポケットのスマホが再び震えた。画面には再度、小出の名前が表示されている。子供が熱でも出したのか。そろそろ小出を解放し、母親の役目に返してあげたい。そんな思いで通話ボタンを押した。

〈被疑者、確保だって！〉

予想に反し、電話口で興奮した声が響いた。

〈一〇分前に身柄確保したあと、今は四谷署《よつや》に移送中だって、一課の警部から連絡が入ったの〉

「被疑者はどこにいたんですか？」

〈二丁目のサウナだって〉

「二丁目って、新宿二丁目ですか？」

〈そうよ。サウナという名のハッテンバらしい〉

「とりあえず、よかったです。本部に戻りますね」

片桐がそう告げた直後、電話口で深い溜息が漏れた。

「どうされました？　やっと子供さんの面倒をみられるじゃないですか？」

〈捕まえたのは、一課の人じゃないのよ〉

「所轄の地域課とかですか？」

〈違うの。稲本さんよ〉

「えっ……」

〈詳しいことは私も聞かされていない。とにかく本部に戻って〉

「了解しまし……」

片桐が言い終えぬうちに、小出が電話を切った。片桐はスマホを呆然《ぼうぜん》と眺めた。また稲本だ。

前回の劉のケースでは、新宿署の大森のような地域の情報を網羅しているベテラン刑事を稲本は出し抜いた。ただ、なんらかの方法で劉の再来日の情報に接し、そしてその目的をも知り得ていた公算が高い。

だが、今回は全く状況が違う。丸の内署に立った捜査本部《ちょうば》では、被害者の氏名と履歴は確認したものの、被疑者に関しては素性を割っていなかった。この結果、氏名不詳のまま全国に指名手配をかけていた。

二日前の事件現場の光景が頭をよぎる。小出ら二班のメンバーと片桐は真っ先に臨場した。捜査一課の警部から状況説明してもらい、犯人《ホシ》はその間にも逃走を続けていた。そして数分後、稲本が姿を見せた。稲本は一課のメンバーから詳しく話を聞くでもなく、ジャーマン・シェパードの警察犬を帯同した鑑識課員と話をしていただけだ。

なぜ稲本が犯人《ホシ》の居所を突き止め、身柄確保に至ったのか。人気が失くなりかけた新宿西口の地下ロータリーで、片桐は考え続けた。

14

「おつかれ」

平野が佐々木とともに本部の見当たり班のデスクに帰ってきた。

「寒かったね」

小出が労《ねぎら》いの言葉をかけたあと、片桐に顔を向けた。

「ビール買ってきたから、飲もうよ」

片桐は二班専用の冷蔵庫から人数分の缶ビールを取り出し、小さな会議机に置いた。

「とんだ幕切れだよな」

不貞腐れた顔で平野がビールのプルトップを開け、口をつけた。本来なら犯人検挙を受け、皆で乾杯すべきタイミングだが、この場にいる誰一人として喜びを口にしない。

「まったくさ、あの人はどんな手を使ったの？」

ビールを一口飲んだ佐々木が低い声で言った。

「今回は犯人の鑑がわからないじゃない？　不思議なのよ」

ビールを片手に、小出が首を傾げた。

「二丁目のサウナって、要するにアレなわけですよね？」

平野が小出に言った。

「ええ、ゲイの人たちが相手を探す場所よね」

「犯人がゲイだってこと、稲本さん知っていたのかな？」

平野が言ったが、誰も口を開かない。

片桐の脳裏に、かつて所轄署で応援に出た薬物事件の光景がよぎった。生活安全課の内偵により、新宿二丁目の古いサウナが覚醒剤の取引現場となっていたことが判明した。

片桐はサイコロ大の超高感度カメラをバスタオルに仕込み、かび臭いロッカールームで覚醒剤の取引が実行される模様を撮影した。証拠となる映像を押さえたことで、片桐の合図で一〇名の捜査員がロッカールームになだれ込み、売人と客ら五名を現行犯逮捕した。

この逮捕劇の直前一週間で、片桐はバスタオルを腰に巻いたほとんど裸の状態でなんどもロビーやサウナ、簡易ベッドが置かれた部屋を行き来した。この間、なんども屈強な男たちから声をかけられたが、なんとか誘いを振り切った。二度とやりたくない内偵だった。

平野の言う通り、稲本は被疑者の性的指向を把握した上で見当たりに臨んだのか。だが、捜査本部でさえつかめなかった性的指向をどう知ったのか。

「この三日間、無駄だったわね。他の刑事なら素直に喜べたのに、なんで稲本さんなの」

溜息を吐きながら、佐々木が言ったときだった。捜査共助課のドアが開き、乾いた靴音が響いた。反射的に片桐と二班の面々が音の方向を見た。

一際目つきの鋭い男が周囲を威嚇するように睨んだ。

「稲本さん……」

片桐は思わず立ち上がった。名前を呼んだことに気づいているはずだが、稲本は一切反応せず、猫背でゆっくりと専用端末に向け歩いていく。

一方、佐々木が舌打ちしたのち、小出はプイと横を向いた。平野は小さく頭を下げた。

「お疲れ様でした」

平野の言葉が届いたはずだが、稲本は立ち止まらず、返答することもなかった。稲本は専用端末の前に陣取ると、キーボードを打ち始めた。片桐は稲本の背後に回り、画面を見つめた。

手慣れた様子でページをスクロールした稲本は、二日前に指名手配された男の顔を見つけると、おもむろにキーボードを叩いた。警察庁の全国指名手配の欄には〈氏名不詳〉とある。

〈警視庁見当たり捜査班が検挙〉

稲本が打ち込むと、数秒後に画面が切り替わった。濃い目の顔に赤い斜線が引かれた。稲本は画面を再確認すると、黙って立ち上がった。

「おめでとうございます」

片桐は稲本の顔を見上げ、言った。

「別に大したことじゃない」

ぶっきらぼうに言うと、稲本が出口に向けて歩き始めた。

「少しいいですか？」

稲本の背中に向け、片桐は言った。だが、反応はない。片桐の突飛な行動に、小出ら二班の面々の視線が集まった。

稲本はゆっくりと歩き続ける。

「稲本さん！」

片桐は語気を強め、言った。しかし、稲本は止まらない。二カ月連続で重要指名手配犯を検挙した稲本だが、その体から興奮した様子は一切みられない。淡々と手配犯を追い詰め、狩っただけ。被疑者の身柄を拘束した直後、どんな捜査員でも興奮する。平野がゲームセンターで手配犯を見つけ出したとき、単なる補助だった自分も血圧が一気に上昇した。稲本は連続で世間が注目する被疑者を捕まえたのに、体温はおろか脈拍も上がっていないのだろう。

稲本がドアノブに手をかけ、扉を開けた。

「稲本さん！」

もう一度呼びかけるが、稲本は足を止めない。

「稲本さん、待ってください！」

片桐が叫ぶと稲本が怪訝な顔で振り向いた。

「少しだけ、俺に時間をください」

稲本は舌打ちしたのち、顔をしかめて歩き出した。ここで稲本が姿を消せば、当分会うことはない。いや、次に会う時は、稲本が新たな獲物を捕らえ、専用端末に入力するときだ。三日後か、あるいは二カ月先か。いずれにせよ、手配犯をどうやって見つけ出したのか、聞き出すのは今しかないのだ。

片桐はダッシュした。白い壁の廊下を先回りし、通せんぼの形を作った。

「少しだけでいいんです」

ようやく稲本が足を止めた。だが、眉根を寄せ、片桐を睨んだあと、首を振った。

「どうしてもダメですか？」

稲本が深く溜息を吐いた。稲本の鋭い視線に後退《あとずさ》りしそうになったが、懸命に堪えた。

「どうして連続二件、あれだけの大物を捕まえることができたんですか？」

片桐は思いの丈《たけ》を稲本にぶつけた。

「偶然だ」

「うそだ。偶然であんな成果を出せるはずがありません」

片桐がもう一度叫ぶと、稲本の眦《まなじり》が切れ上がった。

「言いたいことはそれだけか？」

「稲本さんのやり方、教えてください！」

一段と力んで告げると、稲本は鼻で笑った。

「どうか教えてください。俺、成果を上げて一課に行きたいんです」

片桐は深く頭を下げた。今度は、舌打ちも鼻で笑う音も聞こえない。思い切って顔を上げた。今までの険しい目つきが消え、稲本の顔は無表情になっていた。その後、稲本はゆっくりと廊下の天井を見上げた。

「やめておけ。一課はくだらない場所だ」

ぼそりと告げると、稲本が歩き出した。険しい表情は消えたが、今度は絶対に声をかけるなと言われているようで、片桐は立ちすくんだ。

猫背で歩く稲本の姿が遠ざかっていく。稲本が唾棄した言葉が、片桐の後頭部でなんども反響し続けた。

15

有楽町駅殺人事件は発生から三日目にして急転直下、犯人が逮捕された。

緊急動員された見当たり捜査班、捜査一課の精鋭たち、このほか緊急配備体制が敷かれたため、膨大な数の都内の警官たちが振り回された。しかし被疑者は稲本があっけなく身柄を確保し、捜査本部に引き渡した。

前日の深夜、刑事部長と捜査一課長が緊急会見を行ない、被疑者を通常逮捕したと世間に大々的にアピールした。だが、片桐や二班の面々は複雑だった。

従来の稲本の捜査スタイルは、重要指定された手配犯の背後を丹念に探り、立ち回り先を予《あらかじ》め予想した上で動いていた公算が大だった。他の班員のように膨大な数の顔を記憶するだけでなく、手配犯の人間関係、土地勘、果ては劉のような人物の性癖さえ押さえていた。

だが、三日前に発生した事件ではお得意の手法が使えなかったはずだ。被疑者の氏名はおろか、年齢や職業も不明のままで、二班だけでなく、一課の花形刑事らと稲本のスタートラインは同一だった。

なぜ新宿二丁目というピンポイントのエリアを探し出すことができたのか。片桐は通常業務に戻ったあとも考え続けた。逮捕現場を見なければ始まらないと考え、片桐は二班の朝の打ち合わせを経て、新宿二丁目に足を向けた。

午前一一時半過ぎ、二丁目の仲通りに面した蕎麦屋で名物の割子そばと天ぷらの盛り合わせをオーダーした。蕎麦が届くまでの間、打ち合わせで小出からもらった一課の発表資料を睨んだ。

被疑者氏名は、米原大助《よねはらだいすけ》、年齢は三五歳だ。有楽町駅の防犯カメラが捉えた手配写真と同様に、一課が作成した内部向けの資料には二重瞼の濃い目の顔つきの写真が添付されていた。

一課長の記者会見では〈犯行自体は認めているものの、詳しい動機については供述を渋っている〉との発言があった。

実際、一課の取り調べでは、被害者の立ち回り先である有楽町の書店を知っていて、待ち伏せした上で刺したことを米原が認めたという。

被害者は有楽町の書店に定期購読の雑誌を取りに行った。同時に、本好きだった被害者は新刊本や文庫本の棚をチェックしていた。被害者の氏名が判明した直後、丸の内署の捜査本部はこうした被害者の行動パターンを把握していた。被害者の行動パターンを米原も知っていて、恋愛感情のもつれから殺したことをほのめかしている。

二班の面々が想定した被疑者像は、逮捕された米原とはだいぶ違った。米原は劇団の活動とは縁遠いごく普通の派遣社員だった。米原は小田原《おだわら》にある外資系通販会社の倉庫で仕分け作業に従事していた。住所は下北沢から遠く離れた台東《たいとう》区の三ノ輪《みわ》にあるシェアハウスだ。

被害者が下北沢の劇団に所属し、まれにモデルとしても活動していたことから、同地および最寄り駅や沿線である小田急、京王の私鉄駅、そしてターミナルとなる新宿駅周辺を二班が集中的に張ったのは完全なる空振りだったわけだ。

事件が解決した今となっては、米原と被害者が恋仲にあったことで、同性愛者が多く集う新宿二丁目というエリアが立ち回り先として自然に浮かんでくる。だが、なぜ稲本がこの最重要ポイントに気づいたのか、片桐にはまだわからない。

蕎麦が配膳されたあと、片桐は急いで食事を平らげた。現場はどんな状況だったのか。店を出ると、片桐は二丁目の仲通りを新宿御苑《ぎょえん》方向に南下し、そして新宿通りにぶつかる手前の小路を左折した。

軽自動車がようやく一台通れるほどの小路の両側には、雑居ビルが立ち並んでいる。それぞれのビルの外壁には、パープルやレッドの看板があり、小さなバーがたくさん入居している様子がうかがえる。大学生時代に旅した香港の路地裏のような猥雑さがそこかしこに充満している。

ほとんどの看板は灯《あか》りが消えているが、小さなラーメン店や喫茶店はランチ営業している。稲本が米原を検挙したのは、午後一一時すぎだ。新宿の中心部からわずかに離れた繁華街は、夜更けとともに人出が増え始めていただろう。

小路で足を止め、片桐はもう一度周囲を見回した。ここ数年は、同性愛者だけでなく、普通の客も気軽に足を運ぶようになったと、所轄署時代に内偵で訪れた際に同僚捜査員から聞かされた。狭い店がひしめき、男女の酔客が好んで集うのは歌舞伎町横にあるゴールデン街と一緒だが、稲本が二丁目の街頭に立つ姿がしっくりこない。

片桐や他の二班のメンバーがカジュアルな出で立ちなのとは対照的に、稲本は上下揃《そろ》いのスーツとステンカラーのコートを着ていた。気取らない繁華街には似つかわしくない風貌だ。

刑事眼と呼ばれる鋭い目つきの捜査員が多い中、稲本は一際目つきが険しい。どうやって被疑者の米原を見つけたのかという疑問以前に、他の酔客や街の住民に怪しまれず、どう見当たり捜査をやったのか。逃亡している米原が稲本の姿に接すれば、間違いなく刑事だと見抜いただろう。

西新宿のホテルで劉を検挙したのと同様、稲本はこの二丁目エリアでもピンポイントで米原の存在を炙り出し、身柄拘束に至ったのだ。しかし、依然としてその中身は片桐にはわからない。

スマホの地図アプリを頼りに、さらに小路を東方向へと進む。雑居ビルの群れが途切れると、道路の左側にコインパーキングがある。一五台分のスペースがあり、三台の白いミニバンが駐車中だ。それぞれのミニバンの荷台には工具やロープが満載されている。近隣のビルの改装工事に来た職人たちの車両だ。

駐車場からさらに東方向には、コンクリートの高い塀があり、その背後には寺院の屋根が見える。

駐車場の端で、片桐は足を止めた。駐車場の北側に他の建物より大きな雑居ビルがある。もう一度、スマホのアプリと周囲の番地表示を確認する。

アプリの中で目的地を示す矢印が片桐の立つ場所のすぐそばだと示している。見た目は普通のマンションと同じだが、先ほどから男性が一人、あるいは二人組で建物の中に吸い込まれていった。

昨晩、稲本はどこにいたのか。この駐車場でミニバンの陰に隠れ、出入りを見張ったのか。それともかつて片桐が内偵捜査に従事したときと同様、バスタオル一枚の姿でサウナに潜入したのか。建物を見上げて考え込んだとき、足元で小さな物体が動いた。とっさに足を上げた途端、鋭い鳴き声が片桐の耳に響いた。

「ごめんなさい。ちょっとマギー、お行儀悪いわよ」

犬を散歩させていた老女がなんども頭を下げた。綺麗にトリミングされたマルチーズが、片桐に向けて唸り声をあげた。

「大丈夫ですよ」

咄嗟《とっさ》に答えた直後、脳裏に有楽町駅の事件現場の光景が鮮明に蘇《よみがえ》った。

16

新宿二丁目を発《た》つと、片桐は小出にスマホでダイレクトメッセージを送った。城北エリアのターミナル駅を中心に見当たりする旨を告げると、都営地下鉄の新宿三丁目駅へ駆けた。

都営新宿線に乗り、神保町《じんぼうちょう》で都営三田《みた》線へと乗り換える。この間も有楽町駅の現場の光景がなんども後頭部に投影された。

三日前の緊急出動要請で、片桐は小出ら二班のメンバーとともに有楽町駅へと急行した。この際、一課の警部から状況説明を受けるとともに、SSBCから現場付近での被疑者・米原の逃走経路の一端を明かされた。稲本はまだ臨場していなかった。稲本が姿を見せたのは、被疑者の写真をSSBCの捜査員から提供された直後だった。

稲本は若い捜査員に対し、自身のスマホに画像を転送するよう指示したあと、青い制服を着た鑑識課員と話し込んでいた。

あのとき、ジャーマン・シェパードの警察犬も臨場していた。稲本は二班の他のメンバー、そして一課の主要な捜査員とは一切言葉を交わしていなかった。当時の現場の状況を考えれば、唯一のカギとなるのはシェパード、すなわち警察犬だ。

都営三田線に揺られ、二〇分ほどすると車両が地上に出た。板橋区《いたばしく》に入ると地下鉄は高架を走り始める。

新宿二丁目を発ち、新宿三丁目駅の構内で電車を待つ間に片桐は電話を入れた。架電先は、警視庁鑑識課警察犬第一訓練所だ。

三日前に臨場した鑑識課員は幸い出勤しており、時間を取ってくれると快諾してくれた。あの日、稲本は何を感じ取ったのか。鑑識課員に当たり、絶対に答えを見出《みいだ》す。片桐はそう決め、埼玉県との境に位置する西高島平《にしたかしまだいら》駅で降車した。


改札を出ると、片桐は緩いスロープの歩道橋を降りた。駅から五分ほど歩き、埼玉県戸田《とだ》市へと通じる笹目橋《ささめばし》を目指す。

警察犬第一訓練所は荒川と新河岸川の中洲にある。今まで訪れたことは一度もないが、稲本の捜査手法を探る第一歩だと言い聞かせ、片桐は歩みのピッチを上げた。

東京とは思えぬほど、周囲の風景がのどかになってきた。寒風が吹く中で土手をジョギングする青年、釣り道具を携えて河川敷を目指す老人の姿が見えるだけで、周囲の人の数は少ない。

笹目橋を渡ると、コンクリート造りの低層の建物が視界に入った。河川敷脇にある広大な施設では、警察犬に命令を与える鑑識課員の声が聞こえ始めた。

施設に着くと、電話で連絡していた担当課員を呼び出した。ゲート脇の待合スペースで待っていると、首に白いタオルを巻いた中年の鑑識課員が姿を現した。

「いきなりの電話で失礼しました」

片桐は丁寧に礼を言い、改めて見当たり捜査班のメンバーだと名乗った。

「ちょうど服従訓練が終わったところだから、恐縮しないでよ」

目の前の課員は羽入《はにゅう》巡査部長だ。

「いきなりですけど、教えてください」

訓練直後といっても、今後は昼食やその他のトレーニングもあるかもしれないから、片桐は本題に切り込んだ。

「俺に答えられることなんてあるのかな」

羽入が戸惑いの色を浮かべた。

「簡単なことです」

片桐は三日前の有楽町駅殺人事件に触れた。

「なぜあの日は臨場されたのですか？」

「一課の管理官から真っ先に要請がかかった。人混みの中を被疑者が逃げたから、万全を期すために警察犬も投入したいってね」

「なるほど……」

ＳＳＢＣのほかにも、警察犬を捜査に参加させれば、二重三重の包囲網ができる。捜査指揮官の判断には納得がいく。

「ただねえ、あの日は困ったことがあったんだ」

羽入が後ろ頭を掻《か》いた。

「なにが起こったんですか？」

「あのとき、臨場したアズサが使い物にならなくなったんだ」

片桐は首を傾げた。あの日、羽入の横でアズサという警察犬はきちんと待機の姿勢を維持していた。

「被疑者の遺留品かどうかはわからなかったけど、現場には小さなポーチが落ちていてね」

「ポーチ？」

「今風に言うと、サコッシュっていうのかな。小さな肩掛けのバッグだよ」

「そこになにかがあった？」

「アルミ製の小瓶が残っていてね。しかも蓋が緩んでいた」

「それに問題があったんですね？」

片桐の言葉に羽入が頷いた。

「警察犬の嗅覚を一時的に麻痺《まひ》させる強い刺激臭だった」

羽入が顔をしかめた。

「それはどんな刺激臭でした？　たとえばアンモニア臭とかありますけど」

「非常に揮発性の高い液体で、シンナーのような物だった」

「その液体がアズサを？」

「相棒だからよくわかる。臭気追跡が専門のアズサの嗅覚は、刺激臭で二、三時間使い物にならなくなった。アズサ自身もすごく困った顔をしていたから、一課の警部に伝えて、戦線を離脱したんだよ」

羽入が肩をすくめた。

「あのとき、見当たり班の稲本さんがいらっしゃいましたけど」

「彼は一課時代からの顔見知りでね。あの強面ながら、犬好きでもあって、昔から会えば世間話するような感じだった」

「つまり、稲本さんが臨場した際、その刺激臭の話をされたんですね？」

「そうだけど、それがどうしたの？」

「ちょっとすみません……」

羽入に断り、片桐はスマホを取り出して検索欄を起動した。一般の人間がシンナーを持ち歩くことはない。刺激臭を伴う薬品は所有や運搬に関して厳しい規制がある。つまり、瓶に入っていた液体は、違法なものだった可能性が高い。

〈刺激臭　シンナー　違法薬物〉

検索欄に素早く打ち込み、タップする。

「もしかして、これですか？」

手元の画面に検索結果が表示された。

〈亜硝酸《あしょうさん》エステル〉

薬品の名前の横に、黄色や金色の小さなボトルの写真が複数表示された。

「そうそう、稲本さんも同じことを言ってたな」

「そうですか……」

「これって、一部のゲイの人たちが好んで使った薬物でさ、現在は所持しているだけで逮捕される。稲本さんは、その臭いじゃないかってぶつぶつ呟いていたな」

あの日、稲本は膝を折ってアズサという警察犬の頭を撫でていた。稲本は着実に、そして事件の最大の鍵をあの現場で発見したのだ。

「そろそろいいかな。アズサに昼飯用意しないと」

「ありがとうございました」

「稲本さんによろしく伝えて」

羽入は白い歯を見せたあと、犬舎がある方向へと小走りで去った。青い鑑識服を見つめているうちに、一昨日の本部での二班メンバーとの会話が耳の奥に響いた。

〈どこか隠し事とか、陰があるような気がするの〉

今まで狡猾な知能犯と対峙してきた佐々木が言った。被害者は自らのセクシャリティーを周囲に明かしていなかった。佐々木が感じた違和感は正しかったのだ。

〈案外こういうイケメンって裏表があるよ。中学時代、こういう奴が裏で陰湿ないじめやっていたからな〉

隣席の平野も同じような感触を持っていた。だが、稲本のように、一歩踏み込んだ見立ては二班の誰もできなかったのだ。

稲本はどんな感性を持っているのか。そしてなぜ一課を離れ、孤独な捜査を続けているのか。有楽町の事件解決の手順は判明した。だが、西新宿のホテルでどうやって劉を見つけ出したのか。まだわからないことがある。片桐はもう一度羽入の後ろ姿に頭を下げたあと、笹目橋を目指して歩き始めた。

17

巣鴨《すがも》で都営地下鉄から山手線に乗り換えたあと、片桐は新宿駅に降り立った。警察犬という予想外の要因をきっかけに、有楽町駅殺人事件をめぐる稲本の捜査の手法は解明できた。あとは西新宿のホテルでどうやって手配犯の劉を稲本が見つけたのか。どうしてもその術を確認したかった。

山手線を降りると、片桐は混雑するコンコースに出た。見当たり班に配属されて以降、自然と周囲の人波をチェックする習性が体に沁み込んだ。

横一列で歩く学生の四人組の向こうから、顔をしかめたサラリーマンが足早に歩いてくるのが見えた。婦人同士で買い物に来た一団もいる。都心の一大ターミナル駅は、呼吸するように人間を吸い込み、送り出していく。一つひとつの呼吸の中で、手配犯の気配を察知し、見当たり班の一員として恥ずかしくない実績を作れるのか。自問自答しながら歌舞伎町の方向に歩く。

地下通路をたどる間、自らの習性に疑問符が付いた。見当たり捜査のキモは、約六〇〇名の手配犯の顔を記憶し、目視で確認したあと即座に捕捉体制に入れるよう構えることだ。見当たり捜査発祥の大阪府警をはじめ、警視庁や他の県警も同じ要領で捜査を続けている。そして着実に手配犯を検挙してきた。だが、稲本は全く違うアプローチで被疑者の行方を探し出し、捕捉する。

見当たり班全体を束ねる川勝警部は、実績を上げていれば職務時間になにをしてもかまわないと言った。所轄署の盗犯係も余罪の多い被疑者を何人も逮捕すればポイントが確実に加算される。だが、見当たり班と違うのは、目の前に盗難や空き巣といった犯罪事実があり、被疑者が近くにいる可能性が高い点だ。一方見当たりの仕事は、いつどこで誰が目の前に現れるか、全く予想できないのだ。

だから必死に手配犯の顔を記憶に刻み、街頭に立つ。だが、果たしてこのやり方は正しいのか。稲本の捜査手法の一端に触れたことで、片桐の頭は混乱し始めた。

答えが出ないまま地下道を通り、靖国通り沿いの出口から地上に登った。道路の反対側には、なんども立ち続けた歌舞伎町一番街のアーチが見える。片桐は他の多くの通行人に混じり、靖国通りを渡った。西武新宿駅から流れてきた人波に目をやるが、記憶した手配犯に合致する人物は誰一人いない。

溜息を堪え、一番街のアーチをくぐる。平日の昼間だが、学生や勤め人が歌舞伎町を歩き、両脇の店舗に出入りしている。

人が多いほど、手配犯に遭遇する確率が上がるのは理解できる。だが闇雲に歩き、あるいはアーチの脇で立ち続けることに意味はあるのか。

片桐は悩み続けた。しかし、両足は自分の意思とは関係なく前へと動く。配属されてから二カ月経過したことで、自分なりの行動パターンが出来上がり、勝手に動いているような気がする。

一番街を北上し、怪獣のモニュメントがある複合ビル横の広場にたどり着いた。片桐は改めて周囲に視線を向けた。

すると、一月前に印象に残った衣服が目に入った。大きな広場の地べたに座り込む少年少女五人組の中に、蛍光のパステルイエローのパーカーが見えた。

西新宿のホテルで劉を逮捕した当日、稲本が膝を折って話しかけていた少年だった。ゆっくりと一団に歩み寄ると、片桐は膝を折り、話しかけた。

「こんにちは」

「あっ、どうも」

パステルイエローのパーカー少年が片桐に顔を向けた。

「ちょっと話してもいいかな？」

「いいっすよ、なに？」

片桐はスマホの画面に制服姿の稲本の写真を表示し、少年に向けた。

「この人、知ってるかな？」

「稲さんだよね」

言った途端、少年が首を傾げた。

「稲さんのこと調べているって、お兄さん何者？　怪しくね？」

今まで気だるそうに話していた少年の目つきが変わった。周囲の男女も会話をやめ、きつい目線で片桐を睨んでくる。慌てた片桐はショルダーバッグから身分証を取り出し、少年に向けた。

「なんだ、稲さんと一緒なんじゃん」

少年の言葉に、周囲の少女たちの緊張もとけた。

「まあ、部下なんだけどね」

片桐が苦笑いすると、少年が笑みを浮かべた。

「稲本さんはいつもここに来るの？　ちょっと先輩のやり方を勉強しようと思ってさ」

少年が他のメンバーたちに目をやった。一同は頷いている。話しても大丈夫だと目線でサインを送り合っているのだ。

「稲さん、歌舞伎に来るときは、必ず声かけてくれる。おっかない顔だけど本当に優しい人だよ」

髪を薄いピンクに染めた少女が言った。

「泊まるところがない、食べ物がないという子たちには、ＮＰＯの炊き出し情報とか、丁寧に教えてくれるよ」

頭頂部が黒で、耳から肩にかけて金髪の少女が笑った。

「そうか、さすが先輩だ」

片桐が言うと、少年たちが一斉に頷いた。

「稲さんは他の警官みたいに、早く立ち去れとか、集まってくるなとか言わない人。だから、色々と世間話をしているんだ」

ピンク髪の少女が真面目な口調で言った。片桐を含め、二班のメンバーとはほとんど口をきかない稲本が、歌舞伎町でも最近とみに問題視されている少年たちと気軽に言葉を交わしている。歌舞伎町の大きな広場では、家出少女たちに売春を斡旋《あっせん》する輩が増えている。また、少年たちのグループ同士での対立が頻発していたため、片桐は積極的に話しかけ、接触しようという気持ちを持っていなかった。

パステルイエローのパーカー、ピンクの髪……少年少女たちの風体ははっきり言ってまともとは思えない。だが、こうして直《じか》に話してみると、素直な子供なのだ。

貧困、家庭内暴力など様々な理由から家族と離れ、同じような境遇の者たちが集っていることを知らず、見てくれで偏見を抱いていた。警察官として恥ずべき行為だ。

「最近は稲さんとどんな話をしたの？」

「ちゃんと飯食ってるかとか、怖い思いしなかったかとか、いつものように気にかけてくれた」

パーカーの少年が言うと、金髪の少女が口を開いた。

「そういえば、あの話があったじゃん」

「どんな話？」

「ほらさ、変態の外人がいてね」

金髪の少女が顔をしかめた。ピンク髪の少女も眉根を寄せ、変態外人と連呼した。

「詳しく教えてよ」

「それって、あれだよな」

リーダー格のパーカーの少年が少女たちに目をやったあと、口を開いた。

「ここに集まる女の子って、大体が十代の半ばから後半なわけ。それをネットで見た変態外人が買いたがっていてさ」

「それは明確な違法行為だ」

片桐が告げると、全員が頷いた。一カ月前、広場から少しだけ北に向かい、都と民間企業の共同経営ビルの前に行った。卑猥な目つきで少女を眺めていた中年男がいたため、片桐は警察の身分証を少女に提示した。

「稲さんも絶対ダメだって言ってた。どこの国でもロリの変態いるからね」

少年が発した国、という言葉が片桐の胸に引っかかった。

「例えば、どこの国の人が来る？」

「最近だと超大金持ちの中国人とかだよ」

パーカー少年の証言がさらに片桐の胸を刺激した。殺人犯を逮捕した直後、片桐が労いの言葉をかけると、稲本は偶然だと切って捨てた。

捜査に偶然などない。そして手品のようなトリックも存在しないことはわずかな警官人生で嫌というほどわかっていた。だが、稲本の手法はベールに包まれていた。手品師と思ったことさえある。

「稲さんは他にも世間話する人がいたの？」

片桐の問いかけに、その場にいた少年少女たち全員が笑い出した。

「なにか変なこと言ったかな？」

「違うよ。ほら見て」

少年が広い広場のそこかしこに座り込む同じようなグループ、そして道路清掃のボランティアや居酒屋の案内看板を持ったスタッフたちを指した。

「この広場一帯、五〇メートルに一人くらいの割合で稲さんはいつも声かけてたよ」

五〇メートルという具体的な数字に片桐は仰天した。そして少年が指した広場の周囲を改めて見回した。今度は風俗店の客引きらしい男や自転車で小型のリヤカーを牽引して走る酒販売業者の青年も見えた。

なるほどと言いかけたとき、パーカーの少年が片桐の視線をたどっているのに気づいた。

「この辺りに毎日立っている客引きやスカウトとかさ、今、お兄さんが目にしている人たちはいつもいるよ」

「そうか」

「稲さんは長話するわけじゃないけど、常にみんなを気にしてくれる」

「ありがとう、参考になったよ」

片桐は少年たちに礼を言い、立ち上がった。先ほど少年が言った〈五〇メートルに一人〉という言葉が耳の奥でなんどもこだました。

同時に、新宿署の大森の顔が浮かんだ。片桐と大森が同じ所轄署にいたころの光景も目の前をよぎった。

大森は、近隣の住民や商店主、工場主などと頻繁に連絡を取り合っていた。今も新宿署の管内で同じようなことをしているはずだ。

稲本も同様だった。手品のトリックではなく、稲本は地道に自分の畑を耕し、そこから獲物の痕跡を見つけたのだ。

中国人の変態金持ち、ロリ好きの外人。たった今、少年たちから聞いた情報から、稲本は他の情報源に当たり、最終的に劉という海外に逃亡した凶悪犯が来日したことをつかんだのだ。

片桐は広場から離れ、怪獣のモニュメントがあるホテルの側《そば》まで歩いた。通行人を値踏みするように見ている青年がいる。

「最近の景気はどうよ？」

突然の声かけに青年が面食らっている。

「ぼちぼちですけど」

青年はダウンジャケットとデニム姿の片桐の全身を舐《な》めるように見た後、言った。

「変な話とか、噂《うわさ》を聞かないかな」

「どういう意味です？」

青年が首を傾げた直後、片桐は周囲の人間に見えぬよう、腰の辺りで身分証を提示した。

「うわっ、サツカンかよ……俺、なんも悪いことしてないっすよ」

青年の口調が変わった。

「俺、そういう方面の担当じゃないんだ。つまり、パクる気はゼロ」

「本当っすか？」

青年が怪訝な目線を送っているが、片桐は構わず話し続けた。これが第一歩だ。いつかは獲物につながる。そう念じながら、片桐は青年の目をまっすぐ見据えた。

18

一週間ぶりの非番の朝、片桐は普段と変わらぬダウンジャケットとデニム姿で山吹町の自宅アパートを出た。

山吹町は新宿区の北東の外れにあり、文京区と接している。中小の印刷・製本業者の工場が軒を連ねる下町風情の濃いエリアだ。歌舞伎町と同じ区内にあるとは思えないほどのどかな一帯が気に入り、本部勤務になる二年前から住み始めた。

片桐の実家は東京の西部で、区役所勤務の父、専業主婦の母というありふれた家庭に育った。山吹町は実家の周辺とは異なり、気取らない街の人たちや、中小企業が細々と営業を続ける風情が残っている。

製本屋のフォークリフトを避けながら、昨日の行動を振り返る。歌舞伎町の劇場横広場で、稲本の協力者となっている少年や呼び込みの青年たちと二、三時間かけて世間話をした。大半の人間は不思議そうな顔で片桐を見つめ、ある者は警察官だと名乗った瞬間に明確な拒否反応を示した。

だが、五、六人の風俗向けのスカウトや無料紹介所の青年は片桐の話に付き合ってくれた。新型コロナのワクチン接種が進んで以降、急激に歌舞伎町の人出が増えた、路上に立つ屈強なアフリカ系のキャッチが戻ってきた、ぼったくりの店に新規参入する半グレがいる……一番街のゲート下でひたすら待ちをしていたときには知り得なかった話がいくつも耳に入ってきた。

歌舞伎町以外にも、他の歓楽街や駅前でも同じように話が聞けるはず。そんなことを考えながら、片桐は工場街を抜け、西の方向に進んだ。

スマホの地図アプリでは、目的地は二キロ先、徒歩で約二〇分の行程だ。片桐は西北大学に続く銀杏《いちょう》並木を歩き続けた。周囲の飲食店には暖簾《のれん》がかかり、大学生たちが昼食を摂っている。

昨夜、歌舞伎町で見当たりを終えた。街の住民たちと会話しながら、周囲を注意深く観察したが獲物はゼロだった。だが、不思議と焦りはなかった。稲本と同じように、情報源という畑を耕し始めたことが心理面での負担を軽減させた気がした。

本部に戻り、二班の住所録を調べた。稲本が毎日どこで見当たりを行なっているかは、責任者の川勝警部すら知らない。片桐が行く手を遮っても、稲本は庁舎内で相手をしてくれなかった。あとは住居を割り、直接話を聞くだけだ。

会ってくれないだろう……そんな気持ちはある。だが、西新宿での劉の身柄拘束、そして有楽町駅殺人事件の米原逮捕の機微を自分なりに調べたと告げれば、話だけでも聞いてもらえるかもしれない。そんな思いが片桐を衝《つ》き動かした。

西北大学前のロータリー交差点を左に曲がり、南門通りに出る。日本でも有数の私大につながる小路の両側には、古い喫茶店や洋食屋、蕎麦屋が軒を連ね、昭和の時代にタイムスリップしたかのような錯覚に陥る。

見当たり班に配属され、繁華街や歓楽街、ターミナル駅周辺を、目を凝らして歩いてきたからか、南門通りを覆う緩やかな空気が心地《ここち》よい。狭い歩道を行き交う学生たちの顔つきを見ていると、一癖も二癖もありそうな手配犯とは違い、皆が無邪気な顔つきをしている。若者の会話を聞いているだけで、煤《すす》けた心が浄化されるような心持ちになる。当然、手配犯の顔写真が頭の中で猛烈なスピードでスクロールされていくが、該当者はゼロだ。

南門通りを進むと、道路の反対側に神社の鳥居と階段が見えた。金の融通にご利益があるとして知られた神社を横目に、大通りを高田馬場《たかだのばば》方向へと進む。

稲本が住んでいるのは、戸塚署管轄内にある警察職員専用住宅だ。スマホの地図アプリを見ると、あと七〇〇メートルほどで到着する。

実際に自宅を訪ねたら、稲本はどんな顔をするだろう。携帯電話の番号もチェックしてきたが、敢《あ》えて連絡はしていない。いや、電話にすんなり出てくれるような人間ではない。

実際に顔を合わせたら、稲本は自宅に入れてくれるのか。庁舎内での頑《かたく》なな態度を振り返ると、ドアを開けてくれることはなさそうだ。だが、熱意は伝わるはず。片桐はそう信じて足を蹴り出した。

西北大から神社脇を通り、小滝橋につながる大通りを西に進んだ。古本屋が何軒も通りの両脇にあり、エスニック系の料理屋の窓からは香草とスパイスの強い匂いが漂う。片桐は地図アプリを再度確認した。

左側に大手チェーンのとんこつラーメン屋があり、目の前に変則的な形をした三叉路《さんさろ》が見えた。アプリの最終目的地を示すピンのマークが一段と大きく表示された。ラーメン屋の角を左に曲がると、右手に小さな地蔵堂があり、その隣に古着屋が店を構えている。古着屋の先を右に折れると、比較的新しい鉄筋コンクリートの建物が現れた。

警察職員の福利厚生を担う自警会が運営する南戸塚住宅だ。

都内には、捜査一課長など幹部職員用に警視庁本部に近い隼町《はやぶさちょう》に官舎が建てられている。事件の一報があれば、すぐに本部、あるいは現場に赴けるよう配慮されている。

片桐も独身寮に入る手段があったが、私生活でも先輩後輩のつながりが強く、プライベートまで組織に束縛されるようで、敢えて民間のアパートを選んだ。

南戸塚住宅は、主に家族で暮らせるよう広い間取りで作られていると自警会の案内を事前にチェックした。

間取りは二ＬＤＫ、あるいは三ＬＤＫで、家賃は月に七、八万円ほど。このエリアで同じような物件を民間から借りれば、一五万円程度となる。警察らしく福利厚生の行き届いた官舎だといえる。

片桐は南戸塚住宅の敷地に入り、事前に連絡していた月替わりの管理人の部屋の呼び鈴を鳴らした。

第八機動隊に勤務する警部補の妻が顔を出し、片桐と身分証の写真を交互にチェックし、稲本の部屋が二階の角にあると告げた。

管理人には、携帯電話で連絡がつかず、本部に稲本が忘れた書類を届けに来たと告げた。夫人は特に不審がることもなく、扉を閉めた。

夫人の部屋は一階で、階段を使って二階に上がる。家族寮らしく、それぞれの部屋の前には三輪車や子供用の自転車が置かれている。子沢山なのか、子供用の玩具を通路に置いている部屋もある。

階段に近い場所から二〇一、二〇二号と部屋番号があてがわれていた。通路の玩具や三輪車に気をつけながら、片桐は前へ進んだ。

〈二〇八〉

二階フロアの一番奥に目指す部屋があった。他の部屋には番号の下に表札やネームプレートがかけられていたが、稲本の部屋にはない。他の部屋の前は少し埃《ほこり》や泥の汚れが見えたが、二〇八号の前は綺麗に掃除されていた。

他の部屋との一番の違いは、綺麗に畳まれて束ねられた在京紙や週刊誌が部屋の前に置かれている点だ。資源ごみの収集を管理人がやるのか、特定の業者が担うのかは知らないが、新聞と雑誌が別々に紐で結ばれ、多少の衝撃にも崩れないようきっちりと固定されていた。

同じフロアの中で、稲本の部屋の前だけが生活感がない。他の住人との交流もほとんどないのではないか。固く束ねられた新聞と雑誌の紐の結び目のように、稲本は自分の感情を外に出さず、他人を寄せ付けない。

昨夜、本部に戻ってきた佐々木から少しだけ話を聞けた。稲本は元々一課の精鋭として名の知れた捜査員だったが、ある日突然、捜査共助課に異動してきたという。異動の理由は不明で、上層部のみがその真相を知っているのだと佐々木が明かした。

また、一課から移る際に離婚し、夫人と一人娘は郷里の仙台に戻り、現在は南戸塚寮で一人暮らしだという。多くの独身刑事は、激務の反動から荒んだ生活に陥りやすい。一方、部屋の前を見ただけだが、稲本にそんな気配はない。背広とワイシャツも皺がなく、革靴も常に磨かれていた。

妻子と別れ、寂しい思いをしているのではないか。そんな予想をしていたが、実態は全く違った。綺麗に掃かれた部屋の前の様子は、却って稲本の孤独感を表しているような気がした。

家族向けの寮に中年男が一人で住む。本来なら独身寮やもっと間取りの小さな部屋に移るのだが、稲本はこの場所に居続けている。佐々木によれば、上層部が相当に稲本に気を遣っている可能性があるという。

目の前の無機質なドアの横には、小さな呼び鈴がある。片桐は唾を飲み込んだあと、人差し指でボタンを押した。

二〇八号室の奥の方から、乾いたチャイムの音が響いた。ドアに耳を寄せ、中の様子を探る。

だが、チャイムに気づき、稲本が動く気配はない。足音も聞こえない。重要指定の手配犯ばかりを検挙したことで、稲本の加算ポイントは多い。その気になれば、一カ月ほど現場に出ず、官舎で遊んで暮らすことも可能だ。前夜に深酒でもして、寝ているのではないか。もう一度、片桐は呼び鈴を押した。しかし、部屋の中でなにかが動く気配は皆無だった。

グレーの扉を前に、片桐は大きく息を吐いた。

空振りで安堵したのか、それとも会えなくて残念だったのか。なぜ大きな息が漏れたのか、片桐自身にもよくわからない。片桐は踵を返し、官舎の出口を目指した。

19

南戸塚寮を出たあと、片桐は明治通りを越え、小滝橋方面へと通りを歩き続けた。有楽町の事件現場に現れた稲本は、映画を途中で切り上げて駆けつけたと呟いていた。

東京は至る所に映画館がある。新宿でいえば、歌舞伎町や三丁目に大きなシネマコンプレックスがあるほか、池袋にも封切館のほか名画座もある。

名画座と頭にキーワードが浮かんだ直後、大学時代の同級生が足繁《あししげ》く通った映画館が近隣にあることを思い出した。

ラーメン屋が三軒連なる歩道を足早に移動すると、白い壁の映画館が見えた。表通りに面した壁面には、モノクロのフランス映画三本立て上映中のポスターがある。その横には、次週の演目であるマカロニウエスタンの三本のポスターが掲げられていた。

数台の自転車が停《と》められたスペースを通り抜け、片桐はチケット売り場に急いだ。

「あの、すみません」

「途中からでも大丈夫ですよ」

曇りガラスの向こう側で、優しげな女性の声色が聞こえた。

「いえ、こういう者ですが」

他の客がいないことを確認し、片桐は身分証を提示した。

「なにか事件でも？」

チケット売り場の女性の声が萎《しぼ》んだ。

「違います。ちょっとこの人を探していまして」

スマホを取り出し、稲本の制服姿の写真を提示した。

「ああ、この方でしたら、今日はいらしていませんね」

片桐は女性スタッフの声に反応した。スタッフは、今日はと即座に答えた。下町の銭湯で、近隣住民の動向をよく知る湯屋番《ゆやばん》のような口ぶりだ。

「最近はいつ来ていましたか？」

「正確なところは覚えていませんけど……戦前の日本映画特集や、イタリアのクラシックな作品のときはかなりの頻度でいらっしゃっています」

片桐はチケット売り場の横にあるポスターを見た。今はフランスの巨匠と呼ばれる往年の名監督特集で、来週はイタリア製の西部劇。今週来週と稲本がこの劇場に足を運ぶ機会は少なそうだ。

「ありがとうございました」

「お客さまになにかあったんですか?」

「いえ、組織内のちょっとした連絡事項がありまして。どうも携帯の電源を切っているようなので」

「そうでしたか。よろしくお伝えください」

カウンター越しに女性スタッフの柔らかな声が響いた。丁寧に礼を言ったあと、片桐は映画館を出た。

南戸塚寮からこの名画座までは、徒歩で五分もかからない。非番、いや、見当たり捜査に出ていれば、誰からも束縛されない。稲本はかなりの頻度でこの劇場に足を運んでいるのだ。

稲本が今日どこにいるのかは、捜査共助課の誰も知らない。連続で重要手配犯を検挙したことで、ノルマのポイントは相当に稼いでいる。片桐のようにやみくもに路上に立ち、偶然に近い確率で手配犯を探す手法を取らない稲本は、どこか別の場所で自分の時間を楽しんでいるのかもしれない。まして、現在この映画館では稲本が好む傾向の作品を上映していない。池袋の名画座に足を運ぶか。それとも新宿のリバイバル専門館かもしれない。スマホでそれぞれの上映作品を検索しかけたとき、川勝警部の顔が浮かんだ。西新宿で稲本が劉を逮捕した直後だった。

〈良い犯人《ホシ》を挙げたんで、またジャズ喫茶か映画館だろう。当分仕事しないだろうな〉

別の観点から探すのもありだ。片桐は映画館の壁にあるポスター前でスマホを取り出し、ジャズ喫茶で検索をかけた。

古い映画とジャズ。片桐は全く興味のない分野だが、川勝があそこまで言うからには、稲本はそれぞれのジャンルで相当なマニアなのかもしれない。

スマホの画面を睨んでいると、神田《かんだ》や四谷《よつや》、吉祥寺《きちじょうじ》、新宿など都内各地の老舗と呼ばれる店舗の名前、営業時間が表示された。

「そうか……」

稲本の行きそうな場所、そして趣味を勘案した上で、片桐は検索結果の中の一つをタップした。

20

高田馬場駅で山手線に乗り、新宿駅に回った。

片桐は常時混み合う東口の改札を抜け、地上に出た。高田馬場に比べ、新宿駅は圧倒的に利用客が多い。非番とはいえ自分は警察官であり、現在は見当たり捜査班の一員だ。山手線に乗車する間、そして駅のコンコースを歩く際も、手配犯が人波に紛れ込んでいないか慎重に見極めた。しかし、幸か不幸か記憶する手配犯の顔は一つも見当たらなかった。片桐は足早に大手銀行の脇を通り抜け、新宿通りから靖国通りへと足を向けた。

昼時のためか近隣の勤め人が多く、靖国通り沿いの歩道は混み合っていた。依然として乾いた北風が強く、片桐の頰を刺すように吹き荒《すさ》ぶ。

しかし、体の内部は熱い。ダウンジャケットを着ているからではなく、変わり者でつかみ所のない捜査員の内面に少しずつ近づいているという感覚が強まっているからだ。

池袋や新宿の名画座ではなく、片桐は川勝の言葉をヒントに一軒のジャズ喫茶に狙いを定めた。しかも場所は新宿三丁目だ。

靖国通りを渡れば、目の前には新宿区役所があり、その奥には東洋一の歓楽街歌舞伎町が広がる。

店の営業時間は正午から午前零時まで。コーヒーや軽食だけでなく、通し営業の時間中はアルコールも提供しているとホームページに案内が掲載されていた。

背の高い無口な捜査員は、時間を自由に使える。ノルマへの寄与度が高い獲物を仕留めれば、次に腹が空《す》くまで古い映画を思う存分嗜《たしな》み、ジャズに浸ることができるのだ。

地元の高田馬場で映画を、そしてこの新宿三丁目ではジャズ。目の前は見当たり捜査員が必ず訪れる歌舞伎町だ。この場所以外は考えられない。

新宿駅に向かう人波に逆らいながら、片桐は靖国通りを東方向へ進んだ。目の前に地下駐車場へと案内するブルーの制服姿の警備員の姿が見えた。右手の赤色灯で業務用ワンボックスカーを案内した警備員の腕の先に、小さな看板が見えた。

〈dig〉

排気ガスで煤けた小さな看板には屋号が書かれ、下には〈地下で営業中〉の手書きのプレートが下がっていた。

地下に降りるから、掘るを意味するディグという屋号なのかもしれない。地下駐車場に入る車列が通り過ぎたあと、片桐は看板の前に立った。

この下のフロアには必ず稲本がいる。

薄暗く、傾斜のきつい木製の階段をゆっくりと降りる。レンガで囲われた通路には、トランペットやサックスを持った黒人のミュージシャンの写真、あるいはギターを抱えて笑顔を見せる長髪の白人男性らの写真が無数に貼られている。

父方の叔父《おじ》が大学時代にジャズのサークル活動にのめり込み、退学一歩手前だったことを叔母《おば》から聞かされた。もしかすると、この店に叔父が通ったことがあるかもしれない。

十数段の階段を降り、分厚い木製のドアを開ける。すると、大音量で低音のサックスの演奏が片桐の両耳を刺激した。

昼間だが、地下の店は薄暗い。わざと照度を落としたランプがカウンター、そして店の奥のテーブル席にあるだけだ。

グラスを拭いていた店員に目で合図すると、いくつかの空席を指した。好きな場所に座れということらしい。

軽く会釈したあと、薄暗い店内で目を凝らす。数人の客が煙草《たばこ》を吸っているほか、もう一人の店員がベーコンを炙っているため、余計に視界が悪い。

階段から一番近いカウンター席には、ノートパソコンを広げてコーヒーを飲む男性客がいる。その奥には、二人掛けのテーブルがあり、老人と夫人らしきカップルがゆったりとカクテルを楽しんでいた。テーブル脇には近隣の大型書店の買い物袋がある。老後の余暇を買い物と好きなジャズで楽しんでいるのだ。

片桐はさらに別方向に目を向けた。二人の店員が調理スペースとドリンク用のサーバー前にいるほか、L字型のカウンターの奥にも席があるようだ。

ウイスキーのボトルが雑然と並び、入り口から死角になっているカウンター席の方向から、紫煙が上がっていた。

片桐は、ゆっくりと店の奥、死角になっている席に歩み寄った。店内には依然として野太いサックスの音色が流れ、片桐の足音は聞こえない。

カウンターの角に来たとき、片桐は思わず声をあげそうになり、足を止めた。壁に背をもたれ、左手をカウンターに置いた男が目を閉じ、煙草をふかし続けていた。

店員に目で合図し、片桐はゆっくりと椅子に腰を下ろした。BGMを楽しむ常連客を邪魔しないように、手振りでコーヒーをオーダーする。

稲本は目を瞑《つぶ》り、カウンターに置いた左手でリズムを取っていた。警視庁本部、そして有楽町駅前で会ったときのような鋭い顔つきではなく、完全に力を抜き、音楽に身を委ねているように見えた。

店員がカウンターから手を伸ばし、コーヒーを片桐の前に置いた。テナーサックスのソロが終わり、ピアノが穏やかなメロディーを奏でたあと、曲が終わった。店員が素早くターンテーブルのレコードを替え始めたとき、片桐は視線を感じた。

左側を見ると、稲本が両目を開け、片桐を見ていた。

「おはようございます。少しだけ、お邪魔させていただきます」

片桐は小声で告げた。だが、稲本はなにも語らない。店員が新しいレコードをターンテーブルに置くと、店内に柔らかな女性ボーカルが響き始めた。カウンターの奥にあるレコードジャケットを見ると、黒人女性の横顔がプリントされていた。

稲本に顔を向けると、再び目を閉じ、ゆっくりと左手でリズムを刻み始めた。無視されるのは予想の範囲内だ。コーヒーを一口飲み、片桐は体を稲本の方向に向けた。

「押しかけて恐縮です。少しだけ話をさせてください」

他の客の迷惑にならぬよう、片桐は声を押し殺して言った。だが、稲本の反応はなく、先ほどと同じで、顎を少しだけ上げ、ゆっくりとバラードに合わせて体を揺らし始めていた。

「なぜ稲本さんが重要指定の手配犯ばかり検挙されたのか、自分なりに考えてみました」

先ほどと同じく、極力声を抑えて言った。稲本に変化はない。

「まずは、中国人の劉の件です」

片桐は、歌舞伎町の大きな広場に集まる若者たちに話しかけ、そして呼び込みの男や風俗店の無料案内所も回り、徐々にではあるが街の人間と情報交換できるような関係を作りつつあると告げた。

「今度は缶コーヒーでも土産《みやげ》にしてみます」

稲本は無言を貫いている。

「歌舞伎町という巨大な畑に協力者の種を植え付けた。それが芽吹いたから西新宿のホテルに劉が来ている、そんな情報をつかんだわけですよね」

稲本が薄《うっす》らと目を開けた。ようやく反応してくれた。そう思った矢先に稲本は新しい煙草に火を灯した。

片桐は強く唇を嚙《か》んだ。完全に無視する気だ。だが、ここで引き下がっては、見当たり捜査員として前に進めない。見当たりで実績を作り、念願の捜査一課に進むという目標も潰《つい》えてしまう。

「有楽町の殺人事件についても考えました」

有楽町駅前でイケメンの劇団員兼モデルが刺殺された一件では、捜査一課や機動捜査隊、そして見当たり班も動員された。被害者の氏名もわからず、被疑者の顔写真のみが頼りだった。ここ数年で着実に検挙実績を上げ続けてきたSSBCにしても、停電という突発要因に襲われ、稼働できなかった。

「条件は全捜査員が一緒でした」

被害者と被疑者の名前がわからなかった段階であり、双方の人間関係を深堀りする鑑取りが不可能だった。

稲本もお手上げだったはず。まして二班の他のメンバーでさえ、稲本が摘発するのは無理だと考えていた……そんな事柄を片桐は声を押し殺し、告げた。

「鑑識のシェパードが切り札になったとは、意外でした」

片桐は昨日、西高島平の警察犬訓練所まで赴き、シンナーのような強い刺激臭でアズサというジャーマン・シェパードが捜査から外れた旨を話した。

「我々が完全に見落としていた点でした。亜硝酸エステル、通称……」

スマホを取り出し、亜硝酸エステルを主成分とした違法薬物の写真を画面に表示し、稲本に向けた。だが、稲本は目を閉じたままで、リズムを刻む左手の動きも先ほどと同じだった。

様々な協力者の存在、そして機転を利かせた行動力。自分を含め、他の見当たり捜査員にはないスキルに感服したと片桐は告げた。

「おまえの能力はその程度か？」

突然、低い声が聞こえた。西新宿の高層ビル街を吹き抜ける北風のように冷たく、刃物のような鋭い響きだった。今まで稲本が全く反応しなかったため、片桐はカウンターに並べられたウィスキーやブランデーのボトルに顔を向けていた。声に反応し、横を向くと、煙を燻《くゆ》らせた稲本が眉根を寄せ、片桐を睨んでいた。

「は、はい？」

「おまえは低能なのか？」

稲本は瞬《まばた》きもせず、片桐を凝視している。

「自分の捜査スキルが低いのは認めます。しかし、低能とは……」

そこまで言う資格があるのか。二班のチームプレーを無視し、常に単独行動の稲本に低能呼ばわりされる覚えはない。喉元まで反論の言葉が這い上がってきたが、片桐はなんとか堪えた。

「平野や小出、それに佐々木はおまえよりずっと早かった」

二本目の煙草を灰皿に押し付け、稲本が言った。

「早かったとは？」

稲本が突然、二班の他メンバーの名前を挙げた。稲本は他のメンバーとの付き合いはおろか、打ち合わせにも顔を出さない。事実上絶縁状態のはずだ。

「おまえが考えそうなことは、二班の連中は全員やっている。おまえがこの場所にたどり着くのが一番遅かったんだよ」

吐き捨てるように言うと、稲本が立ち上がり、カウンターの中にいる店員に目をやった。

「五五〇円になります」

店員の声を受け、稲本が小銭入れから五〇〇円玉と五〇円玉を取り出し、カウンターの上に置いた。

「ごちそうさま」

片桐への声音とは対照的に、稲本が柔らかい口調で店員に告げた。

「待ってください！」

片桐は思わず立ち上がり、声を張り上げた。

「静かにしろ。ここはジャズを聴きに来る場所だ」

片桐を鋭い視線で見下ろすと、稲本が低い声で言った。片桐は稲本の迫力に気圧され、椅子に腰を下ろした。店員二人、そしてカウンターの奥にいる老夫妻に目配せすると、稲本はドアを開け、急な階段を上った。

今まで稲本が立っていた扉を見つめ、片桐は溜息を吐いた。

〈低能〉

稲本に投げかけられた言葉が、耳の奥で反響した。学生時代からなんども要領の悪さを教師や友人からなじられた。警察学校に入ってからも、機動隊の装備を装着しての訓練で教官から鈍いと蔑《さげす》まれた。

不器用でなにを習得するにも他人より時間がかかってしまう。明確に自覚症状がある。それだけに、一つ一つ、泥臭く物事を進めるように努めてきた。

しかし、低能という人格否定にも等しい言葉を投げかけられるのは初めてで、予想以上に心にダメージが残った。

稲本は、自分に警官を辞めろと迫ったのか。たしかに、配属されて二カ月以上、獲物にありつけていない。それどころか、街中で手配犯の顔を見たこともないのだ。やはり見当たりの仕事は向いていない……川勝にこの思いを打ち明け、所轄署に戻してもらうほうが精神衛生上よいのか。このまま成果を上げられなければ、ただでさえ人手不足の二班のメンバーに迷惑がかかってしまう。

不甲斐《ふがい》なさ、そして予想していた以上の侮辱の言葉を嚙み締めながら、カウンターの下で片桐が拳を握りしめたときだった。

「ランチはお済みですか？」

先ほどレコードを取り替えていた店員が口を開いた。

「いえ、まだですけど」

「うちは厚切りベーコンのサンドイッチが名物です。いかがですか？」

店員の顔をまじまじと見た。おそらく片桐と同世代で、二〇代後半、あるいは三〇代前半の青年だ。

「では、そのサンドイッチとコーヒーのおかわりを」

「かしこまりました」

恭しく頭を下げた店員は、もう一人のスタッフにサンドイッチを作るよう指示を出した。

「稲本さんの新しい部下の方ですか？」

カウンターのカップに新しいコーヒーを注《つ》ぎながら、店員が言った。

「はい、でも、見放されました」

店員の顔を見ることができない。自分でも相当に気分が落ち込んでいくのがわかる。片桐は目の前のスコッチのボトルをぼんやりと見つめた。

「どういうお仕事かは存じ上げませんが、この場所にたどり着けるのはごく一握りの人間だ、稲本さんはいつもそう仰《おっしゃ》っています」

一握りという言葉が片桐の聴覚を強く刺激した。

「どういう意味ですか？」

顔を上げ、店員を見た。

「稲本さんのご職業は存じ上げません。ただ、特殊なお仕事だということだけはうかがっております」

店員の言葉に片桐は頷いた。警官は積極的に自分の仕事を明かさない。お気に入りのジャズ喫茶でも稲本はポリシーを通している。

「稲本さんのご助言を受けるために、二〇人以上の後輩が彼の行方を探されたようですが、ここにたどり着けた方はわずかです。お客さまはそのうちの数少ない一人ですよ」

「本当ですか？」

片桐は、小出や佐々木、平野と現在の二班のメンバーの特徴を店員に告げた。

「お話しいただいた方々は全員、こちらにお見えになっておられます」

「そうですか……」

〈おまえが考えそうなことは、二班の連中は全員やっている〉

つい数分前、稲本が告げた言葉が頭蓋の奥で鈍く反響した。小出と佐々木、そして平野は年齢も警察官としての経験も片桐よりずっと上の先輩たちだ。

たしかに、二班のメンバーは街頭に散り、何時間も同じ場所に立ち続け、そして繁華街の隅から隅まで歩き回る。愚直と言い換えてもよい地道な捜査をここ数年続けている。この間、稲本のような捜査官が同僚として現れれば、自らの仕事のプライドが粉々に砕け、苛立ったことだろう。なにも語らない稲本の捜査手法を知ろうと、小出や佐々木らは懸命に考え、そして稲本が定期的に訪れるこのジャズ喫茶にたどり着いたのだ。

「こちら、サンドイッチです。ポテトは大盛りにしておきました。ごゆっくりどうぞ」

店員が丸皿をカウンターに置いた。ベーコンが焦げる匂いが鼻腔を刺激する。

「どなたのときかは失念しましたが、稲本さんがこんなことを仰っていたのが印象に残っています。あ、これは稲本さんには内緒にしておいてください」

「彼はなんと？」

「仕事では、シンガンを使え、そう仰っていました」

シンガン……真贋、本物と偽物ということなのか。片桐が首を傾げると、目の前の店員が口元に笑みを浮かべた。

「私もお客さまと同じで、真贋、本物と紛い物かと思いました。でも、稲本さんは別の言葉をお伝えしたようです」

片桐はカウンターに置いたスマホを取り上げると、メモ欄にしんがんと打ち込み、変換キーを押した。真贋、心願……ほんものとにせもの、こころから願うことという言葉が表示されたあとに、〈心眼〉という単語が出てきた。画面を向けると、店員が頷いた。

「彼はこう仰っていたように思います。〈心眼で物事や人を観察しろ。絶対に本質だけが浮かび上がってくる〉……たしかそのような感じでした」

片桐はスマホの画面にある心眼という文字を睨み続けた。

第二章　駐留

1

手配犯の顔すら見ないまま、片桐の見当たり捜査班での勤務は六カ月目に入った。制服のように着続けたダウンジャケットをクローゼットに仕舞い、大型連休が終わった最近はパーカーとデニム姿で街に立つようになった。

稲本に倣い、歌舞伎町で呼び込みやスカウト、それに複合ビル横の広場にたむろする少年たちに声かけを続けた。歌舞伎町のほかに渋谷駅や五反田駅など主要ターミナル駅周辺にも五〇名以上の協力者を植え付けた。しかし、地道な努力にもかかわらず、結果が伴っていない。運がないのか、やり方に問題があるのか。片桐は自問自答の日々を過ごした。

自分が二班のお荷物になっているのは明らかだ。稲本の三名を筆頭に、他のメンバーは一、二名ずつ手配犯を検挙していた。どうやったら手配犯と巡り会えるのか。片桐は考え続けた。川勝警部は気にしなくていいと励ましてくれるが、慰めの言葉が心の重荷になっている。

歌舞伎町一番街のアーチ下での駐留捜査は随分と楽になった。だが、目の前を行き交う人の波が、分厚いダウンコートから軽やかなシャツやブラウス姿になった分、成果ゼロという厳しい現実が体をぐるぐる巻きにしていくような気がした。

午前の早い段階から歌舞伎町を歩き、午後はいつものように新宿駅の西口だけでなく、東口や南口にも足を向けた。しかし、誰一人として手配犯の気配を感じなかった。

この日二度目の歌舞伎町チェックを終えると、片桐は警視庁本部へ戻るべく、新宿駅から地下鉄丸ノ内線に乗った。午後七時すぎ、勤め人や学生が減り始め、車内の混雑はなかった。

新宿駅を発《た》ち、車両の先頭が新宿三丁目に到着するまでのごく短い時間で、片桐は近くの乗客をチェックした。

中年のサラリーマンたちのほか、ホステス風の女性が気だるそうに枝毛をチェックしている。赤坂《あかさか》か銀座に向かうのだろう。ブレザー姿の高校生は数学の参考書を凝視している。誰もが目にするありふれた夜の光景だ。

三丁目で扉が開き、一〇名ほど乗り込んできた。片桐は扉近くの手すりに背をもたれかけ、乗車客を素早くチェックした。

大きなスポーツバッグを襷掛《たすきが》けにした坊主頭の高校生、その次はベビーカーを押した若い女性……七名を見極めた直後だった。

「あっ……」

思わず小さく声をあげ、慌てて口元を掌《てのひら》で覆った。片桐から見て左斜め前のドアから乗り込んだ女性がいる。ショートカットで頭頂部が黒、毛先にかけて明るめの茶色だ。何カ月もカラーリングしていない。グレーのスウェットシャツにタイトなデニムと白いスニーカー。ホステス風の女性と正反対で、地味な印象しかない。

女性は小さく顔を動かし周囲をチェックし、空いた席に腰を下ろした。他の乗客たちのほとんどがスマホに視線を固定させているが、女性は両手を膝に置き、俯《うつむ》いている。

片桐はショルダーバッグからタブロイド版の夕刊紙、そして分厚い手配犯の手帳を取り出した。タブロイド紙で手帳を隠すと、懸命にページをめくった。

四カ月前に感じた血のたぎりが体全体を貫いた。鼓動が徐々に速まっていく。相手に気づかれぬよう手帳のページを繰る。そして座席で俯く女の顔を素早くチェックした。

間違いない。片桐は確信し、ページをめくる手を止めた。手帳の巻末に綴じていた鑑識課の似顔絵捜査官が制作したペン画だ。

薄い眉、切れ長の目。そして細い鼻梁、唇も薄く、やや顎が尖《とが》っている。片桐は似顔絵に添えられている事件の戒名に目をやった。髪型は全く違うが、目つきと細い鼻梁がほぼ一致していると思った。

〈神田川児童公園　死体損壊遺棄事件〉

二年前の冬、戸塚署に近い神田川沿いの公園で首と手足がない男性の胴体だけの遺体が発見された。

遺体は大型のスポーツバッグに入れられ、ベンチ下に遺棄されていた。新宿区が委託する清掃業者がバッグを発見し、ジッパーを開けて裸の男性の遺体を見て即座に一一〇番通報した。

事件発生とともに戸塚署に捜査本部《ちょうば》が立った。被害者の頭部、手足がなかったことで鑑取り捜査よりも地取り捜査に重点が置かれたと片桐は似顔絵の横にメモを加えていた。

本部捜査一課の精鋭と所轄署刑事課メンバーら計八〇名が動員され、地域一帯をくまなく当るローラー的な地取り捜査が展開された。

公園の付近は防犯カメラが極端に少なく、誰が大型のバッグを放置したかは捕捉できなかった。しかし、別の場所で大きな手がかりがあったと当時の捜査報告書にあった。

地取り班の捜査員が有力な目撃情報を得た。一つが、高田馬場駅前にある全国チェーンのディスカウントスーパーだ。

体格の良い男性と小柄な女性の二人が店内でバッグを物色し、購入した。雑然とした商品陳列が売りのスーパーだったため、レジ前の防犯カメラ映像に二人の姿は捉えられていなかったが、レジ担当だった店員は二人がバッグを買ったのを鮮明に記憶していた。

この事件は、新聞やテレビでも盛んに報じられ、世間の注目も高かった。当時所轄署勤務だった片桐も報道を食い入るように見た記憶がある。

もう一つの捜査上の重要情報は、神田川沿いを歩く同じカップルで、そのうちの一人が、明るい茶色のセミロングヘアで、細身の女性だった。身長は約一五五センチ。手帳から目を上げ、片桐は俯く女性客に目をやった。髪型こそショートになっているが、似顔絵の特徴と酷似している上、背格好もほぼ一致する。

車両が新宿御苑前駅に到着した。数人の乗客が降り、二人のサラリーマンが乗り込んできた。扉が開いた瞬間、件《くだん》の女性は少しだけ顔をあげ、新しい乗客の顔をちらりと見て、再度俯いた。

女が下車する様子はない。いきなり席を立ち、他の車両に行きそうな気配もないため、片桐は再度手帳に目をやった。

捜査本部は目撃情報のほかにも、スポーツバッグを精査した。駅前のディスカウントスーパーで売られたバッグと現場に遺棄されていた一品は、製造番号が一致した。この後、この目撃情報から鑑識課の似顔絵捜査官が投入され、片桐の目の前にあるイラストが制作され、広く世間に告知されたのだ。

警察学校にいるころ、定年退職した似顔絵捜査官の講習を受けたことがある。犯人の目撃者をリラックスさせ、ゆっくりと顔や身体的な特徴を聞き出すのが肝心だと教えられた。精緻なイラストよりも、雰囲気を再現することが似顔絵捜査のコツだと教官は強調した。

もう一度顔を上げ、俯いたままの女を見た。教官の言った通り、瓜二《うりふた》つというわけではないが、小柄で細身という全体の印象が似ているほか、地味な顔つきも似顔絵と似ている。

一気に事件解決かと思われたが、この目撃情報以上の重要な手がかりは出てこなかった。発生から半年後に捜査本部の体制は縮小され、現在の事件の扱いは一課の継続捜査班《コールドケース》となっている。

片桐がタブロイド紙と手帳をバッグにしまい込んだとき、車両が四谷三丁目駅に滑り込んだ。

女はわずかに顔を上げ、小さく首を左右に振った。慎重に周囲を見回している。目線が交差しないよう、片桐は目をドア上にある液晶ディスプレーの広告画面にやった。

車両が停車し、ドアが開くと、一〇名程度の乗客が降車した。女は目線を床に落として座ったままだ。片桐は他の降車する客を見ながら、もう一度液晶ディスプレーの広告に目をやった。その直後だった。ドアが閉まる直前、女は突然立ち上がり、閉まる寸前のドアから降車した。片桐は慌てて肩をドアに当て、なんとか車両から降りた。閉まりかけのドアを開けるのは危険だと車掌が強い口調でアナウンスしている。片桐は改札口を目指した。先ほどの女はすでに自動改札を抜け、地上へと続く階段の方向に歩き出していた。

2

セミロングの髪を切り、地味な服装に徹した女は、近くに潜伏しているのかもしれない。車両の中で誰とも目を合わせず、スマホすら見ていなかった。追手を警戒中だと考えると、女の行動には合理性がある。

もう一人、手配されている男はどこにいるのか。二人は夫婦か。それとも恋人で同棲《どうせい》中か。はやる気持ちを抑え、片桐は女と距離を保ちながら地上へと続く階段を上った。

女は消防署脇の通路から地上へ出た。片桐も続く。この出口から女はどちらに行くのか。歩道を右に行けば新宿御苑の方向で、横断歩道を渡れば信濃町《しなのまち》となる。それとも片桐の追尾に気づき、あえて四谷方面へと横断歩道を渡り、様子をみるのか。

女と片桐の間には、子連れの若い母親、中年サラリーマンがいる。若い母親は新宿通りを挟んだ反対側にあるスーパーへ行くと幼児に告げた。

女の後ろ姿を見ながら、片桐は資料に添付されていた写真を思い浮かべた。当然、ネットの公式ページには掲載されないが、警察職員用にはスポーツバッグに入った胴体だけの遺体の写真があった。

鑑識によれば死後一日経過した体格の良い男性だ。胴体に損傷がなく、司法解剖でも毒物などが発見されなかったことから、絞殺などの手口で殺害されたあと、バラバラにされたのだ。

新宿通りの信号が青に変わった。母娘《ははこ》のあとにあの女が横断歩道を渡り始めた。女が後ろを振り返ることはなかった。とりあえず追尾を感づかれたことはないようだ。

ゆっくり歩きながら、警察学校の講習を思い起こした。刑事講習の際、バラバラ殺人の犯人は女性が多いと教わった。多くの女性が残酷な性格を持っているわけではなく、体格が小さい、力がないという理由があるという。遺体を運搬する、あるいは隠す際に、バラバラにした方がやりやすいからだ。

横断歩道を渡った女は、母娘と同じく右方向に進んだ。小さな背中を見ながら、片桐はもう一度遺体の写真を思い浮かべた。女は体格の良い男とともにバッグを購入し、そして遺棄現場近くを歩いていた。

手配された男女のペアが男を殺害したとして、今、目の前を歩く女はどんな役割を果たしたのか。殺された男は、あの女に誘い出されたのか。それとも、一緒に手配された男と、殺された男、そして女の間になんらかのトラブルがあったのか。

母娘、そして女。そのあとに数人の中学生を挟み、片桐は慎重に後を追った。女は遺体となった男にＤＶの被害に遭っていたのかもしれない。友人の体格の良い男に相談し、二人は思いあって男を殺害し、その処理に困って遺体を損壊の上で遺棄した……片桐が様々なことを考えていると、母娘に続いて女が新宿通り沿いのスーパーに入った。深夜営業で知られた都心の老舗《しにせ》だ。母娘、そして女は生鮮食品売り場がある二階へ向かうため、エスカレーターに乗った。

エスカレーターの周囲は鏡張りとなっている。店に入った途端、片桐は足を止めた。テンポを合わせてエスカレーターに乗れば、地下鉄の車内と同じように周囲を警戒する女に追尾を感知される恐れがある。

片桐はこのスーパーの内部の構造に詳しいわけではない。母娘の先を行き、女に女子トイレに籠られてしまったら。あるいは、業務用のエレベーターか階段を使い、一足先に一階に降りたら。片桐は五秒ほど待ち、ようやくエスカレーターに乗った。二階にたどり着くまでのほんの十数秒が二、三分ほどにも感じた。

二階にたどり着くと、片桐は慎重に周囲を見回した。降りた場所から左に曲がると、青果売り場があり、その奥が精肉、そして鮮魚の売り場になっている。

「お母さん、ハンバーグ食べたい！」

精肉売り場の方向から先ほどの母娘の姿が見え、娘が既製品のハンバーグのパックを手に取っているのが見えた。

女はどこだ。周囲の客はカートを押すか、プラスチックの買い物カゴを持っている。青果売り場横でカゴをピックアップすると、片桐は精肉、鮮魚売り場へと足を向けた。

時折売り場の商品を手に取りながら周囲をチェックする。母娘の弾んだ声は聞こえるものの、あの女の姿は見えない。鮮魚売り場の端、刺身の盛り合わせのコーナーに足を運んだとき、視覚の左隅にスウェットシャツが見えた。

女は缶詰と調味料の棚が並ぶ売り場にいた。安堵《あんど》の息を吐き、片桐は惣菜《そうざい》コーナーに向かった。イカのフライや鶏《とり》の唐揚げ、エビのチリソースなど多様な惣菜がパック入りで並ぶ。片桐の隣には、太った中年女性がいて、揚げ物を物色中だ。

女の様子が気になる。片桐はフロアの真ん中にある調味料売り場に足を向けた。女はしゃがみこみ、特売の札の横にあるスパゲッティの袋を手に取っていた。足元のカゴには、安売りのツナ缶、マヨネーズの袋が見えた。女は特売品のスパゲッティをメーカーごとに見比べている。片桐は中華やエスニック調味料の棚へ行き、レトルトカレーの袋を二つ、買い物カゴに入れた。視界の隅で女が立ち上がった。このまま会計に向かうのか。片桐は小麦粉などのコーナーへ足を向け、様子をうかがった。

女はすたすたと歩き、先ほどのエスカレーターへ向かった。上りと下りが並行する場所だ。一階のレジに、あるいは飲料かインスタント食品を買うのかもしれない。このまま後に続く手もあるが、片桐は追尾がバレることを警戒した。先ほど惣菜売り場の前を通ったとき、一階に通じる階段を見た。急ぎ踵《きびす》を返し、階段へと駆けた。

女が下りのエスカレーターに向かう姿を横目で確認すると、一気に階段を下る。女に気づかれた公算は低い、そう念じながら階段を降り切ると、女がエスカレーターを降り、レジへ向からのが見えた。

片桐は四列離れたレジに並び、様子をうかがった。女はレジの店員にスーパーの会員証を手渡した。割引やポイント還元のためのカードを持っているということは、この老舗にはなんども通っている。しかも、近隣に住んでいる可能性が高い。レジの順番を待ちながら、片桐は自分の鼓動が確実に速まっていくのを感じた。

店を出た女は、持参したエコバッグに食料品を詰め、荒木町《あらきちょう》へ向かった。

スーパーから四谷方向へ五〇メートルほどの場所に、飲食店が軒を連ねる古い小路がある。新宿通り側の入り口には〈杉大門《すぎだいもん》通り〉の看板があり、酔客に紛れ、片桐は後を追った。

近隣に住んでいる、そんな予想が外れたかもしれない。女の後ろ姿を見ながら片桐は考えた。以前週刊誌の特集で読んだ記事が頭に浮かんだ。荒木町は古い花街だが、最近は若手の料理人が相次いで出店し、世界的な料理格付けで高評価を受ける店が増えている。

片桐は女の背中を気にしつつ、周囲の店をチェックした。高級な和食やフレンチが店を構える一方、昔ながら居酒屋やスナックの類いも多い。あの女がこうした気軽な店に勤務していたらどうか。女はスーパーで安価なツナ缶やスパゲッティを購入した。客に出すツマミやお通し用だとしたら、老舗スーパーに立ち寄る理由となる。

片桐が新たに考えを巡らせていると、女が焼鳥屋の角を急に右折した。片桐は歩みを速め、後を追った。

週刊誌の特集によれば、この一帯は細い路地が幾重にも連なり、江戸情緒を色濃く残しているとあった。入り組んだ路地に逃げ込まれれば、完全に追尾がバレたことになる……額に粒のような汗が滲《にじ》んだ。

片桐は手の甲で汗を拭うと、杉大門通りからさらに細い道へと足を踏み入れた。左手にバーの蛍光灯の看板が見えた。そのバーの角は左へ、そして直進する変則的な三叉路《さんさろ》になっていた。女の姿はすでにない。

やはり気づかれた。大きく溜息を吐《つ》き、片桐は肩を落とした。仕方ない、このまま周囲を検索するしかない。そう考えて三叉路を直進しかけたとき、片桐の耳に靴音が響いた。音の方向を見ると、古い木造モルタルのアパートがあり、誰かが外階段を上っていた。

3

「こちらは都心の穴場物件ですよ。ちなみに今のお住まいは?」

「山吹町です」

木造モルタルの二階建てアパートを見上げながら、片桐は笑顔で答えた。女の後を追った翌日の昼前、片桐は四谷三丁目駅近く、消防署の並びにある不動産屋を訪れた。

この日の朝、本部に出勤して打ち合わせに出た。

川勝警部から、新たに全国指名手配に加えられた被疑者の説明を受けた。その後、二班のメンバーは当日の行動予定をおおまかに説明し、打ち合わせは終わった。この場で、手配似顔絵に酷似している女を見つけたとは明かさなかった。もう少し、犯人《ホシ》を手繰り寄せ、手応えを得てから然《しか》るべき措置を取る、そう心に決めていた。

まずは女の名前の特定が先決だった。このため、もう一度荒木町を訪れ、自らの獲物の感触をつかみたかった。

「山吹町は良いところじゃないですか。なぜ引っ越しをご検討されておられるのですか?」

たくさんの物件情報を挟み込んだバインダーを片手に、初老の営業マンが言った。

「ブラックな職場に勤めておりまして、朝早くから夜遅くまで仕事漬けです。どうせ寝にかえるだけなら、家賃が下がって勤め先が近い方が良いかと思いましてね」

片桐は、霞《かすみ》が関《せき》の地方公共団体のペーペー職員だと言い、人使いの荒さから住まいを変えたいのだと伝えた。

「飲みの機会も多い?」

おどけた調子で営業マンが言った。

「ええ、先輩方に付き合わされて、週に三、四回、もしくはそれ以上です」

見当たり班に配属され、飲み会の数は激減した。片桐は所轄署時代の記憶を頼りに、赤坂や新橋の居酒屋の名を挙げた。

「人付き合いも大事なお仕事です」

営業マンが愛想笑いした。

嘘《うそ》は言っていないが、身分を明かした上で、本当の狙いを話していない後ろめたさはある。まずはあの女の素性を割り出すことが先決だと割り切った。

「ちょうど角に空き部屋があります。内覧なさいますか？」

「ぜひお願いします」

昨晩、あの女が上った外階段を営業マンの後に続いていく。昭和の刑事ドラマに出てくるような古い建物は、外壁のそこかしこに雨だれのシミができている。二人の大人が上ったことで、鉄製の階段が不快な音を立てて軋《きし》む。

「お役所はどのような関係ですか？」

「大きな組織の外郭団体でして、おまけみたいなものです」

世間話が好きなのだろう。営業マンがあれこれ話しかけてくる。いや、この間も片桐の素性を探っているのかもしれない。

「このアパートはどんな方々がお住まいなのですか？」

片桐は不審感を与えぬよう、努めて丁寧な口調で尋ねた。

「近隣のお店のスタッフさんとか、普通の勤め人ですかね」

バインダーの資料を一瞥《いちべつ》し、営業マンが言った。

「あの……今の住まいでは、近所のアパートで学生が騒いだりして少し迷惑しているんですよね」

「そういうことは皆無ですよ。この通り古い造りですし、住民には納得して住んでもらっています。そのあたりのクレームの類いは一切ありません」

営業マンがバインダーを注視する間、片桐は昨日あの女が入っていった部屋の前でわざと歩みのペースを落とした。キッチンの給湯器脇に小さな赤いポストがある。

〈工藤仁美《くどうひとみ》　諸橋達夫《もろはしたつお》〉

ポストには、手書きの名前が二つ。営業マンに見えぬよう、片桐はスマホのカメラでポストを撮影した。安いアパートにありがちな、多くのチラシや役所の案内文が散乱したポストではない。毎日帰宅し、こまめに新聞やチラシを取り込んでいるところをみると、生活実態はたしかにここにあるとわかる。

「半年空いていまして、少し埃《ほこり》があるので、そのまま靴で上がってください」

角部屋にたどり着いた営業マンが鍵を開けた。

「失礼します」

扉を開けた途端、埃が舞い立った。片桐は手でそれを払いながら、周囲をチェックした。狭い上がり框《かまち》の脇には炊事場、そしてトイレとシャワースペースがある。その奥が三畳間と六畳間だ。

「浴槽がありません。シャワーだけでも平気ですか？」

「もちろん大丈夫です」

「四谷三栄町《さんえいちょう》には銭湯がありますので、ゆっくりしたい際はそちらを」

「ぜひ」

片桐が答えると、営業マンがシャワーとトイレの水道をチェックすると告げ、大きなバインダーを炊事台の上に置いた。

営業マンの背中を見送ると、片桐は付箋がついた部分を開いた。

〈工藤仁美　諸橋達夫〉

二〇二号室の住人の名前がある。先ほどポストに表示されていた名前と一致する。音を立てぬよう、慎重にバインダーをもとに戻したとき、営業マンが顔を出した。

「水回りも大丈夫。漏れもなし、水圧もオーケーです」

営業マンが満面の笑みで言った。片桐は愛想笑いを返した。頭の中は、今後どう捜査を進めるか、さまざまな段取りでいっぱいになった。

4

荒木町で偽りの内覧を済ませたあと、片桐は四谷三丁目駅から新宿三丁目駅へと地下鉄で移動した。昨日の夜、あの女の顔を見たあとから、ずっと鼓動は速まったままだ。まだ体格の良い男の姿は見ていないが、調べたアパートにはたしかに生活感があった。手配書の似顔絵に顔や体格の印象が近ければ、犯人《ホシ》の二人組に違いない。未《いま》だに収穫ゼロの片桐にとって、絶対に逃せない獲物だ。

安物のデジタル腕時計を見ると、時刻は午後零時を少し回っていた。なんども唾を飲み込み、あのジャズ喫茶を目指す。鼓動と同様、自然と歩みが速まっていくのがわかった。

昼時で新宿三丁目の街頭は混み合っている。職場の仲間と連れ立ってコンビニやチェーンの定食屋に入る者、地方から出てきたのか、大きなバッグを持つ若い女性たちの姿も見えた。人波を避けながら、片桐は先を急いだ。

新宿通りから靖国通りへ歩き、大通りに面したビルの角を曲がる。大手百貨店系列のレストラン館へと吸い込まれていく人を避けつつ、あの店の看板があることを確認する。

〈ランチタイム　営業中　dig〉

昼間でも薄暗い階段を下り、重い扉を開けるとトランペットの鋭い音が片桐の鼓膜を刺激した。カウンター横のレコードラックを見ると、〈Now Playing〉のプレートとともに奇妙なロングヘア、サングラスをかけた黒人トランペッターのジャケットが掲示されていた。

片桐の顔を見た店員と目が合う。以前、厚切りベーコンのサンドイッチを勧めてくれた男性だ。会釈すると、店員は目線でカウンターの隅を指し示した。稲本は今日もここでコーヒーを飲み、煙草《たばこ》を燻《くゆ》らせているのだ。

二組の老カップルがコーヒーを楽しんでいる。稲本と同じように、アナログレコードの柔らかな音色を浴びにきているのだ。彼らの邪魔をしたら、再度稲本に怒られてしまう。駆け出したい気持ちを抑え込み、片桐はカウンター席の奥へと足を向けた。

「おはようございます」

声のトーンを落とし、稲本の隣の椅子に腰を下ろす。前回と同じように、稲本は目を閉じ、煙草をふかしている。頭も肩も動かない。

「そのまま聞いてください」

片桐はサンドイッチとコーヒーを注文すると、ショルダーバッグから手配犯の顔写真を綴じた手帳を取り出し、ページをめくった。

〈神田川児童公園　死体損壊遺棄事件〉

目的のページを見つけると、片桐は手帳を稲本に差し出した。

「これを見ていただけませんか」

片桐の声に反応した稲本は、眉間に皺《しわ》を寄せたあと、ゆっくりと両目を開け、手帳に視線を向けた。稲本の視線の先には、男女の似顔絵、そしてバラバラ遺体が入っていた大きなスポーツバッグの写真がある。

「この二名、四谷の荒木町の安アパートに潜伏中です。昨夜、地下鉄丸ノ内線の車内で女を発見し、追尾して住居《ヤサ》を突き止めました」

片桐が説明するが、稲本は手配の似顔絵のページを睨《にら》んだまま、反応しない。

〈工藤仁美　諸橋達夫〉

片桐はスマホを取り出し、先ほど撮影した画像データを手帳の横に置いた。

「手配中の被疑者氏名もそれぞれ突き止めました」

自分でも苛立《いらだ》っているのがわかった。しかし、片桐は懸命に感情を押し殺し、報告した。

「それで？」

短く言った稲本は煙草を灰皿に押し付け、コーヒーを口に運んだ。相手にとって全く興味のない商品を必死に売り込んでいる営業マンのような心持ちになった。

「これは川勝さんにも報告していません」

「だから、なんだ？」

稲本の眉間の皺が深くなった。

「もちろん、本職だけで対応はできません。今晩、諸橋という男の人着を似顔絵と照合し、本人たちの確率が高まった段階で、あちこちに報告します」

「ほお」

稲本が灰皿の横にある箱から新しい煙草を取り出し、ライターで火を灯《とも》した。

「まずは川勝さん、そして現在は継続捜査班の担当ですので、そちらの皆さんと情報を共有し、近日中に身柄確保できるよう調整します」

片桐が告げると、稲本が鼻で笑った。

「あの、なにか？」

「おまえは小学生か？」

以前、低能と呼ばれたときと同じで、稲本の口調は侮蔑的だ。

「いえ、違います」

カウンターの下で、片桐は拳を握りしめた。

「手配犯を見つけましたので、粛々と捜査を続けるのみです」

「やっぱり、おまえは小学生、しかも低学年レベルだ」

煙草をふかし、唾棄するように言ったあと、稲本が似顔絵の手配書が綴じられた手帳を手に取った。

「まだわからんか？」

手帳をカウンターに置くと、稲本が似顔絵の横にあるスポーツバッグの写真を人差し指で叩《たた》いた。意図がわからない。片桐は首を傾《かし》げたあと、口を開いた。なぜこんな遠回しで嫌味なことしか言わないのか。片桐は焦《じ》れた。

「初めて手配犯を見つけ、そして住居《ヤサ》を見つけたんです。これでも少しは興奮します」

「そうか、興奮か」

稲本がもう一口、コーヒーに口をつけた。

「必ず検挙しますので、またご指導ください」

前回と同じように、目の前の男に対する怒りが湧き上がってきた。だが、ここでキレてしまえば、この店にたどり着くことができなかったその他大勢の見当たり失格組と同列になってしまう。

片桐はさらに拳に力を込め、耐えた。

「初めてか……たしか、『はじめてのおつかい』とかいうバラエティ番組があったな」

「は？」

「番組では幼児が主役だったよな」

小さな声で言い、稲本が煙草を灰皿に押し付けた。

「本職になにか落ち度がありましたか？」

「お子ちゃまなりに、自分で考えろ」

稲本は低い声で言い、財布を取り出した。

「ありがとうございます」

気配を察したのか、店員がトレーを差し出す。前回と同じように、稲本は小銭をカウンターの上に置くと、煙草とライターを背広のポケットに入れ、席を立った。

「稲本さん！」

「静かにしろ。他の客に迷惑だ」

鋭い視線で片桐を見下ろしたあと、稲本はゆっくりとした足取りで分厚いドアに向かった。低能のあとは幼児扱い……怒りで顔全体が充血していくのが自分でもわかった。

「お待ちどおさまです」

何事もなかったように店員が片桐の前にサンドイッチのトレーとコーヒーカップを置いた。

「あの……」

片桐が言いかけた途端、店員が強く首を振った。前回のように助け舟を期待したが、無理だというサインだ。

なぜ稲本は自分のことを子供だと揶揄《やゆ》したのか。昨夜からの自らの足跡を思い起こす。電車内で女を見つけ、密《ひそ》かに追尾してアパートを突き止めた。感づかれた様子はない。そしてそのアパートには男も住んでいる。今晩、もう一度荒木町を訪れ、男の存在を確認すれば大きな獲物を狩ることができる。しかも、二人は今まで名前すらつかめていなかった被疑者たちだ。大柄な男を殺した上で、残忍にも首と手足を落とすという手口を用いた。息を潜めて暮らしてはいるが、れっきとした凶悪犯なのだ。

「冷めないうちにどうぞ」

店員の柔らかな声音に片桐は我に返った。

「いただきます」

大きく息を吸い込むと、片桐は目の前のサンドイッチを睨んだ。

5

「川勝警部、ちょっとよろしいですか?」

午後一一時一〇分すぎだった。警視庁本部に戻った片桐は、帰り支度をしていた二係の責任者、川勝警部に小声で告げた。

「どうした?」

鞄《かばん》に書類を詰めていた川勝が手を止め、空いたパイプ椅子に座るよう顎で合図した。

「こちらを見てください」

片桐は手配犯の顔写真を綴じた手帳を取り出し、懸命にページを繰った。落ち着け、そう自分に言い聞かせるが、ページをめくる手が微《かす》かに震えているのがわかった。同時に、鼓動も今までになく速まっている。

「どれだ？」

焦らされた形の川勝が苛立った声を上げたとき、似顔絵捜査官の描いたイラストのページが見つかった。

「これです」

開いたページをそのまま川勝に手渡す。

「これがどうした？」

川勝の眉根が寄った直後、片桐は唾を飲み込んだ。すると、一時間前の光景が頭をよぎった。

夕方、あの女に地下鉄で出会った時刻に四谷三丁目駅から荒木町の杉大門通りへ行き、例のアパート付近の小路で二〇二号室の明かりが灯るのを待ち続けた。

昨日と同じく、地味な見た目の工藤仁美がショッピングバッグを携えて荒木町の古いアパートに戻ってきた。張りをはじめてから三〇分ほど経《た》ったときだった。外階段をテンポ良く上ると、二〇二号室前のポストを開ける音が響き、続いて部屋のキッチンの明かりが点《つ》いた。

それから一時間半後、汚れた作業服の上下を着た体格の良い男がアパートの前に現れた。杉大門通りでワンボックスの作業車から降りてきた男だ。小路の角にあるバーの街灯の下まで男がたどり着いたとき、小料理屋の陰で待っていた片桐は息を呑《の》んだ。

職人風に短く刈り込んだ髪、そして角張った輪郭と太い眉、二重の瞼《まぶた》と身長一八〇センチ超のがっしりした体格……手配書にあった男と限りなく似ていた。

不動産屋のリストが正しいならば、工藤と共に暮らす諸橋達夫だ。男は首に巻いたタオルでなんどか顔を拭ったあと外階段を上り、二〇二号室に入っていった。

「おまえの感触はどうだった？」

いつの間にか川勝が椅子に腰を下ろし、身を乗り出していた。

「女一人だったら半々だと思いましたが、男の顔を見て手配中の被疑者のコンビに間違いないと思いました」

片桐は声のトーンを落として告げた。

「これからどうする？」

「現在事件を担当している継続捜査班に一報し、検挙に向けて協力体制を取ります」

片桐が言うと、川勝が首を強く振った。

「それじゃあ、奴《やつ》らに手柄を全部食われちまう。もっと頭を使ってくれよ」

「そうか……」

稲本と違い、川勝は警部という幹部警察官であり、二係を束ねる管理職という立場もある。直接の担当である捜査一課継続捜査班にそのまま連絡すれば、あくまで情報提供者の立場になってしまう。最悪の場合、継続班が発見し検挙したのだと美味《おい》しいところを全部持っていかれ、見当たり捜査班のポイントにはならないというわけだ。

「まずは鑑識課に出向き、似顔絵を作成された方にお会いして……」

「そうだ。お前はあと何日か荒木町に張り付き、密かに二人の写真を撮れ。そして目撃者に確認してもらってから、継続班にネタをつなぐ」

「了解です」

同じ刑事部に所属しているが、捜査一課の継続捜査班は予算も人員も優遇されている。殺人事件の時効が撤廃されて以降、凶悪事件を徹底的に追うことが使命とされた組織だ。積極的にマスコミに露出する幹部もいる。殺人事件を許さないという世論の後押しも受け組織の陣容が拡充されてきた。

一方、見当たり捜査班は正反対だ。市中の監視、防犯カメラの位置情報をほぼ把握した上で、犯人《ホシ》の前足と後足《うしろあし》を即座に捕捉するSSBCが重宝され、実際に検挙実績を伸ばしている。SSBCは民間からエンジニアを中途採用するなど、人員を強化し、システム面での投資も行なっている。

アナログな手法で手配犯を炙《あぶ》り出す見当たり班は人員が増えず、予算面でも優遇されているとは言いづらい。そんな状況があるからこそ、川勝は簡単に手柄を渡すなと言っているのだ。

「ちょっと待ってろ」

デスクの上の警電に手をかけた川勝が言った。

「見当たりの川勝……」

川勝が声を潜め、受話器を掌で覆いながら話し始めた。本部内の別の部署、知り合いにでもかけているのか。

「そうそう、その段取りでいこう。くれぐれも内密に頼むよ」

口調は砕けているが、川勝の表情がいつになく真剣だった。川勝が小さく息を吐き、受話器を置いた。

「鑑識課にいる同期と話した。似顔絵担当はもう帰宅したが、目撃者の連絡先はいつでも教えてくれるそうだ」

川勝の両目が鈍い光を発している。川勝は元々捜査一課や組対五課など刑事部の主要部門を歩いてきた。本部内のそこかしこに仲の良い捜査員がいる。

「では、本職が写真を撮り、それを目撃者に確認してもらえば……」

「最終的には継続班の捜査員と一緒に検挙に向かうことになるが、端緒はあくまで見当たりが取った、そうアピールできる」

「わかりました」

「でかしたぞ、片桐」

いきなり川勝が片桐の肩をなんども叩いた。存外に力が強い。

「今まで手ぶらで帰ってきてばかりで、申し訳ありませんでした」

片桐が本心から言うと、もう一度肩を叩かれた。

「期待していたんだ。絶対ものにしろ」

川勝が言ったとき、二班のシマに人影が現れた。

「お疲れ様です」

グレーの薄手のスプリングコートを着た佐々木だった。

「どうされました？」

佐々木は夕方から銀座や日比谷《ひびや》近辺で見当たりを続け、本部に戻ってきたのだ。佐々木は怪訝《けげん》な顔で片桐と川勝の顔を見比べている。

「ちょうどいい所に帰ってきた。少し片桐のフォローに回ってくれないか？」

「なにをやるの」

「明日の朝、時間あるか？」

川勝が佐々木を手招きした。佐々木はコートを脱ぎ、近くの椅子を引き寄せ、座った。

「これだ」

川勝が机の上にあった片桐の手帳を引き寄せ、佐々木に見せた。左の眉を吊《つ》り上げ、佐々木が似顔絵の手配書を睨んでいる。

「片桐君が見つけたの？」

「はい」

佐々木の目を見据え、片桐は言った。

「実はな……」

川勝が荒木町のアパートや被疑者二名の氏名を矢継ぎ早に佐々木に告げた。佐々木はスマホのメモアプリを開き、素早く要点を書き加えた。

「なるほど、片桐君だけが張っていたら、目立つわね」

「頼むぞ」

そう言うと、川勝が机の引き出しを開けた。筆入れや名刺ケースを避《よ》けると、川勝が小型のカメラを取り出した。

「小さいわりに写りが良いカメラだ。望遠も二〇〇ミリまでいける。これを使え。それから、シャッターは消音モードに」

川勝がカメラを片桐に手渡した。

「了解です。必ず顔写真撮ってきます」

「佐々木、助太刀を頼む」

「わかったわ。初の獲物だもの。ようやく一人前になれるわね」

佐々木がわざとらしく言った。

「お世話になります。住居《ヤサ》の住所は……」

片桐はスマホの地図アプリを起動し、佐々木に手配犯二人の住むエリアの説明を始めた。

6

新宿通り沿いのコインパーキングに戸塚署のミニバンが停車している。時刻は午前五時半となり、日の出とともに周囲は明るくなっていた。片桐は継続捜査班の現場指揮官である警部に手順を最終確認したあと、杉大門通りに向けて歩き出した。

似顔絵の女、工藤仁美を丸ノ内線の車内で発見してから六日経過した。見当たり捜査班だけでなく、主担当の捜査一課継続捜査班のほか、特捜本部があった戸塚署刑事課のメンバーら計一五名のチームが編成された。

「片桐、ためらうなよ」

一緒に歩道を行く継続班の警部補が言った。

「もちろんです。あの方法を久しぶりに使います。腕は落ちていませんから」

「その意気だ」

片桐の肩を軽く叩くと、警部補は継続班の若手メンバーが控えている杉大門通り沿いにある雑居ビルへと走り去った。


川勝警部に報告した翌日、片桐は二班の佐々木とともに荒木町の小路へ向かった。二人の似顔絵制作の大元となった情報提供者に対し、実際の二人の顔写真を見せて間違いないか照合させるためだ。

早朝に仕事をこなす民間清掃員に化けるため、片桐は古着屋で安い作業ジャケットを買った。佐々木は夜勤終わりの看護師風にと髪をポニーテールに結い、着古したパーカーとダメージドのデニムに着替えた。二人は工藤と諸橋の住むアパートの付近をなんども歩き、明るくなってからも二人の顔が撮影できる場所でそれぞれ身を潜めた。

この日、まず動いたのは諸橋だった。工務店の作業着、ポケットがたくさん縫い付けられた作業パンツ姿だった。手には保温機能付きの弁当ジャーがあった。四谷三丁目の老舗スーパーで特売品を買った工藤が、諸橋のために昼食を作ったのだろう。

古アパートの階段を早いテンポで降りてくる諸橋の気配はすぐにわかった。分厚い靴底の安全靴の音は存外に大きかった。小路の窪《くぼ》みで小型デジカメの電源を入れ、片桐は肩を強張《こわば》らせた。諸橋がたどるルートは予想した通りだった。アパートを出て小路を南下し、バーの角で右折して杉大門通りへと向かう。前回張り込みしたときと逆のルートだった。

杉大門通り沿いの雑居ビルの外階段で待機する佐々木からは、工務店のミニバンが到着したと事前に連絡をもらっていた。決まった時間に迎えが来て、諸橋は車に乗り込むというパターンなのだ。

片桐が身を潜めていた小路の窪みは、バー脇の変則的な三叉路にある。ビールのケースが何段も積まれているため、道路側から窪みの中は見えない。ケースの取手部分から望遠レンズを伸ばせば、相手に気づかれぬように撮影が可能なことは既に確認していた。

小路の向こう側から、安全靴の重い足音が近づいた。ビールケースの陰に隠れ、片桐は液晶モニターに映る諸橋の姿を凝視し、無心で連写モードのシャッターを押し続けた。

撮れた画像数枚を確認したあと、杉大門通りにいる佐々木に諸橋が向かったと報告した。工藤の顔写真に関しては、片桐は厳しい現実に直面した。深夜営業を終えたスナックや居酒屋から、酒問屋が空き瓶やケースを回収しに来たため、諸橋が出勤してから三〇分後に別の待機場所を探さねばならなかった。

なんども小路を行き来して撮影ポイントを探すうち、あのアパートから靴音が響き始めた。カメラの望遠レンズでモニターを確認すると、いつものようにスウェットシャツを着た工藤が出てきた。片桐のいる地点からは後ろ姿しか捉えることができなかった。佐々木に連絡し、雑居ビルの外階段からなんとか顔写真を撮影することができた。

工藤と諸橋の顔写真を撮影した直後、片桐は佐々木とともにタクシーをつかまえ、警視庁本部に急行した。パソコンに写真のデータを取り込み、写りの良い三〇枚を選んだ。工藤、諸橋ともに正面から捉えた構図、横顔の物を選び、事前に川勝が仕入れていた目撃者に連絡を入れた。

その日の午後、鑑識課の似顔絵担当捜査員と連れ立って、目撃者の池袋の職場に赴いた。昼休み中にもかかわらず、目撃者の男性は快く捜査協力に応じてくれた。

〈間違いありません。この二人でした〉

片桐が提示したタブレットの画面を見た直後、目撃者が断言した。この証言を契機に、事態は大きく動き出した。

片桐は電話で川勝に報告した。川勝は待ってましたとばかりに継続捜査班に情報を入れ、その後わずか一日半で被疑者二名を検挙する段取りが組まれたのだ。


杉大門通りに向かう間、最初に女を追尾して荒木町に来た夜のことが鮮明に頭の中に浮かんだ。今とは正反対で夜だった。

居酒屋やレストランに向かう客たちに混じり、女の小さな背中を追った。地下鉄の車内で周囲を警戒していた女を追う。今までほとんどやったことのない尾行だった。なんども察知されたと腹をくくったが、なんとか検挙目前のタイミングまでできた。

「頼んだぞ」

片桐が杉大門通りに入った直後だった。ナイロンのコーチジャケットを羽織った禿頭《とくとう》の男がすれ違いざまに言った。戸塚署刑事課の警部だ。昨日午前、戸塚署で開かれた合同会議で顔合わせした。

その際、見当たり捜査班の川勝が強く主張したのが、被疑者二人の住まいに行き、最初に声かけするのは片桐が適任だという点だった。

二年以上、都内に潜伏していた被疑者の二名を見つけたのは、紛れもなく見当たり捜査班であり、端緒をつかんだ捜査員が真っ先に被疑者に触るのが筋だという理屈だ。会議では、現担当の継続班、あるいは戸塚署の刑事課から出すべきという声も出たが、片桐がいなければなにも始まらなかったと川勝が譲らず、実質的な指揮官である継続捜査班の理事官がいいだろうとゴーサインを出したのだ。

「配置に問題はありませんか？」

歩みを緩めながら片桐が訊《き》くと、警部は足を止めた。

「ないよ。万が一逃走を図っても、絶対逃げ場はない」

禿頭の警部は、スマホの画面を片桐に向けた。地図アプリ上にいくつか赤いピンが立っていた。工藤と諸橋が住むアパートの周囲のほか、通りの入り口などに一一名が配置されている。まずはアパートの前に二人、アパートと雑居ビルの間にも二名。そのほか、杉大門通り沿いにも、小路ごとに捜査員が配置されている。

「では、行ってきます」

「深呼吸してから行けよ」

軽口を叩いた警部に背中を押され、片桐は足を速めた。

アパートにつながる細い小路の入り口に、焼鳥屋が見え始めたときだった。左耳に挿したイヤホンに無線が着信した。片桐は袖口に仕込んだマイクを口元に近づけた。

「見当たり班、片桐。どうぞ」

〈こちら戸塚班。外苑東通り〉

「なにかありましたか？」

〈曙橋《あけぼのばし》を工務店のミニバンが通過〉

単純な連絡だったが、片桐は再び鼓動が速まるのを感じた。腕時計に目を落とす。本日の着手に至るまでの間、わずか二日ではあったが、二人の行動確認を行なってきた。諸橋の出勤は午前六時半から七時の間だ。いつもより、迎えが一時間早い。

「了解。このまま着手します」

片桐はジャンパーの下に着込んだ防刃《ぼうじん》ベストを触り、ポケットにある無線のボタンを二度押した。これにより、ミニバンで待機する指揮官にも自分の声が届く。

「戸塚班より、連絡。マル被の出勤時間がいつもより早い。指示を」

〈二人の住居《ヤサ》に変化はない。早く現着を〉

「了解」

無線を切ると、いつの間にか片桐は小走りになっていた。角を曲がり、明かりの消えたバーの看板を通りすぎたとき、ようやく足を止めた。周囲には六名の捜査員が息を潜め、待機している。

もう一度無線のスイッチを押す。

〈二分前に部屋の明かりが全て点灯した。出勤するぞ〉

「了解」

〈現場、異常なければ着手しろ〉

再度、指揮官のくぐもった声が耳に響いた。片桐は周囲の窪みやビールケースの陰に潜む捜査員たちに小さく親指を立てたあと、古いアパートを見上げた。たしかに煌々と明かりが灯っていた。

「着手します」

袖口のマイクに言った直後、片桐の後頭部に突然低い声が響いた。

〈お子ちゃまなりに、自分で考えろ〉

新宿三丁目のジャズ喫茶で、片桐を侮蔑的な視線で見下ろした稲本だ。手配犯を発見したと報告したが、予想外の反応に面食らった。

褒めてくれることはなくとも、せめて労《ねぎら》いの言葉を勝手に期待していた。だが、稲本は最初に店を訪れたとき以上に、片桐を冷たくあしらった。その理由はなにか。体ががちがちに硬直するような錯覚に襲われた。

〈了解、行け〉

再度、指揮官の声が響き、片桐は我に返った。

「行きます」

自ら発した声を合図に、片桐は古いアパートの敷地に入り、階段を一気に駆け上がった。

二〇一号室を通り過ぎると、二〇二号室から水道の音が聞こえた。諸橋の弁当を作り終えた工藤が、洗い物をしているのかもしれない。

一瞬だけドアの前で立ち止まる。中の二人が気づいている雰囲気は皆無だ。所轄時代と同じ要領でやれ……片桐は強く自分に言い聞かせた。本部に上がるきっかけを作った自分の得意技だ。

「工藤さん、おはようございます」

努めて優しい口調で告げると同時に、所々錆《さび》が浮き出した鉄製のドアをノックした。

「はい？」

ドアの横にある炊事スペースから女性の声が響いたと同時に水音が消えた。この調子だ。すぐにやれ。片桐は自分に指示を飛ばした。

「朝早くからすみません、警察です。開けてください」

「警察？」

炊事場から工藤の戸惑った声が響く。

「すぐに開けてください」

「は、はい……」

片桐の指示に従い、工藤が三和土《たたき》に降りたようで、スリッパを履き、ドアの覗《のぞ》き窓から見ている気配がした。それに合わせ、片桐は身分証を提示し、告げた。

「炊事をやめて、諸橋さんと出てきてください」

「あの……」

ロックが解除され、ドアが少しだけ開いた。狭い隙間から小柄な工藤が見上げていた。片桐は素早く左足を隙間に差し入れ、言った。

「すみませんね。ガスを止めた上で、工藤さんと諸橋さん、一緒に外に出てください。お願いします。すぐに」

「はい……」

驚いた様子の工藤だったが、渋々頷《うなず》いた。同時に扉を閉めようとしたが、片桐の靴が挟まっているのに気づき、溜息を吐いた。

「タッちゃん、警察の人が……」

工藤が震える声で告げたとき、奥の部屋から大きな人影が現れた。短く刈られた髪をなんども掻《か》きながら、諸橋が姿を見せた。顔を見ると、眠たげだ。

「警察です。お二人に事情を聴《き》きたいことがあります。ご同行願います。すぐにこちらへ出てください」

「あ、はい」

諸橋がくぐもった声で答えた。声に怒気はない。作戦成功だ。所轄時代にポイントを稼いだ職務質問のスキルが活《い》きた。

「大丈夫か？」

いつの間にか、片桐の背後に禿頭の警部がいた。

「抵抗する気配はありません」

「油断するな」

警部が小声で言ったとき、スウェットシャツを羽織った工藤、そして作業着を身に纏《まと》った諸橋が顔を揃《そろ》えた。

「警視庁戸塚署刑事課です。署で事情を聴きたいので、ご同行願います」

「あの……」

諸橋が大きな体を萎《しぼ》ませ、なにかを口にしかけた。

「もちろん任意ですがね。とにかく署に同行を。拒むようなら裁判所に行って令状を請求します」

警部の強い口調に気圧《けお》されたのか、二人が素直に頷いた。片桐はドアを大きく開け、階下の捜査員たちに二階へ上がるよう、手招きした。

四カ月前、新宿歌舞伎町のゲームセンターで山梨県警が全国指名手配した被疑者の身柄確保の現場にいた。あのときより数段、充実感があった。鼓動の高まりはようやく収まったが、全身の血が猛烈な勢いで駆け巡る感覚は残っている。工藤という女を地下鉄の車内で見かけて以降高まり続けていた鼓動がピークに達した。

7

「何社か嗅ぎつけたみたいですね」

混み合う高戸橋《たかとばし》交差点を見下ろしながら、片桐は言った。

新宿区の北端にある戸塚署は明治通りに面している。トラックやミニバンなど商用車で混み合う幹線道路を縫うように、テレビ局のミニバンや社旗を掲げた黒塗りのハイヤーが戸塚署の駐車場に入ってきた。

「あのバラバラ事件の被疑者だ。本部の誰かが漏らしたんだろう」

戸塚署の会議室で川勝警部が嬉《うれ》しそうに言った。

「ずっと獲物ゼロですみませんでした」

がらんとした会議室で、片桐は川勝に頭を下げた。

「おまえはよくやった。ちゃんと結果を出したんだ」

川勝の言葉がひび割れだらけの体に沁《し》みるような気がした。

「所轄時代の経験が活きました」

「空白の一五秒だな」

「ええ」

交番勤務時代、片桐は職務質問の数をこなし、そのコツを体得した。二期上の先輩から教わったのが、〈空白の一五秒〉のスキルだ。

人間は予想外の出来事に遭遇すると、パニックに陥る性質を持っている。その一瞬こそが一五秒であり、この空白を突くのが肝心だと若い警察官は徹底的に訓練される。

駅前交番時代、近隣のパチンコ屋の駐車場に不審車両があると通報があり、片桐はすぐさま臨場した。あちこちに凹《へこ》みがある古い型の軽自動車で、駐車場のスペースを跨《また》ぐ形で斜めに駐車していた。

薬物常用者の特徴だ。薬物が生活の最優先事項となっているため、車の傷に気が回らず、駐車する際も自分勝手な振る舞いを行う。

通報通り、運転席には野球帽を斜に被《かぶ》った青年が座り、口を開けぼんやりとフロントガラスを眺めていた。大麻か覚醒剤か。いずれにせよ違法薬物を摂取した直後で、キマった状態であることは明白だった。

自転車を降りた片桐は車両に近づき、運転席の窓をノックした。虚《うつ》ろな目つきの青年が反応した直後、すぐさま声をかけた。

エンジンを切って降車してほしい。そして、助手席に置いたバッグも持ってくるように……。

全て任意の申し出だったが、相手は制服姿の片桐に驚き、抵抗せずに降車した。バッグには大麻とＬＳＤの錠剤があり、所轄署の薬物担当刑事が臨場して検査したところ、本人も大麻を使用した直後だった。この際、三度目の署長賞を獲得した。その背後には、空白の一五秒を巧みに操ったという満足感があった。

〈車のエンジンを切れ〉という一つの指示には抵抗する心理が働くが〈エンジンを切って降車しろ、そしてバッグも持ってこい〉と短時間に続け様に命じられると、頭が混乱する。まして制服警官を見た直後のタイミングだった。

「ちょっと様子が変よ」

行動確認に参加した佐々木も戸塚署に来ていた。先ほどまで顔見知りがいるという刑事課に行っていたが、その顔色がすぐれない。佐々木はセミロングの髪をなんども指で弾《はじ》き、苛立っていた。

「どうした?」

目の前の空いた席を指し、川勝が言った。工藤と諸橋の二人組は任意同行の要請に素直に従い、戸塚署に入った。

現在二人は別々の取調室に入れられ、それぞれ事情聴取を受けている。あとは継続捜査班のベテラン取調官が二人から自供を得れば、逮捕状を請求するのみだ。

「全面否認らしいよ」

佐々木が発した言葉に、片桐は肩を強張らせた。

「そんなはずは……」

「そうだよ。目撃者は明確にあの二人だったと証言しているんだ」

川勝も興奮気味に言った。

「私に怒ってもしかたないわよ。でも、全面否認は事実」

佐々木が口を尖らせ、言った。

「どういうことでしょうか？」

片桐が自らの不満を口にした直後だった。古着の作業着に入れていたスマホが鈍い音を立てて振動した。スマホの画面を見ると、意外な人物の名前が表示された。

「片桐です」

〈おまえ、今、戸塚にいるんだよな〉

「そうですけど」

電話の主は所轄署時代の先輩で、現在は新宿署生活安全課に所属する大森警部補だった。

〈つい五分前だけど、ウチのマル暴が殺人犯を逮捕した〉

「は？」

片桐には理解できなかった。しかも大森は戸塚署に片桐がいることを知っていた。工藤と諸橋の二人組の行確、そして任意同行と事情聴取に関しては、捜査に参加したメンバー以外には伏せられていた。一部のマスコミが動き出したのは事実だが、大森が知っているのは意外だ。それにもまして、なぜ新宿署の組対担当のことを告げたのか。意図がわからない。

〈神田川バラバラ事件の被疑者二人、戸塚が任同かけたんだよな〉

「本職が地下鉄で女を発見して、ようやく身柄確保に漕《こ》ぎつけ……」

片桐が言い終えぬうちに、大森が言った。

〈真犯人《ホンボシ》はウチの署が獲《と》った〉

「どういうことです？」

片桐の口調の変化に気づき、川勝と佐々木が怪訝な顔をしている。

〈そちらの二人組は犯人《ホシ》じゃないってことだ〉

「まさか……」

〈ウチのマル暴が真犯人を捕まえたのは、稲本さんの情報がきっかけだ〉

「稲本さんが？」

片桐が口にした名を聞き、川勝と佐々木が間合いを詰めた。

8

「来たな」

戸塚署の取調室のある三階の廊下で、川勝が唸《うな》るように言った。上司が言う通り、複数の足音が階段を上ってくるのが片桐の耳にも届いた。

「まだ事態が飲み込めません」

「私もよ」

川勝の背後で片桐と佐々木は首を傾げた。取調室へ続く廊下の隅で、川勝は腕を組み、こめかみに血管を浮き上がらせていた。

「こっちだ」

ドスの利いた声が響いたあと、ダブルの背広姿の捜査員三名がフロアに上がってきた。三名は揃って恰幅《かっぷく》が良く、腕には数珠のブレスレット、あるいは銀縁の尖ったメガネをかけるなど、その筋の人間と間違えそうな風貌をしている。新宿署の組織犯罪対策課・暴力団対策係のメンバーだろう。その背後に、一際背が高く、肩幅の広いロングのティーシャツを着た男が現れた。

「ヤツが真犯人か……」

川勝が唸った。身長は一八〇センチ台の後半くらい、広い肩幅と分厚い胸板のため、総合格闘技の選手のように見える。工藤とともに別の取調室にいる諸橋も背の高い男だったが、移送されてきたこの男とは別の生き物のようだ。

「菊田《きくた》彰一《しょういち》、三三歳。表向きは代々木《よよぎ》にあるトレーニングジムの経営者で、裏の顔はヒットマン兼始末屋らしいわね」

知り合いがいるという戸塚署から仕入れたのだろう。小さなメモ用紙を一瞥した佐々木が言った。

被疑者とされる菊田が戸塚署に入って四時間後だった。今回、工藤と諸橋の身柄確保に動いた捜査員全員が戸塚署の会議室に集められた。会議を仕切るのは、継続捜査班の幹部で、ノンキャリアの理事官だ。

「ご苦労さまです。では、始めます」

理事官の言葉を皮切りに、継続班の若手が資料を会議室のメンバーに配り始めた。

「被疑者氏名は菊田……」

理事官が資料の概要を話し始めた。佐々木が事前に仕入れてきた情報の通り、被疑者はジムの経営者の顔を持つ一方、元暴走族で現在は半グレと認定される人物だった。

「半グレはマル暴と違って上下関係が希薄だ。詐欺、恐喝、監禁等々のプロジェクトごとに得意な人間が集まり……」

マル暴や半グレを担当する組織犯罪対策部の仕事をしたことはないが、所轄署時代に同様の話をなんどか聞いた。専門分野を持つ不良が集まったり離れたりするため、警察の監視の目が行き届かないのだ。

「被疑者はジム経営の傍ら、遺体処理のプロとして半グレの間では知る人ぞ知る存在だった。いや、処理で稼いだ金でジムを興した人物で……」

理事官は淡々と続けるが、片桐は次第に気分が悪くなった。被疑者は城北、城東エリアに何カ所か仕事場を構え、特殊な機械を使って遺体をバラバラにする稼業を行なっていたという。

「目下、神田川児童公園事件の被害者について事情を聴いている。被疑者は詳細を覚えていないと言っているが、組対捜査員からの情報によれば、どうやら詐欺集団の一味らしく、シノギの半分以上を横領したことがバレてしまい、見せしめに殺されたとの説が有力で……」

理事官の話を聞き、片桐は隣席の佐々木と顔を見合わせた。佐々木の左隣にいる川勝は思い切り不機嫌な様子で、理事官を睨んだまま腕を組んでいる。

「あの、よろしいですか？」

片桐は思い切って挙手した。理事官が不機嫌そうな顔で片桐を見た。

「なんだ？」

「荒木町で任意同行を求めた工藤と諸橋についてですが」

「これから説明する」

わざとらしく咳払《せきばら》いすると、理事官が資料に目を落とした。片桐は理事官の手元を睨んだ。どんな事実があったというのか。川勝と佐々木も次の言葉を待っている。

「工藤仁美と諸橋達夫は、指示された通り、購入したバッグを菊田に届けただけだ」

理事官が抑揚のない声で告げた。

「はっ？」

「工藤と諸橋は四年前から同棲し、結婚予定だった。しかし、諸橋が仕事中の事故で怪我《けが》をしたことから生活に困窮し、闇金から金を借りた。当初一〇万円を借りたつもりが、いつの間にか六〇万円まで膨らんでしまった。これは菊田の身柄拘束後に二人が別々に供述した」

理事官の話を聞き、片桐は肩を落とした。バラバラ遺体の鑑識写真を目にしたことで、工藤がどのような役割を果たし、そして諸橋がどんな器具を使ったのかと想像していた。だが、現実は全く違う中身だった。

「菊田も二人の協力を得たことを認めている。二人とは初対面で、遺体遺棄用のバッグを渡されただけだと供述していることから、双方の話の信憑性《しんぴょうせい》は高い」

理事官は片桐と川勝に強い視線を送りながら、言った。

「二人とも、闇金業者からの依頼でバッグを購入し、菊田に渡したと話している。金利減免措置があると聞き、断れなかったそうだ」

理事官は片桐に目を向けた。

「それでは、工藤と諸橋について、逮捕状請求はしないのですか？」

川勝が強い調子で尋ねた。

「目下、検察と調整中だ。仮に逮捕して送検しても不起訴になる公算が高いとの感触を得ている」

理事官がぶっきらぼうに言った。

〈お子ちゃまなりに、自分で考えろ〉

突然、耳殻《じかく》の奥で稲本の声が響いた。ジャズ喫茶に報告へ行った際、稲本はこの結末を予測していたのか。

〈ウチのマル暴が真犯人を捕まえたのは、稲本さんの情報がきっかけだ〉

追い討ちをかけるように、新宿署の大森の声も蘇《よみがえ》った。

「以上、現在わかっている範囲での情報だ。今回は見当たり捜査班の片桐巡査部長の行確を端緒に、凶悪殺人犯の身柄確保に至った。関係した捜査員のみなさんに感謝する。以上」

理事官が軽く頭を下げ、資料を閉じた。隣席の川勝が息を吐き、立ち上がった。

「なるほどね」

佐々木は拍子抜けしたように告げ、川勝とともに会議室から出ていった。稲本が言い放った

〈お子ちゃま〉という言葉がなんども頭蓋の奥で反響した。

似顔絵の手配書に載っていたからには、二人が被害者を殺し、遺体を損壊したのだと思い込んでいた。工藤の顔を見た瞬間から、片桐はそう信じて疑わなかった。手柄のない部下のため、川勝も熱心に調整を行ない、多くの捜査員を動かした。先輩の佐々木の顔にも結果的に泥を塗ってしまった。

周囲にいた捜査員たちが続々と会議室から出ていくのがわかった。しかし、片桐は立ち上がれなかった。初の獲物のはずが、工藤も諸橋もある意味で被害者だった。悪事に加担した弱み、闇金業者からの追い立て……二人が世間から身を隠すように倹《つま》しい生活を送っていたのは、全く別の理由があったからだ。

稲本が後輩捜査員たちにきつく言ったという〈心眼〉の意味がじわりとボディーブローのように片桐を圧迫し始めた。

「どうした、仕事に戻らないのか」

片桐の背後から低い声が響いた。声の方向に顔をやると、新宿署の大森が立っていた。

「俺、ダメですね」

「そんなことはない」

空いたパイプ椅子を引き寄せ、大森が片桐の対面に座った。

「これは内緒だ」

そう言うと大森が背広から手帳を取り出し、ページをめくり始めた。

「うちの組対課の後輩が教えてくれた。稲本さんは、おまえの情報をきっかけに一人で動いたんだ」

「どういうことですか？」

「稲本さんが注目したのがあの大きなスポーツバッグだ」

大森の言葉を聞き、頭の奥でジャズ喫茶の光景が蘇った。つまらなそうに煙草をふかしていた稲本は、片桐の手配手帳を一瞥した。その際、スポーツバッグの上をなんども指で叩いていた。

「あっ……」

「やっぱり思い当たる節があるんだな」

「ええ、まあ」

片桐は下唇を強く噛《か》んだ。あのとき、稲本は重大なヒントを与えてくれたのだ。鈍感な自分が嫌になる。稲本がメッセージを発したにもかかわらず、自分は一切聞く耳をもたなかった。だからお子ちゃまだと揶揄したのだ。

「組対課の後輩によれば、菊田は凄腕《すごうで》の解体屋として名が売れていたそうだ。スポーツバッグの手口は、組対課の中で最近つかんだ重要なネタだ。元マル暴の稲本さんはどこからかその情報を知り、組対課に伝えた」

「そうですか……」

「おまえの見当たりの仕事がなかったら、このバラバラ事件は解決しなかった。もっと嬉しそうな顔しろよ」

大森は立ち上がり、乱暴に片桐の肩を叩き、会議室を後にした。大森の背中を見送ったあと、片桐は天井を見上げ、大きな溜息を吐いた。

9

アスファルトからの反射熱をまともに受け、首元から背中へ汗が滴り落ちる。片桐はデニムのポケットからタオル地のハンカチを取り出し、なんども首元を拭った。ハンカチがあっという間に汗を吸い取り、不快な重みに変わった。

相変わらず歌舞伎町のゲート下にいる。目の前を通り過ぎる人波を睨み続ける生活の繰り返しだ。初めてこの場所に立った日から八カ月以上が経過した。

似顔絵で手配されていたカップルを発見し、任意同行まで持ち込んだが、結局二人は被害者で、事情聴取後に釈放された。

警察庁の全国指名手配のリストから二人はひっそりと削除され、〈警視庁見当たり捜査班が検挙〉という文字を自分の手で打ち込むことはできなかった。

すでに一時間以上、ここで見当たりを行なった。夏休み最終日で中高生が数百人単位で目の前を行き過ぎた。西陽《にしび》がきつい。このままでは熱中症になってしまう。片桐はこの日五本目となるスポーツ飲料水を喉に流し込み、靖国通りを横切り、新宿駅方面に歩き出した。

新宿の中心部から私鉄駅へと急ぐ大勢の通行人となんどか肩が触れた。道幅の広い横断歩道を渡る間も片桐は周囲をチェックし続けた。

似顔絵のカップル以降、手配犯には出会えていない。だが、二班の同僚である佐々木、そして平野の補助に回り、寸借詐欺《すんしゃく》の常習犯、そして強盗致傷犯とそれぞれ一人ずつ手配犯を検挙することができた。見当たり初日で山梨からの逃亡犯を検挙したときのような興奮はなかったが、佐々木と平野が見つけた獲物を逃すまいと、懸命に知恵を絞り、着実にサポートできた。

似顔絵の一件とも併せ、責任者の川勝警部はじめ、実質的なリーダーである小出、そして佐々木、平野ら同僚たちの信頼を得たのではないか。そんな自負が生まれた。ただ、まだ自分では誰一人として手配犯を発見し、この手で手錠《ワッパ》をかけていない。同僚たちはメンバーの一員としてみなしてくれているが、自分ではまだ半人前という意識でしかない。

新宿通りを三丁目方面に歩きながら、もう一度、半人前という言葉を嚙み締める。見当たり捜査班のメンバーとして自立できていない要因の一つに、稲本の存在がある。

似顔絵の一件で、稲本は真犯人の存在を割り出した。片桐の情報が端緒だったのは確かだ。稲本があの地下のジャズ喫茶で確実にヒントをくれたのに、自分はものにすることができなかった。

やはり、自分は人一倍感性の鈍い人間なのかもしれない。地下のジャズ喫茶の店員が言ったように、二班のメンバーは自分より早く稲本のお気に入りの場所を割り出したのだ。このまま見当たり班に所属していてもよいのか。いや、所轄署に戻されるとの懸念が頭をもたげる。

一人の手配犯も検挙していない以上、川勝や二班のメンバーの厚意に甘えること自体が警官として失格ではないのか。アスファルトの照り返しがきつい中で、片桐は自問自答を繰り返した。

いつのまにか、片桐は靖国通り沿いのビルの谷間を歩いていた。このまま歩けば、老舗《しにせ》百貨店に行き着く。地下の食品売り場で夜食でも買おうかと足を踏み出したとき、家電量販店に通じる小径《こみち》の角から二人の人影が見えた。距離は二〇メートルほどだ。一人は一際背が高く、細身の男。もう一人は男性にしては背が低い若い男だ。

背の高い男は目つきがきつい。たった今思い浮かべていた稲本だった。幸い稲本はこちらに気づかない様子で、若い男と話しながら百貨店の方向へ歩いていた。

歌舞伎町の呼び込みやスカウト、さらには酒問屋の配送担当と言葉を交わし、街の情報を吸い上げている稲本だ。三丁目の繁華街にも協力者がいるらしい。

片桐は若い男の服装をチェックした。残暑が厳しい中でも、白いワイシャツに黒いベスト、そして黒のパンツを身につけている。バーの店員、あるいはレストランのスタッフのような清潔感のある身なりだ。

ゆっくりと後方を歩いていると、二人は百貨店へと通じる角を右に曲がった。あの先には立体式の駐車場があり、その先にはアパレル店が並んでいる。片桐は歩き続け、二人と同じように角を曲がった。

目的の二人は、駐車場の先、新宿通りに近い小さな喫茶店に入った。片桐は気づかれぬように百貨店の庇《ひさし》側の通路に回った。

忙《せわ》しなくタクシーが停車し、買い物袋を携えた婦人客を乗せて走り去る。車寄せの先にある地下鉄の入り口付近に移動し、柱の陰から喫茶店の方向を見た。

窓際の席に稲本、そして先ほどの青年が座っていた。片桐は柱の脇に立ち、スマホをチェックするふりをしながら様子をうかがった。

稲本が口元に笑みを浮かべ、対面に座る青年と話している。青年は目鼻立ちがはっきりし、口元には綺麗《きれい》に整えられた髭《ひげ》がある。年齢は二〇代後半、あるいは三〇代前半。片桐と同世代のように見える。

目つきは相変わらず鋭いが、稲本は笑っている。相手に気を遣っているのか、それともなにか話を聞き出すためなのか。対面の青年はリラックスした様子で時折口元に手を添えながら笑っている。ガラス越しにも二人が打ち解けている様子がわかる。稲本の事情を知らない人間が見たら、二人は親子だと思うかもしれない。

稲本がどんな狙いで青年と話しているのか。次回会ったときに尋ねても教えてくれることはないだろう。ただ、一つだけ収穫だったのは、稲本も笑うことがあるという点だった。スマホをポケットに入れると、片桐は柱の側《そば》を離れ、地下鉄の駅へ向けて歩き出した。

10

稲本と青年の様子を見た後、片桐は渋谷と五反田を回って警視庁本部に戻った。五反田駅周辺をさらにチェックしようと思った矢先、川勝警部に午後七時までに本部へ顔を出すよう連絡が入った。

二班の自席に戻ると、同じように平野や佐々木、そして小出も顔を揃えた。稲本は相変わらず欠席で、誰もそれを問題にしようとはしなかった。

「みんないるな?」

川勝がそれぞれの席に目をやったあと、言った。

「先ほど刑事部長からお達しがあった」

日頃、廊下ですれ違うだけの雲の上の役職の名を川勝が告げた。

「明日から九月だ。刑事部は生活安全部と合同で、身元不明者、行方不明者の捜索強化が求められている」

片桐は隣席の平野と顔を見合わせた。互いにすっかり忘れていたが、警察には〈月間〉がつきものだ。一般に春と秋の交通安全運動が知られている。二つの期間中、交通部のメンバーは速度超過や駐車禁止などで摘発数を増やすようプレッシャーをかけられる。民間で言えば、ノルマだ。同じように、盗犯や銃器の摘発にも強化月間があり、九月は刑事部鑑識課が主体となる身元不明者の発見、そして生活安全部による行方不明者の捜索強化がうたわれる。身元不明者に関しては、本部のほか、巣鴨などに出張所が設置される。

一方、行方不明者は扱いが少し異なる。川勝の声を聞きながら、片桐は机の引き出しを開け、小冊子を取り出した。音を立てぬようにページをめくる。

〈年間約八万人〉

最初のページに太字で印字されている。日本中の警察に届けられる行方不明者の数が約八万人もいる。

〈一日当たり二〇〇件の届出〉

片桐は細かい文字に目を凝らした。家族らが警察署に届けを出したあとは、二、三割が早くて当日、あるいは一週間以内に当該の人物の所在が確認される。当然ながら、発見までに数カ月から二年近く要するケースもあると説明されていた。

〈行方不明の原因・動機〉

片桐は添付されていた円グラフに目をやった。

〈疾病関係　約三〇％〉

この中で、当事者に認知症の疑いがあったケースが七割を超えていた。所轄署の駅前交番にいたころ、商店街で何人かの老人を保護した。まさしくこのケースに該当した。

〈家庭関係〉〈事業・職業関係〉〈異性関係〉……疾病のあとにはこのような項目が並んだ。家庭内暴力や事業の失敗、あるいはパートナーとの別れ等々、行方不明にはそれぞれ事情がある。

片桐の小学校時代の同級生にも、いきなり転校した児童がいた。あとで両親から聞いたのは、商店主だった父親が暴力団の賭場に出入りするうちに借金が膨らみ、首が回らなくなって夜逃げしたという内容だった。こうしたケースでは、本人たちが自らの意思で姿を消すため、発見が遅れる。多くは親戚縁者が届けを出すのだが、見つからないケースも多々ある。

「今回は、特に女性の行方不明者について、見当たり班でも注力してほしいとの要請が部長から下された」

川勝の声が響くと、小出と佐々木が鋭く反応した。二班は男女の分け隔てなく働いているし、片桐自身も意識したことはなかった。

「了解です」

小出が低い声で応じた。佐々木の目も光っているような気がした。警察は男社会であり、女性捜査員の数は少ない。二人は捜査員として経験を積む中で、絶えず心無い視線や嫌がらせを受けてきたはずだ。そんな二人が女性の不明者と聞き、反応するのは当然だった。

「未成年者の女児の場合、誘拐や監禁の恐れもある」

川勝の声に力がこもった。手元の資料に、一九九〇年代に新潟で当時九歳の女児が行方不明となり、九年以上監禁された事件が発生したとある。

このほか、二〇一四年には埼玉県で当時一三歳の少女が大学生に誘拐され、二年間監禁される事件も起こった。また、一〇歳以下の子供については、年間一〇〇〇人近くが行方不明になっている。

「今回の強化月間では、実績が出た者に対しての評価がさらに加算されると部長が触れられた」

川勝が実績の部分に力を込めた。隣席で平野が拳を握り締めていた。警察は明確な加点主義である以上、こうした〈月間〉に実績を残せば、昇進試験でも有利に働く。片桐も自然と肩に力がこもっていくのを感じた。まだ半人前だが、この期間中に逃走犯のほかに行方不明者を見つけることができれば、念願の一課に行くための実績というポイントが貯《た》まるのだ。

「普段の見当たりに加え、行方不明者の捜索にも善処してほしい。以上だ」

「了解」

小出や平野が相次いで返答し、打ち合わせは終わった。その後、川勝が会議で配布されたという行方不明者のリストを片桐に手渡した。

「二班の全員分のコピー頼むな」

「わかりました」

片桐の手元には、週刊誌ほどの厚さの資料がある。表紙をめくると、〈この人を探しています〉と黄色い帯の中に黒文字で書かれたコピーが目に入った。

〈苫小牧《とまこまい》市内で行方不明の女子高校生の情報提供のお願い〉

行方不明者の氏名、当時の年齢、そして身長や髪型など細かい情報が北海道警察本部から寄せられていた。同じように、行方がわからなくなった少年や中年男性の資料もある。

〈探しています！〉

こちらは岩手県警の資料だった。二六歳の青年で、財布やスマホを自宅に置いたまま姿を消していた。

〈この人を探してください〉

神奈川県警の資料には、浅黒く日焼けした二八歳の青年の写真があった。海を見に行くと言って家を出たあと、連絡が途絶えたという。付随資料として、湘南《しょうなん》の海岸で青年の車が発見されたとある。

今まであまり気にしたことがなかった行方不明者のリストを手に片桐はコピー機に駆け寄り、

大量の資料を連続複写のトレイに流し込んだ。

11

打ち合わせの翌日、片桐はいつものように街へ出た。東京駅の八重洲口から丸の内口へと回り、午前中はずっと巨大ターミナル駅の構内を行き交う人波を監視した。

東京駅を手始めにしたのは、通常業務の見当たり捜査の一環だが、行方不明者を探すためでもある。

丸の内の最新鋭ビジネスビル群を仰ぎ見た後、片桐はコンクリートの柱にもたれながら、手帳のページをめくった。

約六〇〇名の指名手配犯に加え、全国の警察本部が発表している行方不明者の顔写真を五〇枚ほど手帳のリフィルに加えた。

認知症を発症している老人たちのほか、青年や女児、女性を中心にピックアップし、重点的にチェックする。殺人や詐欺、あるいは強盗などの指名手配犯のほとんどは目つきが険しいのに比べ、行方不明者たちはごく普通だ。今、丸の内口を行き交う人たちとなんら変わりがない。

〈福岡県警　男性、四二歳　青い登山リュック、黒色スニーカー〉

近所の図書館へ行くと言ったきり、自宅に戻らなかった男性の資料だ。顔写真を見ると、朗らかな笑みを浮かべ、その表情に影はない。

〈長崎県警　女性、四七歳　ベージュのコートとジーンズ〉

軽自動車に乗って仕事に出かけたまま帰宅しなかった女性は笑みを浮かべている。姿を消すような人相には見えない。

片桐はなおもページをめくった。家庭や仕事、あるいは学業があるにもかかわらず、人間が忽《こつ》然《ぜん》と姿を消す。それぞれに特殊な事情が潜んでいるのは理解できるが、ごく平凡な家庭に育った片桐には理解し難い。

丸の内口では該当者がいない。地方から上京した行方不明者たちが真っ先に巨大ターミナル駅へ立ち寄るという単純な構図ではないのかもしれない。

片桐は別の猟場を探すため、改札口へと向かった。


地下鉄を使い、東京駅から向かったのはいつもの新宿だった。

新宿三丁目駅で降車し、地下通路を約三〇分かけてチェックした。平日の昼間のためか、夏物の背広姿の勤め人が足早に行き交い、百貨店の買い物袋を持った婦人層も多い。しかし、指名手配犯はおろか、行方不明者の姿もない。見当たり班の都合に合わせて彼らが街に出てくるはずはないのだが、これほど目的の人物に出会わないと、己《おのれ》の運の悪さを嘆くしかない。

地下での見当たりを切り上げ、片桐は大手百貨店の脇から地上に出た。昨日と同じように、残暑がきつい。アスファルトの照り返しでたちまち額に汗が浮き出し、首筋から背中へと汗が川のように流れ落ちた。

百貨店の車寄せにたどり着くと、片桐はタオル地のハンカチで顔と首筋を拭った。冬場の見当たりも体に堪《こた》えるが、夏場はもっと過酷だ。真冬は防寒下着を着込み、厚手のダウンを羽織ればなんとかなる。しかし、夏はこれ以上服を脱げないのだ。肌の露出が多い分だけ、直射日光が体に突き刺さる。

手配犯を見つけるまでに、自分の体が壊れてしまう。喫茶店に一時避難して、アイスコーヒーで体力を回復させようと考え、車寄せの向かいにある喫茶店に目を向けた。

ガラス越しに窓側の席を見た瞬間、片桐は背中に電流が走るような感覚を覚えた。昨日と同じ窓際の席に、稲本と小柄な青年がいた。

二人が同じ席にいるだけなら、驚かない。だが、昨日とは明確な違いがある。片桐はゆっくりと窓際の席から目を離し、百貨店の出口近くにあるベンチへ向かった。ショルダーバッグから手帳を取り出すと、慌ててページをめくった。

〈この人を探しています〉

〈苫小牧市内で行方不明の女子高校生の情報提供のお願い〉

目的のページを見つけると、心拍数が上がるのがわかった。

〈二〇〇一年四月、苫小牧市内のショッピングセンター近くのバス停で行方がわからなくなりました〉

ショートカットで目の大きな制服姿の女子高生だ。名前は大塚尚美《おおつかなおみ》。苫小牧第一高校一年、当時の年齢は一六歳……今の年齢は三八歳だ。

「間違いない」

片桐は資料に目を落としたまま、呟《つぶや》いた。行方不明者リストの大塚尚美と、たった今目にした青年は目元が酷似している。

見当たり班に配属されて以降、片桐は人間の目元を注視するようになった。加齢があっても、目元の印象は変わらない。川勝ら先輩捜査員から伝授されたスキルだった。新型コロナ禍で世間の大半の人間がマスクをしていても、見当たり捜査班の実績が落ちなかったのは、目元を見極めるスキルがあったからだ。

片桐は懸命に考えを巡らせた。

〈今回の強化月間では、実績が出た者に対しての評価がさらに加算されると部長が触れられた〉

不意に昨日の川勝の言葉が後頭部で反響した。

指名手配犯だけでなく、行方不明者を発見すれば評価が普段よりも高くポイントとして加算されるのが今月だ。

「そうか……」

片桐はもう一度、自分の思いを口にした。

稲本の狙いがわかった気がした。中国人の凶悪犯をはじめ、稲本はポイントの高い手配犯を集中的に狙っていた。そして、今月だ。九月は強化月間であり、ポイントが通常よりも多く加算されるのだ。

稲本は、行方不明女性の大塚の兄弟の存在を探し当て、改めて事情を聴いている。不似合いな笑みを浮かべて応対しているのは、ひそかに姉の存在、そして居場所を探り出しているからだろう。

片桐はもう一度、姉である大塚尚美の顔写真を見た。今から二二年前に尚美は忽然と苫小牧の街から姿を消した。家族内での揉《も》め事があったのかもしれない。それとも失恋が契機か。

行方不明の手配書には、高校の制服を着た幼い表情の尚美の写真があり、その横には、鑑識課の似顔絵捜査官が描いた現在の予想図が記してある。

少しだけ頬が膨らみ、目尻がやや下がってその脇に小皺もある。片桐は再度、青年の顔を思い浮かべた。

丸顔で、大きな両目が特徴的だ。頭の中で、鼻から下の髭を無くし、薄く口紅を引いた顔を想像する。古い映画で観《み》たモンタージュ画像と同じように、手配書の中の予想図と先ほどの青年の顔が一致した。

「なるほど……」

稲本は新宿に土地勘があり、多数の協力者を植え付けている。特に歌舞伎町だ。東洋一の歓楽街には、全国から人が集う。遊びに来る者、酒を求める者、恋人を探す者。それだけでなく、街に身を隠そうとする人間も少なくない。

片桐自身、多くの住人たちと言葉を交わした。劇場横に集う若者の中には、親との相性が悪く、九州から流れてきた少年少女がいた。また、青森で借金を重ね、夜逃げ同然で歌舞伎町にたどり着き、呼び込みとして働いていた青年もいた。

そんな中に、大塚尚美の兄弟がいたのだ。昨日目にしたときと同様、尚美の兄弟は白いシャツに黒のベストを着ていた。

歌舞伎町、あるいはその周辺の三丁目の裏通りには無数のバーが存在する。また、稲本の行きつけのジャズ喫茶のように、昼から酒が飲める場所もたくさんある。

尚美の兄弟を見つけ、稲本は情報を聞き出し、そして最後に大きなポイントの加算を狙っているのだ。

稲本は大ベテランであり、今月がどういうノルマで警察組織が回っているかを熟知している。片桐が重点的に行方不明者のリストをチェックしたように、稲本は自然と情報を集め、そして不明者との間合いを着実に詰めているのだ。

さすがとしか言いようがない。汗をハンカチで拭ったあと、片桐は分厚くなった手帳をショルダーバッグに収めた。

稲本の獲物を横取りするわけにはいかない。偶然目にした稲本の狩りの姿を頭の奥に刻みつつ、片桐は大手百貨店のベンチから立ち上がった。

12

強烈な残暑が和らいだ九月中旬の夜、都内各地のターミナル駅周辺を歩き回った片桐は午後七時過ぎ、警視庁本部に戻った。

二班のデスクに着くと、小出ら主要メンバーが顔を揃えていた。待ち構えていた川勝が口を開いた。

「強化月間中、小出が行方不明になっていた認知症の老人を発見、保護した」

川勝の言葉に小出が小さく頭を下げた。

片桐は手元に手帳を広げ、ページをめくった。

栃木県警が手配していた八〇歳の男性だ。足利《あしかが》市内の自宅から徒歩で近所のスーパーに行くと告げたあと、行方がわからなくなった。この間、この老人は私鉄や高速バスを乗り継ぎ、上野駅に着いた。

認知症により、自分が若い勤め人に戻ったと錯覚したのだ。自身の記憶が曖昧だったが、かつてなんども仕事で出かけた上野の地理は覚えていたようで、三日間街を彷徨《さまよ》っていた。本人によれば、一日に数時間ほど昔の記憶が蘇り、上野の街を町名表示の看板を頼りに歩いていたらしい。

「自分の叔父《おじ》と同じ年齢だったので、とても人ごとじゃなかった」

小出がぽつりと言うと、川勝や佐々木も頷いた。以前、彼らから年老いた親の話を聞いた。認知症は発症していないものの、足腰が弱った、あるいは循環器系の持病があると言っていた。近年、高齢化社会が急ピッチで進行する中で、高齢の行方不明者が増加傾向をたどっている。今後も同じようなケースがあることを念頭に見当たり捜査にあたろうと片桐は考えた。

「我が班は着実に成果を出した」

川勝はそう言ったあと、他のメンバーを見渡した。片桐は慌てて下を向いた。他のメンバーもおそらく同じような反応をしたはずだ。

今月に入り、二班は獲物に恵まれていない。小出が発見した行方不明者一名のみで、他の佐々木、平野と片桐はまだ一人の指名手配犯も行方不明者も見つけていない。

日頃の見当たり捜査と同じで、手抜きをしているわけではない。だが、強化月間ということでポイント加算に色気はある。その分だけ、落胆の度合いも大きい。

「あの稲本も今月はゼロだからしかたないが、皆、鋭意頑張ってくれ」

川勝の言葉で打ち合わせが終わった。その直後だった。川勝の席の後ろ側にあるドアが開き、俯き気味の稲本が顔を出した。

「おう、どうだった？」

川勝の問いかけに、稲本が小さく首を振った。稲本は川勝、その他の二班のメンバーと目線さえ合わせず、奥にある警察庁の専用端末に向かった。

「それじゃ、解散」

川勝が言うと、小出らが一斉に席を立ち、ドアに向かった。見当たり捜査班にとって、午後七時すぎはまだ宵の口だ。子供を迎えに行く小出以外は、またターミナル駅や歓楽街に身を投じ、いつ現れるかもわからない指名手配犯、そして行方不明者の姿を追う。

「本職は少し書類整理してから出ます」

片桐は川勝に告げ、手帳を机の上に広げた。小出が発見した老人の顔写真をファイルから抜き取り、密かに稲本の方を見た。

目を凝らすと、稲本の肩越しに専用端末の画面が見える。いつもの指名手配犯のページではなく、別の画面のようだ。

なんどかキーボードを叩いたのち、稲本が天井を見つめ、溜息を吐いた。普段、あの席に座るときとは様子が違う。

稲本が二班のシマに顔を出すときは、決まって手配犯を検挙し、専用端末に自らの手で〈警視庁見当たり捜査班が検挙〉と打ち込む。

興奮する風もなく、稲本は淡々と文字を入力し、手配写真に赤い斜線が入ったことを確認するとさっさと席を立つ。剣道の師範代が稽古を終えたときのような静かな佇《たたず》まいがある。

ところが、今は違う。肩が凝っているのか、なんども左右の腕を動かしている。おまけにもう一度溜息を吐いた。稲本のようなベテランでも不振なときがあるのだ。手帳を閉じ、片桐はショルダーバッグに入れた。

いつの間にか稲本が専用端末前の席を離れ、ドアを開けて出て行った。

「ご機嫌斜めだな」

ドアの方を見やり、川勝が言った。

「そうでしょうか」

「本人のプライドが許さんのだろう」

タブロイド紙の野球面をめくりながら、川勝が言った。

「まあ、誰でもスランプはある」

紙面に視線を向けたまま、川勝が言った。

スランプという言葉が耳に刺さる。常にホームランや長打を期待される四番打者が稲本だとしたら、自分はまだスターティングメンバー、いや一軍登録さえされていないその他大勢の予備軍だ。

「それじゃ、俺は帰るぞ」

タブロイド紙を畳んだあと、川勝が帰り支度を始めた。

「お疲れさまでした」

片桐の声に右手を挙げて応えたあと、川勝もドアを開けて出て行った。周囲を見回すと、遠くの席に他の係の人間がいるだけで、人影はほとんどない。片桐はゆっくりと専用端末の前まで行き、キーボードに手を添えた。そっとエンターキーを押すと、ゆっくりと画面が立ち上がった。

〈この人を探しています〉

〈苫小牧市内で行方不明の女子高校生の情報提供のお願い〉

画面に大きな目の女子高生の写真と似顔絵が表示された。やはり、先ほどまで稲本はこの画面を見つめていたのだ。

溜息を吐いたのは、他の捜査員が発見していないことに安堵したのか。それとも自分の手で見つけ出していないことに苛立ったのか。片桐にはわからない。

ただ、稲本がこの女子高生、いや大塚尚美という三八歳の女性を追っているのはたしかだ。約六〇〇名の指名手配犯のほか、一〇〇人を超える行方不明者がリストアップされている。対象は広い。稲本がなぜこの女性に狙いを定めているのか。稲本は大塚の兄弟と接触を繰り返している。あと一歩のところまでたどり着いているのではないか。

それではなぜ、あのように疲れた表情をしていたのか。大塚の現在の居場所をつかんでいないのか。それとも兄弟経由であっても警察との接触を拒んでいるのかもしれない。

警察庁の専用端末に表示された大塚尚美の似顔絵を片桐は睨み続けた。

13

「本当にありがとうございました」

警視庁本部の地下駐車場で、長野県警の捜査員たちが深く頭を下げた。

「道中、気をつけてお帰りください」

片桐の横で、佐々木が言った。

「それでは」

長野県警の二人はミニバンの運転席と助手席に乗り込んだ。最後部三列目のシートには、同県南部の都市で起きた特殊詐欺の受け子として指名手配されていた大学三年生の男性がいる。両脇を屈強な男性捜査員に挟まれ、肩をすぼめている。

「お疲れさま。手伝ってくれて助かったわ」

ミニバンのテールランプを見送りながら佐々木が言った。長野県警の面々と被疑者はこれから首都高と中央道、長野道経由で長野に帰るという。

「とんでもない。いつでも声をかけてください」

前日、数寄屋橋《すきやばし》交差点付近を張っていた佐々木から連絡が入った。長野県警が手配していた男子学生らしき人物がいるという。

当該の男性はデニムのジャケットにスウェットパンツ姿、レンタサイクルを使い、大きなリュックサックで飲食店の出前サービスに従事していた。

このとき、片桐は新橋駅周辺を張っていた。連絡を受け、慌てて同駅周辺で赤いフレームのレンタサイクルを借り、銀座方向へ走った。佐々木もタクシーを拾い、懸命に追っていた。だが、一方通行の多い銀座の街中で男を見失いかけていた。

幸い、コリドー街の中ほどで片桐はそれらしい男を見つけた。有楽町の商業ビルからファストフードをピックアップした男は、通り沿いの雑居ビルに配達を終えた直後だった。スマホで佐々木に人着を確認したあと、改めて自分の手帳を引っ張り出した。たしかに長野県警が手配した受け子に似ていた。

一般の一戸建て住宅に三〇万円入りの封筒を受け取りに行った男は、防犯カメラに顔をしっかり映されていたのだ。

男は配達を終えると、次の注文を待っているのか自転車のサドルに腰を下ろしたままスマホをいじり始めた。佐々木の到着を待ち、補助に回った。佐々木が声かけし、驚いた男が逃げ出そうとした直後、片桐は両手を広げて行く手をふさいだ。観念したのか、男は素直に任意同行に応じ、有楽町駅近くの交番で通常逮捕した。

これで四度目の検挙だった。前のときと同様、佐々木からの連絡を受けて被疑者を発見した直後、血圧が上がり、顔が火照った。だが、あくまでも補助であり、発見してポイントが加算されるのは佐々木だ。

「今度、ご飯でもごちそうするわ」

短く言ったあと、佐々木が踵《きびす》を返し、本部の中に戻った。

「ありがとうございます」

佐々木の背中に言ったが、どこか物足りない。やはり自分の獲物ではないからだ。片桐は一階までエレベーターで戻ると、そのまま本部を後にした。

厳しい残暑がようやく終わり、霞が関周辺にも秋の気配が到来した。腕時計を見る。時刻は午後二時半、日付表示は三〇日だ。行方不明者発見のポイントが加算されるのは今日までだ。両手で頬を張ると、片桐は地下鉄の駅を目指して足を蹴り出した。


「焦るな、いつかおまえにも潮目が回ってくる」

「そうだといいのですが」

「もう時間切れだろう。少しくらい付き合ったらどうだ?」

新宿駅西口にある思い出横丁の古い中華料理屋で、新宿署の大森がビール瓶を差し出した。片桐は壁にかかる煤《すす》けた丸時計を見た。午後一〇時半だった。

「まだ勤務中ですから」

「そうか。わかったよ」

わざとらしく舌打ちした大森が手酌でコップにビールを注《つ》いだ。

「すみません、気が利かなくて」

戦後の闇市の雰囲気を色濃く残す横丁で、片桐は小径を行き交う人を観察し続けた。奉職年次や階級の上下が全ての警察社会で、うっかり先輩のコップが空いたのに気づかずにいた。大森は露骨に先輩面するような人間ではないが、片桐が上の空だったことを暗に注意してくれたのだ。

霞が関から地下鉄に乗り、新宿三丁目駅で降車し、地下街や大手百貨店、家電量販店の中を歩き回った。手配犯だけでなく、行方不明者が東京で買い物をしているかもしれない、そんな淡い期待が胸にあった。

大きな店舗の最上階から地下フロアまでくまなく回ったあとは、新宿三丁目近辺の裏道を歩いた。寄席や小さな居酒屋が集まるエリアでは、昼飲みしている学生や勤め人らをチェックした。だが、獲物にありつくことはできなかった。

三丁目エリアから甲州街道沿い、新宿駅の南口エリアにも赴いた。こちらでも百貨店の全フロアを歩き、スポーツ用品店や場外馬券売り場ものぞいた。それぞれの店や売り場は混み合っていたが、片桐のセンサーに反応する人物は一人もいなかった。

大森とは、場外馬券売り場近くで顔を合わせた。大森は懇意にしている情報屋と会った直後で、勤務時間はもう終わりだと言った。その後、一緒に夕食をということになり、思い出横丁に足を向けた。

「おまえさ、真面目《まじめ》すぎるんだよ」

「はい……」

「まあ、昔から要領はよくないな」

ビールを飲んだあと、餃子《ギョーザ》と肉野菜炒《いた》めに箸をつけながら大森が言った。

「同じ班の先輩方は、着実に成果をあげておられるのに、俺だけ獲物を捕まえられずじまいです」

「だからさ、女と同じだよ」

「女？」

「追いかければ追いかけるほど、おまえは女の術中にはまる」

「そんなことを言われても、あまり恋愛経験がないもので」

「そうだよな」

大森が素気なく答えた直後、カウンターの上に片桐が注文したチャーハンが置かれた。

「とりあえず食ってからまた仕事に戻ります」

「わかった」

片桐はレンゲを小鉢のスープに浸したあと、熱い湯気を上げるチャーハンを食べ始めた。

「まあ、食べながら聞いてくれよ」

いつの間にか、ビールからハイボールにドリンクを変えた大森が言った。忙しなくレンゲを動かしながら、片桐は頷いた。

「女の例えはアレとしてもだな、おまえは生真面目で物事を真正面から考え過ぎる。別の言い方をすれば、視野が狭い」

大森が核心を突いてきた。チャーハンをかき込みながら、片桐はむせそうになった。慌ててスープをすくい、喉に流し込んだ。塩気の強いスープが喉にヒリヒリと沁みた。

「女は追いかければ追いかけるほど、自分が優位に立ったと考えて、男を惑わし続ける」

「大学の先輩も同じことを言っていました」

片桐が答えると、大森がそうだろうと言わんばかりの目線を向け、一口ハイボールを飲んだ。

「おまえは、職質で実績を上げ、所轄の同期たちより早く刑事課に行った」

「はい」

「その後も生真面目にポイントのことばかり考え、なんだかんだでうまく本部に引き上げてもらった」

「ええ」

「でもな、そのやり方だと、いつか行き詰まる」

「そうでしょうか……」

「だからずっと獲物にありつけない。違うか？」

「その通りです」

一切反論できない。

大学時代に恋人ができた。大森の言う通り、こちらから告白した負い目なのか、結局振り回された挙句、別れを告げられた。以降、何人かの女性と付き合ったが、うまく間合いが取れず、長続きしたためしがない。

恋愛がダメならと仕事に集中した。所轄署時代は職質でポイントを稼いだ。だが、刑事になってからは、他の先輩のサポートが高評価されただけで、自らの働きで本部に上がったのだという自覚には乏しかった。実際、大森の言う通り、行き詰まっている。

「歌舞伎町や渋谷、それに五反田で畑を作り続けていますが、まだ成果はありません」

片桐は、稲本が歌舞伎町で少年たちや呼び込みたちから情報を得ていることを知り、これに倣ったと大森に明かした。

「まあ、そのくらいなら誰でも思いつくな」

もう一口、ハイボールを飲み、大森が言った。

「結局、おまえは人真似《ひとまね》しかしていない。おまえの特技、おまえだけしかない知識、人脈を作り、創意工夫をしないと本当に本部で居場所がなくなるぞ」

「そうかもしれません」

所轄署時代に親身に相談に乗ってくれた大森は、いつになく厳しい言葉を並べた。

「具体的なことは言えないが、俺もあちこちの所轄と部署を回っていろんなことを吸収した。たとえば、人の感情の機微や、人間の裏表だ」

「はい……」

「わからんだろうな。要するに組織の仕事には本音と建前があるように、人間にもさまざまな顔があり、事情がある。その辺りの裏側に切り込む視線、考え方が身につかないうちは実績もついてこない」

「そうかもしれません」

「なあ、ウチの会社の月間をどう思う？」

警察官は身分を外部の人間に明かしたがらない。大森は警察のことをウチの会社と言った。

「盗犯だ、銃器だと取り締まり強化月間が毎月設定されている」

「それは社会のためになるからです」

片桐が答えると、大森が強く首を振った。

「違うよ。あくまでウチの会社の事情だ。仕事しています。これだけノルマを達成しましたと外部にアピールして、予算をぶん取ってくるための方便でしかない」

大森の言葉になにも言い返せない。

「ウチの会社が正義を振りかざすのは、それだけの権限を持たされているからだ。だがな、今の月間のように方便で正義を振りかざすのはタチが悪い」

「はい……」

「はい、じゃねえよ。正義漢面で待ち構えていても、逃げている人、行方をくらましている人の本質は見えてこない」

大森の言う通りだ。自分は刑事であり、己の尺度でしか社会を見ていないし、知ろうともしていなかった。

「その昔、警察がヤクザに頭を下げて過熱する組合運動を抑え込んだ時期もあった。過激派を壊滅させるという名目で盗聴やり放題だった部署もある」

第二次世界大戦後、共産党勢力が拡大の一途を遂げる中で、全国各地で組合運動が盛んになった頃、手薄だった警察組織が広域暴力団に組合潰しを依頼したという話は、書籍や映画で知った。極左組織を監視するため、違法な盗聴行為がまかり通っていたとの話は、先輩たちからなんどか聞かされていた。

「ウチの会社は逮捕権を持っている。世間から見たら正義の味方だ。だがな、正義の定義は時代や環境によって変わる。昨日まで一般人でも、今日から法律が変われば被疑者になることだってある。自分の組織の身勝手さと社会の常識とのギャップをわきまえないと、どこかでおかしくなるぞ」

大森の話を聞くうちに、新宿三丁目のジャズ喫茶の店員の顔を思い出した。稲本が言い残したという〈心眼〉という言葉だ。

稲本と大森の言いぶりに違いはあるが、要するに事件にせよ、人間にせよ、それぞれの本質を見極める力がなければ、仕事は空振りに終わる、という意味だ。

「考えながら、仕事を進めます」

唇を噛んだあと、片桐は激しくレンゲを動かし、チャーハンを一気に口にかき込んだ。

14

午後一〇時四五分、片桐は大森と別れて思い出横丁を後にした。きつい言葉を浴びせられ、反論できなかった。

青梅街道沿いに新宿歌舞伎町を目指して歩く。大ガードの下は、西口の私鉄を目指す酔客らで混み合っていた。

〈自分の組織の身勝手さと社会の常識とのギャップをわきまえないと、どこかでおかしくなるぞ〉

つい五分前に聞いた大森の言葉が耳の奥で反響した。だが、知らず知らずのうちに、周囲の人波を注意深く観察している自分がいる。

大ガードを越え、新宿駅東口方面へと歩く。巨大な３Ｄディスプレイを備えたビルの下に立ち、駅へと吸い込まれていく人間を見つめ続ける。

腕時計に目をやると、午後一〇時五五分だった。歌舞伎町で随分飲んだのだろう。大学生らしき五人組が酒臭い息を吐きながら片桐の脇を通り過ぎた。

朝方と違い、駅に向かう人間が九割以上で、歌舞伎町方向へと歩く人間はほとんどいない。人波に逆らっているのは、横断歩道付近にいる居酒屋の客引きと、違法スカウトの優男たちくらいだ。

足早に駅へと向かう学生や勤め人の動きをチェックする。大森が言った通り、この人たちは行方不明者発見月間という警察の都合を知らない。まして、獲物を狙っている片桐の前に進み出てくれる人間など皆無だ。

スニーカーやヒールの乾いた靴音が連続する中で、片桐の耳に不規則な音が聞こえ始めた。音の方向を見ると、小柄な青年が大きなキャリーバッグを引いていた。目的の電車に乗ろうと足を速める人波の中で、青年の周囲だけがぽっかりと穴が空いたようになっている。中には、通り過ぎる際に露骨に舌打ちする背広姿の中年男さえいる。

片桐はさらに目を凝らした。すると、街灯の下に青年がさしかかった。鼻の下と顎にうっすらと髭を生やしているのが見えた。

青年の表情を見た瞬間、片桐は口元を手で覆った。危うく声が漏れそうになった。今月に入り、稲本が会っていた青年、つまり苫小牧市で姿を消した大塚尚美の兄弟だ。

手伝いましょうか……重そうなキャリーバッグと小柄で華奢《きゃしゃ》な体が片桐の横を通り過ぎたとき、危うく声をかけそうになった。

青年は重そうに緩い坂を上り、新宿駅東口に続く交差点を渡った。片桐がその後ろ姿を見ていたとき、東口の喫煙所の脇から背の高い男が青年に駆け寄った。

もう一度、声が漏れそうになった。街灯に照らされた稲本の白髪が見えたからだ。

片桐は腕時計に目をやった。午後一一時三分。行方不明者発見月間はあと五七分で終わる。大森は月間が警察の事情だと切って捨てたが、稲本はまだ諦めていないのだ。残り時間を最後まで有効に使う、そんな気概なのだろう。

自然と体が動き、片桐は横断歩道をゆっくりと渡った。歩行者用の青信号が激しく点滅しているが、先を行く二人と間合いを詰めるわけにはいかない。

急ぎ足で駅へと吸い込まれていく多くの人から青年を遮るように、稲本はキャリーバッグの横につき、ゆっくりと歩いている。この間も、稲本は話しかけ、青年も目線を上げて笑みを浮かべている。

二人の表情を見ながら、片桐は首を傾げた。稲本は最後の最後まで諦めていない。そう思っていたが、稲本の視線は優しく青年に向けられている。今回の月間での姉の発見は諦め、次の機会に回すと決めた余裕なのか。

駅の入り口の大きな扉の脇で、二人が歩みを止めた。片桐は大学生の集団の陰に隠れながら、様子を見続けた。

青年がデニムのジャケットから紙を取り出し、稲本に見せている。一方の稲本はそれを見てなんども頷いていた。ようやく姉の居所を伝えるのか。片桐はさらに目を凝らし、注意深く二人を見つめた。

青年が紙をポケットにしまった。稲本が姉の連絡先を覚えたのか。二人は今も笑顔で話し続けている。やはり、稲本は今月中の発見を諦めたのだ。青年が腕時計を見た。終電に乗るのか。それともどこかに旅へ出るのか。

片桐が見つめていると、青年が右手を差し出した。稲本もぎこちなく右手を出し、二人は握手を交わした。その直後、青年がぺこりと頭を下げ、キャリーバッグを引き、駅の構内へと入っていった。一方の稲本は心配げにその後ろ姿を目で追い続ける。

二人は何事かを決め、別れた。やはり姉の居所、あるいは電話番号かもしれない。片桐はもう一度腕時計に目線を落とした。

午後一一時二五分になっていた。中央本線や湘南新宿ラインなど比較的長距離の下り電車の最終は終わっている。青年は私鉄でどこかに向かうのか。それとも山手線で移動するのか。頭の中にある鉄道各社のダイヤを思い浮かべていると、急ぎ足で近づいてくる人影があった。

「おまえ、なにを見ていた？」

稲本がきつい視線で片桐を見下ろしていた。

「あの、いや……失礼しました」

「質問に答えろ。なにを見ていた？」

「あの、なんどかこの近辺で見かけた青年とご一緒だったので。捜査協力をかけていらっしゃったんですよね？」

片桐が答えた途端、稲本の眦《まなじり》が切れ上がった。

「なにを知っている？」

稲本と言葉を交わした機会はわずかだが、今まで聞いたなかで一番低い声だった。

「ちょっと待ってください」

稲本が間合いを詰めた。片桐はわずかに後退《あとずさ》りし、ショルダーバッグから厚みを増した手帳を取り出した。慌ててページをめくり、当該の箇所を稲本に提示した。

「彼女の行方を探していらっしゃると……」

大塚尚美の手配写真を見せると、稲本が目を見開いた。

「もう一度尋ねる。おまえ、なにを知っている？」

低く唸るような声に圧倒され、片桐は首を振り続けた。声が出ない。いや、あまりの圧力に喉が急激に絞まっていくようだった。

「今見たこと、それに、以前なんどか俺たちが会っていたことを誰にも話すな」

「なぜですか？」

片桐は声を絞り出した。

「おまえに関係ない」

ぶっきらぼうに告げると、稲本はもう一度片桐を睨みつけた。

「しかし……」

「誰にも話すな。絶対にだ」

そう言うと、稲本は歌舞伎町の方向へと歩き出した。依然として駅へと急ぐ人波が続いているが、稲本はまっすぐに歩き続けた。

「どうなってんだ……」

遠ざかる長身の背中を見つめ、片桐は立ち尽くした。

15

「どうだった……その顔だと空振りか」

片桐が本部に戻り、二班の自席に向かうと、小出が肩をすくめた。

「お子さんたちは？」

「今日はだんながみてくれている。最後まで頑張りたかったしね」

小出の表情がさえない。目の下にクマが出ていた。ベテランの小出も月間の最後まで粘ったらしい。だが、その顔を見ると、最後に獲物を得ることはできなかったようだ。

「今日、所轄時代の先輩と夕飯を食べました。そのとき、視野が狭いと怒られました」

小出の横の席に座り、片桐は切り出した。新宿署にいるベテラン警部補から、真正直すぎる、人間の機微がわかっていないと諭されたと明かした。

「そうねえ、私も同意見」

おどけた調子で言うと、小出が川勝の席の後ろに回り、二班の専用冷蔵庫を開けた。

「少しなら飲むでしょ？」

小出が缶ビールを手に言った。

「いただきます」

片桐は缶ビールを受け取り、プルトップを開けて小出に手渡した。

「おっ、なかなか気が利くじゃない」

「先輩に怒られたばかりですから。女性の扱いに慣れていないから、獲物がない。そんな風にも言われました」

「ひどい例えね」

「女性を追いかければ追いかけるほど、相手の術中にはまるとか、そんな話でした」

「そうねえ。例えは悪いけど、私も思い当たるふしはあるわ」

ビールを一口飲み、小出が笑った。

「刑事眼《デカメ》って知ってるわよね？」

「稲本さんのような目つきのことですね」

「そう」

警官となり、私服刑事の任に就くと、常に人を疑ってかかる日々が続く。こいつはなにか盗んだのではないか。あるいは人を殺《あや》めたことを隠している……そんな疑念を常時抱いて人と接していると、自然と目つきがきつくなるのだ。稲本をはじめ、一課や二課には醒めた目つきの捜査員が圧倒的に多い。本部勤務になって思い知った。

「私も片桐くんもどちらかといえば普通の目つき。でもね、手配犯や行方不明者の中には、敏感に私たちの存在を察知する人たちが多いの」

片桐は首を傾げた。昨日は半袖のポロシャツとデニム、今日は柄物の開衿《かいきん》シャツと七部丈のパンツで、警察官としては異例ともいえるカジュアルな出で立《いた》ちで街頭に立った。小出が言ったように、自分はぼんやりとした顔つきであり、刑事だと気づく人間は稀《まれ》だ。その旨を話すと、小出が首を振った。

「逃げている人は、空気でわかるみたいよ。私が検挙した中でも、半分以上がそんなことを言っていたわ」

小出によれば、手配犯の多くは常に追手の存在を気にかけ、全身の神経をセンサーのように尖らせているという。すれ違う人間の表情を盗み見、背後から追手が迫っているのではと、気にかけながら歩いている。

「何年も逃亡している人間は、半径一〇〇メートルに警官がいるだけで察知するんだって。嘘みたいな話だけど、本人から聞いたから本当よ」

かつて小出が検挙した殺人犯は、整形手術を受け、メガネをかけ、帽子を被《かぶ》るなどして逃げ続けた。だが、育児雑誌を小脇に抱えて街に立っていた女性警察官からは警官特有の気配が消えていた。だから捕まったのだと被疑者が供述したという。

「育児雑誌はたまたま懸賞に応募しようと持っていただけ。そのとき、私も気づいたの。常に誰かを探している空気が出ていたみたい」

「空気ですか……」

片桐は天井を仰ぎ見た。大森、そして小出が話す中身は理解できる。逃げている人間、そしてあえて行方をくらました人間は、追手の気配を察知するのだと頭の中では理解できる。

「なにか大きなきっかけがあれば、片桐くんもわかるようになるわ」

もう一口、ビールを飲んだ小出が言った。本当に見当たり捜査員としての気配や空気というあやふやな言葉を体得することができるのか。自信が持てるようになる日がくるのかはわからない。

「ところで、どんな人を待っていたの？　もちろん、たくさんの人着が頭に入っていると思うけど」

小出の問いかけに、片桐は分厚くなった手帳を取り出した。

「今月は加算ポイントがあると川勝さんに聞いたので、行方不明者にも気を配っていました」

片桐はページを繰った。最初に開いたのは、苫小牧で姿を消した大塚尚美のページだ。

大きな目のあどけない少女の写真、その横には現在の予想図が描かれている。なんども手帳を開き、このページをチェックしていた。

「ふーん」

小出が手帳を取り上げ、しげしげとページを眺め始めた。

「この人ね。私もこの手配書をチェックした。大塚尚美さん、一六歳で失踪、現在は三八歳……」

小出の丸い指先が写真と似顔絵をなぞっている。何気ない仕草だが、目つきは鋭い。小出は街中に紛れ込みやすい丸顔で、髪型も多くの主婦と同じようなボブスタイルだ。しかし、先ほど言った刑事眼で手配書を睨んでいる。稲本のような人を射貫《いぬ》くような視線ではないが、その人物の内面を抉《えぐ》り出そうとしている目付きに他ならない。

「どうされましたか？」

片桐は恐る恐る尋ねた。

「似ているんだよね」

低い声で小出が言った。

「誰にですか？」

「うちの子供たちの学童保育で、アルバイトに来ていた青年」

小出は二児の母だ。保育園を卒園したあとも、二人の男児は小学校低学年のため、放課後は学童保育に毎日通っている。小出か夫が毎日交代で二人を迎えに行く。

「どういうことですか？」

「アルバイトに来ていた大仲《おおなか》くんっていう子。すごく優しくて面倒見の良い子だった」

「それがなにか？」

片桐は首を傾げた。小出がなにを言いたいのか、全く予想がつかない。

「他の保護者たちは気づかなかったけど、あの子は男じゃなかった」

「なにをおっしゃっているのか意味がわかりません」

片桐は苦笑いした。一方、小出の表情は真剣そのものだ。

「私は全然気にしない。子供たちの夜食の世話や宿題の手伝いを親身にやってくれたからね」

小出はそう言うと顔を上げた。小出の顔がいつになく真剣だ。

「彼、いや彼女がアルバイトを辞めたので、それとなく学童の所長に訊いたら、やはり女だったわ」

「あの……」

「彼女は半年ほど前にいなくなった」

「理由は？」

「よくわからない。でも学童の別のスタッフにそれとなく尋ねたら、何人かの子供が彼女の正体に気づいたからだって」

小出はもう一度、手配書に視線を落とした。

「道警苫小牧署に問い合わせしたわ。彼女がなんで失踪したのか知りたくてね」

たしかに手配書には失踪の動機は記されていなかった。しかし、わざわざ道警の所轄署まで問い合わせた理由はなにか。

「こっそり担当者が教えてくれた。彼女は性同一性障害に苦しんでいたの」

小出が口にした名称が片桐の聴覚を鋭く刺激した。

「彼女の実家は厳格な地元政治家のお家《うち》でね。女の子は女の子らしくって厳しく躾《しつ》けられたらしいの。お父様が道議会の幹部で、お母様は校長先生だった」

「家族に反発して家を出た？」

「そうね。反発どころか、生き死にがかかっていたと私は思う。それくらい深刻な問題だって聞いたことがあるから」

生き死にがかかる……予想だにしない言葉が小出の口から漏れた。

「私だって、こんな男社会の典型みたいな場所で仕事しているからわかるの。男だったらこんな気苦労しなくてもいいのに。いっそのこと男に生まれたら楽だったのにって思うときがなんどもあった」

小出が小さく息を吐き、言葉を継いだ。

「でもね、私は心底男になろうなんて思ったことはないの。結局、男社会に嫌気がさしたときだけの感情。でもね、自分ではどうしようもない違和感があるのに、女という性を強制されたら、どれだけ苦しいか、想像することはできる」

手配書をチェックするだけで、片桐は所轄署に事情を尋ねることまではしなかった。人間の裏表……大森が口にした言葉が後頭部で鈍い音を立てて響いた。

「あの……もし小出さんがこの人に今会ったらどうしますか？」

片桐は思い切って口を開いた。

「相談に乗る。そしてどこかで生きていける場所がないか、一緒に考える」

小出の言葉を聞き、新宿駅東口の光景が蘇った。青年と稲本はなにか紙切れをやりとりしていた。そして稲本の視線は見たことのない優しさに満ちていた。

「もしかして、この大塚尚美さんが……」

片桐が言ったとき、眼前の小出が強く首を振った。いつの間にか、両目が真っ赤に充血していた。

「私は警察官よ。男の格好をしていても見逃すはずがないじゃない」

小出の両目から涙が溢《こぼ》れ落ちそうだった。その表情と言葉は正反対の場所にある。

「失礼しました」

小出が手帳を片桐の手に渡した。

「でもね、私は警察官という職業人の前に、女であり、人間なの」

そう言うと、小出が自席に戻り帰り支度を始めた。

「警察の身分証を提示しない限り、私は一人のおばさん。もし自分の子が苦しんでいるのならば、私は躊躇《ちゅうちょ》なく今の性を捨てさせる。だって苦しんでいる子供なんてみたくない。それが親の気持ちよ」

小出の言葉を聞き、稲本の名が口から出そうになった。

「あの……」

「なに？」

「いえ、なんでもありません。お疲れさまでした」

片桐は小出に向け、頭を下げた。ビールの空き缶をゴミ箱に入れ、小出は帰っていった。誰もいない二班のデスクで、片桐は呆然《ぼうぜん》と手配書を見つめた。

大塚尚美、三八歳。現在は男性の姿をしている女の存在は今後どうなるのか。小出が言ったように、稲本も彼女、いや彼の生きていける場所を探し、一緒に考えていたのではないか。

ポイント稼ぎではない。一人の人間の尊厳を守るため、警察官という立場を超え、人として大塚に接していたのかもしれない。いや、絶対にそうだ。だから稲本は片桐に詰め寄り、誰にも言うなと強く釘《くぎ》を刺したのだ。

片桐は自席を離れ、警察庁の専用端末の前に座った。キーボードを叩き、行方不明者のリストを開く。大塚尚美をはじめ、何人もの行方不明者の顔が目の前に現れた。

このリストにある人物たちは、どんな人生を背負っていたのか。ゆっくりと顔をチェックしながら、片桐は考え続けた。

最終章　見当たり

1

新橋駅の西口、ＳＬ広場にある街灯の下で、片桐はスマホを片手に周囲を行き交う人波を監視し続けた。

午後七時半、仕事を終えた勤め人がオフィス街から駅に吸い込まれていく一方、ＳＬの西側に広がる歓楽街へと多くの人間が流れていく。広場の南にある古い商業ビルに出入りする人も多い。

「おまえ、チョコいくつもらった？」

「義理が三個だ。そういうおまえはどうよ？」

「俺も義理が四個。しかもコンビニの安物だ」

片桐の傍らを通りすぎた若いサラリーマンたちが苦笑していた。広場の北側にある電光掲示板にもヨーロッパの高級チョコメーカーの宣伝が度々流れていた。

義理チョコもゼロ……片桐は長身の外国人カップルがチョコの包みを嬉《うれ》しげに抱える宣伝動画

を見て、溜息を吐《つ》いた。

女性の心理がわかっていないと指摘された上、人間が抱える深い葛藤を知らずに生きてきたことを思い知った。

改めて片桐は周囲を見回した。淡々と見当たり捜査を続ける間に、あっという間に季節が移り、本部勤務から一年以上が経過した。

昨年同様、片桐はダウンジャケットにデニム姿で街に出て、足元から這《は》い上がってくる寒気と格闘している。

依然として、自らの目で見つけ、手錠《ワッパ》をかけた指名手配犯はゼロだ。行方不明者も発見できず、二班の他のメンバーの補助ばかりだった。

サポートに回り、計三名の手配犯の摘発現場に立ち会ったものの、半人前の状態は変わらない。全国に指名手配されている約六〇〇名の被疑者の顔はほとんど記憶できたが、結果は出せていない。川勝や小出は焦らずやれと言ってくれるが、収穫ゼロのレッテルは取れず、心理的にはさらに追い込まれている。

手配犯が駅前の名物ビルに紛れ込むのではないか。昭和の面影を色濃く残す商業ビルには、背広姿の勤め人のほか、薄汚れたパーカーやコートを着た壮年の男たちも頻繁に出入りしていた。長期間逃亡を続ければ、衣服も傷んでくる。長年逃げ続ける手配犯たちの顔を何人か思い浮かべたとき、ジャケットのポケットの中でスマホが鈍い音を立てて振動した。

「片桐です」

〈すぐ戻ってこい〉

川勝警部がぶっきらぼうに告げ、一方的に電話を切った。連絡を寄越す際、川勝はいつも二班のメンバーの体調や調子を尋ねるが、今日は様子が全く違った。不機嫌そのものだ。

所轄署や他の部門が大物手配犯を検挙し、川勝の面子《メンツ》が潰れてしまったか。提出した経費精算の書類に不備があったのか。普段と全く違う上司の声音に、片桐は急ぎ足で広場を後にした。


二班に戻ると、川勝が顔を真っ赤にして、デスクの周囲を歩き回っていた。

「戻りました」

片桐が告げると、川勝が顎で席を指した。軽く会釈して横を通り過ぎると、小出、佐々木のほか、平野が居心地《いごこち》悪そうにデスクで書類をチェックしていた。

「どうも」

次いで、低い声がドアの方向から聞こえた。猫背の稲本が入ってきた。普段、川勝は稲本を好きなようにさせている。だが、今回は違う。なにかが起こった。それも特大の悪い中身なのは確実だ。稲本は仏頂面で、いつも使っていない自分の席に着いた。

「みんな揃《そろ》ったな」

自席の傍らに立つと、川勝が言った。顔色は先ほどと同じで赤みを帯び、こめかみに幾筋も血管が浮き上がっていた。稲本まで招集するほど、川勝は怒っている。だが、その中身がわからぬだけに、片桐だけでなく他の二班のメンバーは戸惑っている。

「きょう、新しい捜査一課長が就任した」

川勝が唾棄するように言った。

片桐は恐る恐る他の班員の顔を見た。眉間にシワを寄せ、目を閉じている稲本、拍子抜けしたように顔を見合わせる小出と佐々木。平野はわずかに肩をすくめ、片桐に顔を向けた。

捜査一課は警視庁の顔となる花形セクションであり、そのトップとなる一課長はノンキャリアの叩《たた》き上げ捜査員が就任する。だが、一課長と見当たり捜査班は完全に別組織であり、わざわざ仕事を切り上げてまで集められる理由がわからない。

「ちょっとこれを観《み》てほしい」

川勝が自分の席の後方にある液晶テレビを指した。自分でテレビの電源を入れ、リモコンで内蔵メモリのボタンを押した。なにかを録画したのだ。だが、二班全員、しかも稲本まで招集するほどの中身があるのか。川勝は二班メンバーのスマホに、ダイレクトメッセージも頻繁に入れてくる。録画データであれば、スマホに転送すればよいはずだ。しかし、誰も声を発しない。それほど川勝の怒りの熱量が高いのだ。

「これだ」

液晶画面の中で、ポインターがいくつかの録画ファイルを行き来したあと、川勝が決定ボタンを押した。

〈それでは次のニュースです〉

画面に公共放送NHRの女性アナウンサーが映った直後、画面が切り替わった。

〈東京都内で発生した殺人や強盗など凶悪事件を担当する警視庁の捜査一課長が交代しました〉

女性アナウンサーの声とともに、白髪混じりの中年男性の上半身が映った。男性の背後には警視庁の英語表記であるＭＰＤのロゴマーク、マスコットキャラクターのピーポくんが見える。

〈新しく捜査一課長に就任したのは、大林亮二《おおばやしりょうじ》警視正五三歳です。今までは鑑識課長を務めていました〉

画面を睨《にら》む川勝のこめかみに、血管が浮き上がった。

〈犯罪は絶対に許さない。逃げ得も許さない。首都東京の治安を守る。簡単なことのように聞こえるかもしれませんが、我々警察官は日夜……〉

警視庁が管轄する東京都は全国一の人口を誇るだけに、犯罪の発生率が高い。そのうち、一課が担当する殺人や強盗の件数も多いため、約三五〇名が所属する大所帯だ。所轄署で華々しい実績を上げた歴戦の捜査員を束ねるため、実地の捜査経験が豊富で、人望のあるノンキャリアが課長となる。

課長の仕事は激務とされ、他の課よりも短い一年で入れ替わる。毎年二月は定例の交代期であり、目の前のニュースも特段珍しくない。片桐と同様に、他のメンバーもぼんやりと画面を見ている。ただ一人違うのは稲本だ。日頃から険しい目つきのベテラン捜査員だが、今日は今までに見た中で一番きつい視線だ。稲本は唇をへの字に曲げ、画面を睨み続けている。画面を見つめたまま、わざとらしく川勝が咳払《せきばら》いした。

「これからだ」

そう言ったあと、川勝が拳を握りしめた。

〈鑑識課長の前は捜査支援分析センター《ＳＳＢＣ》の所長を務めました〉

画面の中の新一課長が言った瞬間、川勝が舌打ちした。

〈捜査一課としては、ＳＳＢＣと鑑識課の高度なスキルを持つ人材、最新のシステムを有効活用し、検挙実績を着実に上げたいと考えています〉

歴代の捜査一課長は、鑑識課長を経て就任するケースが大半だ。強行犯捜査は地取りや鑑取りがキモとなるが、同じように鑑識課が収集した証拠が被疑者検挙の決め手となるケースが多い。鑑識のノウハウを得た刑事が一課長に転ずることで、より捜査がスムーズになるとの考えが上層部に植え付けられてきた。

同じ理屈で、ＳＳＢＣの要職を経ることも一課長への重要なステップとなってきたのがここ数年の形だ。

街中に防犯・監視カメラが激増し、犯行に及ぶ被疑者の前足・後足《うしろあし》を迅速に捕捉するリレー捜査が可能となり、凶悪事件の検挙率も向上してきた。

〈前時代的な捜査手法はもはや必要ないかもしれません〉

大林がそう告げた直後だった。

「ふざけんなよ」

川勝が唸《うな》った。

「前時代的ってどういう意味？　私たち、不要ってこと？」

今まで黙って画面を凝視していた小出が腰を浮かせた。

「記者向けの裏懇談では、具体的に見当たり捜査班不要論をぶち上げたらしい」

川勝が苦り切った顔で言った。

「本当なの？」

今度は佐々木が口を開いた。川勝が頷《うなず》く。

「こんなこと言われて、黙っていられるか」

川勝が机を叩いた。傍らにいた稲本は画面を睨んだまま動かない。

「たしかに一課長は偉い人よ。それでも、勝手に組織改変論を口にするなんて、どういうこと？刑事部長の反応はどうですか？」

捜査二課出身、理詰めで物事を考える佐々木が尋ねると、川勝が首を振った。

「今の部長は、過去になんども大林氏に助けられているから、頭が上がらないらしい。なあ、稲本そうだよな」

川勝の言葉に、稲本が小さく頷いた。川勝は一〇年前に城南地区で発生した連続殺人事件に触れた。キャリアである刑事部長は当時一課の若手管理官を務め、現場は警部だった大林が仕切っていたと明かした。

「なんども判断ミスを犯した管理官を陰になり日向になりフォローしたのが大林氏だ。そのときの恩義があるらしい」

川勝が告げると、稲本が露骨に舌打ちした。

「稲本はあの管理官と大林の……」

川勝が言い終えぬうちに、稲本がわざとらしく咳払いして話を断ち切った。片桐は二人を見比べた。川勝は二年、稲本は通算一〇年以上の一課経験がある。一課という激務を長く経験したのは稲本であり、事情もよく知っている。

見当たり捜査班に配属された直後、片桐は稲本に一課に行きたいと話した。だが、稲本の口からは予想外の言葉が漏れた。

〈一課はくだらない場所だ〉

当時の若き管理官、それを支えたノンキャリの大林は、稲本とどんな因縁があるのか。なにかなければ、くだらない場所という言葉が出てくるはずがない。

片桐は小出ら他の二班メンバーの顔を観察した。全員が口を固く閉じ、眉根を寄せるか天井を見上げている。

見当たり捜査班不要論を唱えた大林との因縁を抱える稲本がいる。川勝が稲本をあえて呼んだのは、今後の二班にとって重要な分岐点となるからだ。

「どうする?」

川勝が稲本を見て、言った。すると稲本が立ち上がり川勝に深く頭を下げた。片桐は二人の様子を注意深く見守った。

「消される前に潰してやる」

顔を上げる間際、突然、稲本が口を開いた。片桐と他のメンバーが一斉に稲本を見た。

「潰すって、大林課長のことか？」

川勝が言うと、稲本はええと唸るように答えた。

「あの男に梯子《はしご》を外されました。そんな俺に声をかけてくれたのが昔の共助課課長です」

稲本が低い声で告げた。川勝がなんども頷いた。

「一体、なにがあったんですか？」

片桐は思い切って口にした。

「今さら若い人間が知る必要はない」

眉根を寄せた稲本がぶっきらぼうに言った。

「まあ、昔のことだからな」

川勝も稲本に同調する。口元は笑っているが、川勝の両目は醒《さ》めている。これ以上、訊《き》くなというサインだ。

「大林は政治力に長《た》けている。うかうかしていたら、本当に見当たり班が消されるかもしれん」

稲本が俯《うつむ》いたまま言った直後、川勝が言った。

「今まで以上の実績を作り、不要論を見返す必要がある。だからこうして稲本も打ち合わせに顔を出した」

川勝が言った直後、小出が口を尖《とが》らせた。

「過去に稲本さんと大林さんとの間になにがあったか存じませんけど、ちょっと都合良すぎませんか？」

二班は稲本が現場責任者だ。しかし、常に単独で行動するため、平野や片桐のような若手の面倒をみてきたのは小出であり、佐々木だ。

見当たり捜査は孤独な仕事だ。しかし、いざ獲物を見つければ、すぐに応援を駆り出さねばならない。そんなとき、五人しかいない二班にとって、稲本のいない分を埋めるために苦労が絶えない。しかも若手二人は男性であり、女性の小出と佐々木にとっては使いづらいときもあったはずだ。突然打ち合わせに顔を出した稲本に対する二人の憤りは、ある意味当然かもしれない。

「稲本がみんなとチームプレーに徹してくれれば、検挙率は確実に上がる」

急に静まった二班の空気を変えようと、川勝がわざと明るい声音で言った。稲本も川勝の言葉にゆっくりと頷く。

「結果を出して、潰せないという空気を作り出すしかない。刑事部長は新一課長に頭が上がらない。任期は一年だが、その間に不要論が高まれば、本当に俺たちは潰されるかもしれないぞ」

川勝が物騒な物言いをした。片桐は周囲の二班メンバーたちを見回した。依然、不満げな小出と佐々木がいる一方、神妙な面持ちの稲本は徐々に顔を強張《こわば》らせた。平野は肩をすぼめたまま机の上の書類を見続けている。

なぜ、稲本の態度が豹変《ひょうへん》したのか。

小出と佐々木という二人のベテランは、圧倒的な結果を出す稲本に畏怖の念を抱いている一方、警察官らしからぬ勝手気ままな行動に振り回されてきた。

稲本も当然、二人が良い感情を抱いていないことを知っている。いや、あくまでも自分のペースを貫くためには、二人をほとんど無視してきたのだ。小出と佐々木がそれぞれ稲本の定位置である新宿のジャズ喫茶を探り当てたときも、片桐のときと同じで突き放した態度をとったに違いない。

己《おのれ》の主義を一八〇度変えてまで、稲本は打ち合わせに顔を出し、見当たり捜査班を守ろうと態度を一変させた。大林という新一課長との間に、過去なにが起きたのか。片桐は眉根を寄せたまま俯く稲本を横目に考え続けた。

2

本部での打ち合わせを経て、片桐は山吹町の自宅アパートに帰宅した。小さな座卓に置いた腕時計は午後一〇時五〇分を指している。

シャワーを浴びたあと、冷蔵庫から缶ビールを取り出し、コンビニで仕入れたチャーシュー丼とサラダのパックを開け、簡単な夕食を摂《と》り始めた。

テレビの電源を入れると、民放のニュース番組が流れた。政治関連の記事を男性アナウンサーが読んだあと、新捜査一課長の就任会見の映像が現れた。

〈捜査一課としては、SSBCと鑑識課の高度なスキルを持つ人材、最新のシステムを有効活用し、検挙実績を着実に上げたいと考えています〉

白髪頭の大林がやや早口で言った。片桐はその顔を凝視する。額に数本の皺《しわ》があり、眉毛は薄い。その下には、一重の醒めた両目が鈍い光を発していた。稲本と同じ、典型的な刑事眼《デカメ》の持ち主だ。

〈それでは、スポーツコーナーにまいりましょう〉

男性アナウンサーが弾んだ声を出した。片桐はテレビの電源を落とし、テーブル脇に置いたスクラップブックを取り上げた。

自宅アパートで購読する在京紙や週刊誌、あるいはインターネットで見つけた気になる記事を綴《と》じ込んだ一冊だ。指名手配犯の顔写真を綴じたシステム手帳と同様、記事の横に自分でメモを書き加えている。自分でも不器用だと感じるが、記事と己の文字を睨むことで、知識が体ににじわりと沁《し》み込むような気がする。

先ほどの会見映像を頭の中に浮かべつつ、片桐はスクラップブックのページを繰り始めた。

大林捜査一課長は、ＳＳＢＣと鑑識課が持つ新たな武器、ＩＴ技術を駆使した最新の捜査手法を大胆に取り入れると世間にアピールした。五、六ページほどめくったところで、片桐は手を止めた。

〈リレー捜査、着実に成果〉

在京紙の大和《やまと》新聞社会面から切り抜いた記事が目に入った。

〈二〇二〇年の刑法犯二七万四三〇件のうち、防犯カメラが容疑者特定につながった事件は三万二五六六件（一二％）で、一六年（一万四八五五件）と比べ二倍になった〉

片桐はさらにページを繰った。すると、七年前に大田《おおた》区田園調布《でんえんちょうふ》で発生した強盗致傷事件の記事が目に入った。

　田園調布の一軒家に家電販売店の配送業者を装った男が押し入り、八〇代の夫婦を襲った上で、現金五〇万円を強奪した一件だ。

　被疑者は老夫婦の息子からの贈り物だとして玄関を開けさせ、所持していた文化包丁で夫と妻をそれぞれ切りつけ、居間の金庫にあった現金を強奪、逃走した。

　当該記事の次ページに、被疑者確保の詳細が掲載されていた。

　押し入った犯人について、老夫婦は全く面識がなかったと証言し、当初捜査は難航必至とみられていた。だが、この時期から本格的にＳＳＢＣが稼働し始めたことが犯人逮捕に寄与したと記者が分析していた。

　片桐はさらにページをめくった。今度は週刊誌に載った事件取材に定評のあるライターの記事だった。

　捜査本部は当初、地取りのほか、怨恨関係の鑑取り捜査を強化したが、温厚な老夫婦に恨みを持つ関係者は皆無で、捜査は難航の気配を濃くした。そこで投入されたのが、まだ体制が十分に整っていなかった当時のＳＳＢＣだった。

　担当捜査員たちは住宅街中の防犯カメラ映像ほか、駅周辺やスーパー、コンビニから根気強く映像を回収した。その過程で事件当日に老夫婦宅付近を徘徊《はいかい》していた一人の若い男がいることを突き止めた。その後は、映像を継ぎ合わせながら、犯人が宇都宮に逃走したことを炙《あぶ》り出し、最後は同地の自宅まで判明、逮捕に漕《こ》ぎ着けたとライターが触れていた。これらの情報はメディアに対して発表されたものではなく、ライターが独自に警察関係者を取材して得たものだった。

ページ下にある手書きのメモを見た。所轄署時代、刑事課にいた先輩警官にこの一件を尋ね、答えを得たときのものだった。

〈本件以降、防犯カメラ映像の重要性に気づいた刑事部幹部たちが、ＳＳＢＣを重用するようになった〉

今、片桐は本部に勤務している。実際に有楽町駅殺人事件に投入されたときに思ったのは、ＳＳＢＣが一課の仕事と切っても切れない関係にあることだ。駅前の非常線の中には、捜査一課の指揮官と寄り添うようにＳＳＢＣの担当者たちがいた。

片桐はさらにページをめくった。

一昨年発生した事件を報じる記事が目に入った。私鉄の都内ターミナル駅で青年が塩酸を背中に浴びせられた事件だ。

帰宅する人が多数集まるターミナル駅のエスカレーターで、会社帰りの青年が突然、背中に塩酸を浴びせられ重傷を負った。

帽子とマスクで顔を隠した犯人はそのまま逃走し、一日半が経過した。この間、ＳＳＢＣは二〇名以上の担当者を投入し、犯人の逃走経路を割り出した。また、被害者からの情報で、大学時代の友人の存在を一課捜査員が割り出し、防犯カメラ映像のリレーと、鑑取りを並行させることで潜伏先の川崎《かわさき》のサウナで犯人の身柄を確保したのだ。

記事によれば、大学時代になんどか飲み会で被害者からからかわれたことを根に持った被疑者が、会社員の青年の帰宅ルートを下見した上で犯行に及んだことも、ＳＳＢＣの追加捜査で判明した。

一昨年の事件解決直後は、捜査幹部が積極的にＳＳＢＣの貢献をメディアに発信していた。記事の中には、事件を絵解きするイラストまで掲載されていた。

次のページは、新大久保のラブホテルで発生した殺人事件の記事だ。発生は半年前で、新大久保駅の裏側、歌舞伎町へと連なる一角にある低価格ラブホテルで七〇代の老人が刺殺された。このときもＳＳＢＣが臨場し、ホテル備え付けの防犯カメラで老人と一緒にチェックインした二〇歳の女を特定した。

チェックインからわずか三〇分後に女は一人でホテルを退出した。これを不審に思ったフロント係が部屋を調べると、老人が倒れていたのだ。

捜査一課とＳＳＢＣは共同歩調を取り、新大久保駅を始め、周辺の鉄道駅、バス停、タクシー車内の防犯カメラまでチェックした。

事件発生から半日が経過すると、地下鉄東新宿駅の防犯カメラで女の姿を捕捉し、あとは羽田《はねだ》空港、そして伊丹《いたみ》空港と女の足取りをつかんだ。伊丹からは大阪市内へとＳＳＢＣ担当者が飛び、市内北区の友人宅にいる女を発見し、身柄を確保した。

この事件の後には、捜査一課長がメディア向けにリレー捜査の有効性をレクするなど、ＳＳＢＣの存在が広く世間に認知されるようになった。

スクラップブックを閉じると、警視庁本部内の講堂脇にある食堂で、一課のベテラン警部補たちの会話を偶然耳にしたことを思い出した。

ラーメンとカツ丼、チャーハンのセットを食べながら、二人のベテラン捜査員は、都内で事件を起こしても、必ず検挙されると軽口を叩いていた。一方で、地取り捜査が軽視され、自分たちのような年配者が若手から疎んじられていると語り合っていた。

地取りとは、事件発生後に発生現場から半径一、二キロのエリアを特定し、一般の住宅から飲食店、事業所などをしらみつぶしに情報を求めて歩き回ることだ。

一、二キロの範囲を一〇から二〇程度のブロックに分け、不審者の有無や普段と変わったことがなかったかを一戸ずつつぶさに聞いて回る根気のいる作業だ。

所轄署の署長や老練な刑事たちからは、一戸ごとに家族全員の情報を聞き出す、あるいは時間帯を変えて店舗の従業員やアルバイトから丁寧に情報を吸い上げていくことが肝要だとなんども聞かされた。

だが、防犯カメラに関する記事が示す通り、リレー捜査という新たな手法が用いられて以降、現場の刑事たちの動き方が劇的に変わった。

現場にいち早くＳＳＢＣ担当者が臨場、防犯カメラ映像を次々に回収して特殊なソフトを通して犯人の導線を割り出すことが可能になったからだ。

一つ一つの家を訪ね歩き、ときに疎んじられても情報を引き出し、何日もかかって目撃情報や不審者の足取りを割り出すよりも、システムを使った方が何倍も効率的なのは片桐にも理解できる。

だが、昨年の有楽町駅殺人事件のときのように、万が一停電があったらどうするのか。あるいはＳＳＢＣのシステムにバグが生じ、初動捜査がうまくいかなかったら。警視庁内の食堂で一課のベテラン捜査員たちもこの点を強く懸念していた。

片桐はテーブルに置いたスクラップブックを一瞥《いちべつ》し、天井を見上げた。ＳＳＢＣと鑑識課が持つ解析システムをさらに強化すれば、食堂のベテランたちが言った通り、都内で凶悪犯罪を起こしても逃げ切ることは難しい。

だが、本当に捜査の大半をシステム任せにしても良いのだろうか。川勝が激怒していたのは組織防衛という観点からだが、稲本はなぜわざわざ顔を出したのか。大林新課長に見当たり捜査班を潰させないという理屈はわかる。だが、他にも重大な事柄が潜んでいるのではないか。そうでなければ、プライドが高く、他者に一切媚《こ》びることがない稲本が、打ち合わせに出て川勝とともに検挙率アップを訴える理由にならない。

ぼんやりと天井を見つめながら、片桐は考えを巡らせた。

3

大林捜査一課長の就任会見の翌朝、片桐は本部二班のデスクに着いた。見当たりに出る前に大事な話があると聞かされ、本部に呼び出されたのだ。川勝や稲本、小出らのメンバー全員が顔を揃えると、二班はいつになく張り詰めた空気に覆われた。

三〇分ほど前から、川勝と稲本が小さな会議室に入り打ち合わせを始めた。

「なにを話しているのかしら」

会議室の方向を見やり、小出が眉根を寄せた。

「新しい役割分担とか？」

片桐の隣席で平野が軽口を叩いた直後、会議室のドアが開き、川勝が顔を出した。

「佐々木、ちょっと来てくれ」

「私ですか？」

「ああ、君一人で」

川勝の声に、佐々木が腰を上げ、足早に会議室に入っていった。佐々木の後ろ姿を追いかけたあと、片桐は小出に顔を向けた。

「なんですかね？」

「わからないわ」

小出が肩をすくめた。

「どうやらあの二人、昨夜遅くまで作戦会議やったみたいよ」

小出が会議室の方向を見て言った。

川勝と稲本は、どんなことを話し合ったのか。また、なぜ佐々木だけが呼ばれたのか。片桐や残された二班のメンバーは誰も中身を知らされていない。

「稲本さん、結局は秘密主義のままよ」

小出が不満げな声を上げた直後、会議室のドアが開いて佐々木が戻ってきた。

「なにを指示されたの？」

椅子から腰を浮かした小出が佐々木に尋ねた。片桐は佐々木の顔を見た。少し戸惑っているのか、眉根が寄っていた。

「ごめん」

佐々木が口の前に人差し指を立てた。

「どういう意味？」

小出がさらに問うが、佐々木は首を強く振った。

「川勝さんの指示で、誰にも中身を話すなって言われたの。厳重な保秘だから」

佐々木は保秘、すなわち秘密保持という言葉に力を込めた。

「見当たり班で保秘って聞いたことないわ。二課じゃないんだから」

二課という部署名を小出が告げた途端、佐々木が一瞬口元を緩めて笑みを浮かべた。

「川勝警部の命令でしばらく単独行動するわ」

「意味わかんないってば」

小出がさらに食い下がるが、佐々木は首を振り続けた。

「だから、今回のミッションは保秘が命なの。小出先輩にも言えない」

佐々木が肩をすくめた。

「わかったわ」

腕組みした小出が渋々頷いた。

「川勝さんと稲本さんが作戦を練ったのであれば、なにかありそうね」

「まあね。それは私の働きにかかっているの。早速動くわ」

佐々木の声が心なしか緊張気味だった。佐々木は自分の席からコートやバッグを取り上げると、足早にドアに向かった。

入れ違いに、会議室から川勝と稲本が二班の席に戻ってきた。二人の姿を見つけた小出が早速動いた。

「私たちはなにをすればいいですか？」

小出の言葉に川勝が口を開いた。

「当面、稲本の指示に従ってくれ」

川勝が隣の稲本を見上げ、言った。片桐は三人のやりとりを注視した。小出はなおも不満げな様子だ。

「今まで散々スタンドプレーだった稲本さんと組めという意味ですか？」

小出は稲本を一瞬睨みつけ、言った。

「そうだ」

川勝が短く答えた。片桐は稲本の顔を凝視した。稲本は自席に座り、腕組みして目を閉じている。

「今まで二班を実質的に仕切ってきた私のプライドはどうなりますか？」

小出は語気を強めた。

平野と片桐という二人の新人を育てながら、小出は自ら狩りに出ていた。ときには他の部署との折衝もこなし、リーダーとして踏ん張ってきた。小出の眦《まなじり》が切れ上がっている。この際全てを吐き出すつもりなのだ。後ろ頭を掻《か》きながら、川勝が口を開いた。

「俺はあと一、二年すれば定期異動で所轄へ回される。そのとき、見当たり班がなくなっていたのでは、先輩方に示しがつかない」

川勝の口調がいつになく真面目《まじめ》だった。

「それに、見当たりは絶対に必要だ。組織を守るために、今回は稲本の指示に従ってくれ。俺が稲本を放任していたことにもちろん責任はある。この通りだ」

仏頂面の小出に対し、川勝が深く頭を下げた。小出は大きく息を吐いた。

「川勝さんがそこまで言うならわかりました。抗命は本意ではありませんから」

小出が腕組みを解いたとき、川勝が稲本の名を呼んだ。

「まずは通常の見当たりを続ける」

稲本は片桐ら二班のメンバーに目を向けたあと、ゆっくりと告げた。先ほど、佐々木が厳重保秘の指示を受けていただけに、少し拍子抜けした。片桐が小出や平野に目をやると、二人も同じ思いだったようで、強張っていた肩の力が抜けていた。

二班のメンバーのリアクションを確認したのか、稲本がゆっくりと首を振った。

「ただし、一課とＳＳＢＣが出動するような事件が発生した際は、即座に我々も臨場する」

稲本の言葉に、小出が反応した。

「前回臨場したのは、停電の際など、ＳＳＢＣに突発的な理由があるときで、しかも向こうから頭を下げてきましたよ」

「そうとも限らない」

稲本が低い声で応じた。

「一課はＳＳＢＣに依存し、慢心している。そこを突く」

稲本の両目が鈍く光った。今まで黙っていた平野が口を開いた。

「しかし、そんなに事件の数が多いかどうかは未知数です」

「だから、通常の見当たりも怠らない」

稲本の声は揺るがない。片桐は思い切って尋ねた。

「なにか決め手があるのでしょうか？」

即座に稲本が反応した。

「そんなものはない。だが、慢心を突くことは可能だ」

「慢心とは？」

「今は考えなくていい」

稲本の眼差《まなざ》しが鋭くなった。

「あと一つだけ、教えてください」

片桐が言うと、稲本がゆっくりと頷いた。

「以前、一課はくだらない場所とおっしゃいました。なぜですか？　稲本さんは一課におられたのに、なぜそんなことを？」

「いずれわかる」

そう言ったきり、稲本が口を閉ざした。

「それじゃあ、いつものように街に出るわよ。稲本さん、なにかあれば連絡くれるんですよね？」

「ああ」

そう言ったきり、稲本が腕を組み、目を閉じた。

「片桐くん、平野くん。行くわよ」

小出に促され、片桐は腰を上げた。稲本はなにを考えているのか。いつものように本心は読めない。だが、佐々木を特命任務に就かせたように、なにか秘策があるのだ。

「行ってきます」

ダウンジャケットとショルダーバッグをつかむと、片桐はドアを目指した。

4

翌日、片桐は新橋の街頭に立った。稲本の指示通り、まずは通常の見当たり捜査を行なうため、西口のＳＬ広場を中心に人の流れを監視し続けた。

午後七時半、酔客と帰宅する勤め人が行き交い、広場が混み合い始めたときだった。ダウンジャケットのポケットに入れていたスマホが振動した。

画面を見ると、〈New〉の文字が表れた。在京新聞社系のネットサービスで、〈警視庁〉のキーワードを含んだニュースが掲載されたときに報《しら》せるように設定していた。

片桐は画面をタップし、記事を読み始めた。

〈警視庁、日本武道館のコンサート会場で指名手配犯を逮捕〉

指名手配犯の文字に目が釘付《くぎづ》けになった。

〈日本武道館で開催中のピーチクラブのコンサート会場で、警視庁捜査一課が……〉

記事を読み始めた直後、画面が強制的に切り替わった。本部の二班の代表番号からの着信だ。

「片桐です」

〈すぐに戻れ〉

不機嫌な川勝の声が耳元に響いた。

「武道館の件ですね」

〈そうだ〉

川勝が一方的に電話を切った。大林新課長が就任した直後に捜査一課は指名手配犯を逮捕した。見当たり捜査班不要論を唱えた大林は、早速、見せつけるように手柄をあげたのだ。

だが、なぜ一課が武道館で張っていたのか。大規模コンサートが開催される際は、数万人規模の人出がある。当然、見当たり班も各種イベントのスケジュールをチェック済みで、平野や小出が頻繁に監視を続けている。今回も平野がアイドルグループのピーチクラブの会場に行っているはずだ。完全に出し抜かれてしまったのか。スマホをポケットに戻すと、片桐は足早に広場から離れた。

二班のシマに戻ると、川勝が仏頂面で待ち受けていた。片桐に続き、小出と平野も相次ぎ帰ってきた。稲本は自席で眉根を寄せて資料を読んでいた。

「武道館の件、詳細を教えてください」

片桐が声をかけると、川勝は一課が配布した報道用資料ともう一枚の紙をデスクに置いた。片桐、小出と平野がデスクに駆け寄った。片桐の視線の先に、見覚えのある日焼けした中年男性の顔写真があった。

〈船橋伴樹《ふなはしともき》四三歳、愛知県小牧市《こまき》＝強制わいせつ容疑で愛知県警が全国指名手配〉

片桐は報道用資料に目をやった。船橋の名前は記されていないが、愛知県警が手配していた被疑者を日本武道館の入り口近くで発見、職務質問を経て当人と確認し、通常逮捕したと記されていた。

「ど助平の船橋、東京に来ていたのね」

小出、そして平野が相次いで手配書を覗《のぞ》き込む。片桐もしっかり覚えていた顔だった。女子大生や若い勤め人の女性の帰宅時を狙い、強引に部屋に上がり込み、わいせつ行為に及ぶ手口で手配され、見当たり班もマークしていた被疑者だった。

手配以前にも船橋は東海地方や関西地域で同じような犯行に及び、逮捕起訴され、執行猶予付きの有罪判決を受けていた。

盗犯と同様に、わいせつ関係の犯罪は累犯が多い。船橋は典型的なタイプだ。

「してやられたよ」

川勝が唾棄するように言った。

「一課はなぜ、船橋が上京していることをつかんだの？　しかも大混雑する日本武道館なんて、私たちでも苦労するのに」

小出が早口で問いかけた。武道館にいた平野は、バツが悪そうに下を向いた。

片桐も同感だった。半年前、平野とともに日曜日の府中《ふちゅう》競馬場に赴いたことがあった。重賞レースの開催日で、賭け事が止《や》められない被疑者がいると想定して出かけた。

肩が触れ合うほどの混雑だった。広い競馬場とはいえ、数万人もの観客が詰めかけると、監視どころか自分の呼吸さえ苦しい。見当たりの素人《しろうと》である一課がすんなりと船橋を見つけたとは考えづらい。

「ＳＳＢＣが新しいシステムの運用実証実験を行なっていたらしい」

川勝が片桐や他のメンバーの疑問に答えた。

「どんな中身ですか？」

小出が矢継ぎ早に尋ねる。

「俺の同期によれば、鑑識課が運用している顔認証システムと、最新のＡＩに手配犯の顔写真を読み込ませたそうだ。その後、膨大な数の人間が集まる会場に持ち込み、精度を測っていたらしい」

川勝によれば、ＳＳＢＣのメンバー五名と一課の若手一〇名がそれぞれタブレットを持ち、コンサート主催者に断った上で入場ゲート付近に二〇台のカメラを設置して監視を行なったという。

「それって、やり過ぎじゃない？　プライバシーの侵害だってメディアに叩かれるわ」

小出が言った。片桐も同意見だ。

「稲本さんはどう思います？」

小出が稲本に顔を向けた。

「同感だ。大林はなにかを隠している」

「まあ、いずれ裏側を暴いてやるよ」

川勝が物騒な言いぶりをした。

人員と予算が豊富で、最新鋭機材を有する一課とＳＳＢＣの合同チームが能動的な攻めの捜査を展開したら、見当たり捜査班は存在意義をなくしてしまう。

「船橋は、キャップを目深に被《かぶ》ってマスクをしていたのでバレないと思ったと供述したそうだ」

新型コロナの世界的な流行が長期化し、世間ではマスクへの抵抗感は薄れている。被疑者の言い分は理解できるし、一万人近くが集まる武道館では平野が発見できなかったのは無理もない。

「キャップのつばで目元が見えにくいはずなのに、そのシステムは随分優秀ですね」

平野が言った。

「機材のアップデートが進んでいるらしいが、どうも腑《ふ》に落ちない」

川勝が眉根を寄せた。

「なにか裏で事が進んでいる」

突然、稲本が口を開いた。

「おまえもそう思うか？」

「はい」

川勝と稲本が言葉を交わす。

「話がまとまりすぎている。多分、一課長が裏でなにかやった。そしてこれからもやるぞ」

稲本が低い声で告げた。片桐は思い切って口を開いた。

「なぜそう言えるのですか？」

「卑劣な人間だからだ」

「どうして一課長をそこまで嫌うのですか？」

片桐が尋ねても、小さく首を振るのみで稲本は答えない。川勝に目を向けたが、当人は横を向いた。答えたくないのだ。稲本を気遣っているのか、それとも他に理由があるのか。二班の沈んだ空気の中で、片桐は考え続けた。

5

午後一一時過ぎ、川勝や稲本ら二班のメンバーが退庁した。片桐は二班の自席に残り、共有スペースの専用端末の前にいた。

刑事部の資料を閲覧できるデスクトップ型のパソコンだ。キーボードに職員番号とパスワードを打ち込み、捜査関係資料のデータベースに入った。

稲本と大林の名前を打ち込み、エンターキーを押す。すると、二〇件近い結果がヒットした。

片桐はさらに二人の名前が同時に掲載されている資料を探した。

〈板橋本町商店主殺害事件〉

最初に見つけたのは、一五年前の強盗殺人事件だった。長いアーケードで名の知れた板橋の商店街で、閉店後の酒店店主が中国人窃盗犯の襲撃に遭い、売上金を奪われた上に、刃物で切りつけられて失血死した。ページを繰ると、捜査の概要が記されていた。

当時捜査一課の強行犯四係にいた大林警部と稲本巡査部長がキーマンだったと触れられていた。

事件発生時は深夜で、目撃者はなし。下足痕もありふれたスニーカーで全国の安売りチェーン店で五万足も売られていた品。ここから犯人を炙り出すのは不可能だった。

加えて当時は防犯カメラが現在のように街中に配備されている数が少なく、捜査は難航の兆しをみせていたようだ。

さらにページを繰る。

捜査本部は怨恨と流しの物盗《と》りの線で見方が割れていた。そんな中、地取り班に在籍していた稲本が、事件発生前日に店主と口論になっていた男の存在を割り出したと資料に残っていた。

稲本は同じ地取り班の大林に相談した上で鑑識課の似顔絵捜査官を合流させ、口論の目撃者から情報を得た。この似顔絵をもとに捜査本部で手分けして探した結果、隣の駅に住む素行不良の中国人を割り出し、逮捕した。この一件のあと、稲本と大林には警視総監賞が授与された。

怨恨と流し、捜査本部で見立てが割れていたことを考えると、年長で階級も上の大林が積極的に稲本の見解を聞き入れ、幹部に進言したことが想像できる。

一旦、画面から目を離した片桐は、首を傾《かし》げた。堅苦しい警察の専門用語が並んだ報告書だが、書式からは稲本と大林のコンビネーションの良さが伝わってきた。稲本が蛇蝎《だかつ》のごとく大林を嫌うような痕跡はみてとれない。

片桐は再度、資料ファイルをチェックした。板橋商店主強盗殺人事件以外にも、稲本と大林のコンビは活躍していた。

豊島《としま》区で発生した強盗致傷事件のほか、大田区のラブホテルで起きた痴情絡みの殺人事件、江《こう》東《とう》区で見つかった身元不明の水死体等々、簡単に検索できるだけでも六件が見つかった。こうした功績から、二人は警視総監賞のほか、刑事部長賞も度々受賞していた。

片桐はさらにファイルを繰った。

〈練馬《ねりま》区建設会社社長殺人事件〉

今から一二年前の日付が資料に刻まれていた。幹線道路の目白《めじろ》通りと環七通り近くにあった地元建設会社の社長宅に物盗り目的で二人組の男が押し入り、当時一人で自宅にいた社長を脅した上で金庫から現金一〇〇〇万円と高級腕時計を奪って逃走した事件だった。このときも本部強行犯四係の大林と稲本が練馬署の捜査本部に組み込まれていた。

片桐はページをめくった。すると、今まで詳細に綴《つづ》られていた他の事件と違い、練馬の事件は簡単な記述で終わっていた。

〈犯人検挙に至るも不起訴〉

資料の末尾に、簡潔な記載があった。稲本と大林は逃走した二人組の行方を追い、そして身柄を確保した。だが、検察が不起訴処分とした。二人の苦労は徒労に終わった形だ。念の為《ため》、次のページもチェックし、もう一度検索をかけたが、練馬で発生した事件に関する詳細なデータは出てこなかった。

練馬の事件で検察が不起訴としたのはなぜか。詐欺事件や選挙違反などで警察が集めた証拠が足りないとして、検察が不起訴とするケースは珍しくない。だが、練馬の一件は殺人だ。捜査一課はプライドをかけて証拠を集め、そして犯人二人を逮捕し、自供まで得ていたはずだ。

不可解な資料の裏側に、稲本の怨嗟《えんさ》の情が潜んでいるのは間違いない。この一件で稲本と大林との間になにが起きたのか。片桐はパソコン画面の中の資料を睨み続けた。

6

大林一課長就任から三日後、片桐はまたもや本部の二班の自席に呼び出された。目の前には、川勝が買ってきたスポーツ紙がある。

〈警視庁またお手柄！　プロレス会場で指名手配犯を逮捕〉

プロ野球ネタに乏しい季節柄だけに、普段は警視庁と無縁なスポーツ紙が一面で一課の手柄をデカデカと報じた。

〈エターナル・レスリング両国《りょうごく》大会で、警視庁捜査一課の若手刑事がお手柄だ。前科三犯の泥棒を会場内のグッズ売り場で発見し、職務質問を経た上で……〉

片桐は新聞を机の上に置いた。すると、見出しを睨んでいた川勝と目が合った。

「またやられたぞ」

川勝が唸った。片桐は慌てて視線を離し、手元にあった手帳に目を向けた。

〈泉貞雄《いずみさだお》、五二歳〉

神奈川県警が三カ月前に手配した常習の盗犯だった。宵空《よいあ》きと呼ばれるタイプの泥棒で、一戸建てやマンションの灯《あか》りが点《つ》いているか否かで住人の存在を判別し、留守宅専門に盗みに入った輩《やから》だ。

盗犯については、全国の警察本部に捜査三課が置かれ、盗みの手口や行動パターンをデータベース化している。三課の捜査員は所轄や管轄管区の垣根を越え、常に盗犯の行方を追っている。

手口情報と呼ばれる照会システムが全国の三課に導入されており、盗犯が遠く離れた地で盗みに入っても、即座にその人物ではないかと情報が共有化されている。また、誰がどこの刑務所で服役し、いつ出所するかの情報も適宜相互に知ることができる。

薬物犯と同様、盗みは累犯になる傾向が極めて高いためだ。

当然、指名手配した神奈川県警の担当者も泉の関係先を張り、行動パターンに基づいて警戒していたはずなのだ。だが、泥棒とは無縁の一課の捜査員が検挙した。

スポーツ紙では面白おかしく記事にされたが、神奈川や警視庁の三課担当者は地団駄を踏んでいるにちがいない。

「根っからのプロレス好きだったみたいね」

別のスポーツ紙を読んでいた小出が言った。

「両国のTシャツ売り場に並んでいたらしいです」

同期に三課の捜査員がいるという平野が言った。

「うちの班で誰か両国を張っていた者はいなかったのか？」

川勝が苛立《いらだ》った声で言った。

「すみません、俺は東京ドームで海外ミュージシャンのコンサートを張っていて……」

平野が頭を下げた。だが、依然として川勝の苛立ちは収まらない。隣にいる稲本に向け、口を開いた。

「稲本はどう思う？」

稲本は先ほどから盗犯の泉、わいせつ犯の船橋の手配書を凝視していた。

「そうか……」

川勝には視線を向けず、稲本が小さな声で言った。

「なにかわかりましたか？」

小出が椅子から腰を浮かせ、稲本に訊いた。

「まだ仮説の段階だ。しかし、俺の筋読みが正しければ、やれる」

「やれるってなんだ？」

川勝が尋ねるが、稲本は手元の資料を睨んだまま動かない。片桐は手元の手帳を広げ、わいせつ犯の船橋、盗犯の泉の資料を取り出し、机に並べた。

船橋は愛知県警、泉は神奈川県警がそれぞれ全国指名手配をかけた。なぜこの二人の資料を稲本は睨んでいるのか。

「二人はまったくタイプが違う。わいせつと泥棒よ」

小出の言葉に稲本が小さく首を振った。

「わいせつ犯、盗犯ともに累犯が多いですが、愛知県警と神奈川県警で違いますし、両県警から情報がもたらされたとか、特殊なケースではありませんか？」

思い切って片桐も口を開いた。だが、稲本は資料を睨んだまま反応しない。

「いい加減、種明かししてくれよ」

焦《じ》れたように川勝が言った。

「答えはこの手配書に載っている」

稲本がぶっきらぼうに言った。片桐は改めて手元の資料に目を向けた。色黒でギョロ目の船橋と、生え際が大きく後退し、将棋の駒のように角張った泉は見てくれも違う。まして遠く離れた地に住んでいて、犯罪傾向もまるで違う。共通するのは、全国指名手配されていた、という点だけだ。

片桐や小出が資料を睨んでいると、稲本のスマホが机の上で振動した。

「はい、稲本」

稲本は素早く通話ボタンを押した。

「うん、うん。そうか……」

稲本の電話の相手は誰か。川勝も稲本を注視している。

「そうか、わかった。そのまま続けてくれ」

低い声で告げると、稲本が電話を切った。

「誰からだった？」

川勝が問う。

「佐々木でした」

「それで？」

川勝と小出が同時に言った。

「俺の仮説が現実になるかもしれない」

「佐々木が結果を出したのか？」

川勝が身を乗り出した。

「鋭意情報を収集中です。もっと大きな成果が出るまで待ってください」

「そうは言ってもだな」

川勝の再三の求めにも、稲本は動じない。

「着実に成果をあげつつあります」

稲本は川勝を突っぱねた。片桐がもう一度手配書を凝視していると、いつの間にか傍らに小出がいた。

「片桐くんはわかった？」

小出は船橋、泉の顔写真を交互に指す。顔を見上げると、小出も困惑していた。やはり、カギを握っているのは佐々木であり、稲本が手綱を握っているのだ。今度は平野が手配書を覗き込んだ。平野も眉根を寄せ、正解を得ようと写真を睨んでいる。

「わかった。稲本に任せる」

諦めたように川勝が言ったときだった。

「どうも」

青年が顔を出した。

「おう、久しぶりだな」

川勝が青年に顔を向け、廊下に出ていった。

「誰？」

「さあ」

小出、平野が首を傾げた。もちろん、片桐も知らない顔だった。

「知らせてくれてありがとうな」

ドアの向こう側で川勝の乾いた声が響いた直後だった。川勝が戻ってきた。愛想笑いをしていた川勝の顔が引きつり始めた。

「どなたですか？」

片桐が訊くと、みるみるうちに川勝の顔面が紅潮した。

「大和新聞の一課担だ」

警視庁本部には記者クラブがある。在京の新聞やテレビなど大手メディアが一課、二課など主要部門ごとに担当記者を配置している。先ほどの青年は、社会部記者の中でも花形とされる一課担というわけだ。

「大林課長がまた裏レクで見当たり不要論をぶったらしい」

川勝の声を聞き、稲本の顔が険しくなった。裏レクとは、定例の記者会見以外に、課長がお気に入りの記者を囲い込み、オフレコ扱いで本音を漏らす場だ。いずれ近いうちに捜査関係者、あるいは捜査幹部などの形で、一課長の思惑が紙面やテレビの解説コーナーに流れることになる。デキる捜査員とは、マスコミをうまく誘導すること、そんな話をかつて所轄署のメディア担当の副署長から聞いたことがある。そんな中で、先ほどの大和新聞の記者は川勝に内密な形で情報をもたらしてくれた。川勝の人徳だ。

「こんなに好き勝手にメディアに喋《しゃべ》られて、黙っていられるか。稲本、いいから種明かししろよ」

川勝が稲本に詰め寄った。だが、稲本は冷静だった。

「佐々木が成果を持ち帰ってからです。焦ってはあの男の思う壺《つぼ》です」

稲本が冷静に言い放った。

片桐の耳の奥に、あの男というキーワードが刺さった。かつてコンビでいくつもの手柄をあげた大林に対し、稲本は未《いま》だ怒りを抱き続けている。あの男という言葉の響きの裏に、なにか理由が潜んでいるのは確かだ。

7

両国で一課が指名手配犯を逮捕してから一週間経過した。片桐は都内各地の繁華街やターミナル駅で通常の見当たり捜査を続けた。

この間、なんども本部に上がったが、稲本に特命任務を授けられた佐々木の姿を一度もみることはなかった。また、川勝に対しても佐々木からの報告はなかったといい、小出と平野とともに、片桐は今までとなんら変わらない日々を過ごした。

「本当に連絡なかったの？」

上野駅と浅草《あさくさ》を回って本部に帰った片桐に対し、経費精算をしていた小出が尋ねた。

「なにもありません。小出さんに連絡がない以上、俺にくるわけないじゃないですか」

「そうだよね」

小出が溜息を吐いた。一課とＳＳＢＣはその後目立った動きを見せていない。また、一課が担当する殺人や強盗など凶悪事件も幸いなことに発生していない。

見当たり捜査班不要論を声高に主張する一課の大林はメディアを巧みに使い、持論をじわじわと世間に浸透させようと企てている。

警視庁詰めの記者が一課の動向を知るには、毎日の課長レクと朝駆け・夜回り取材が欠かせない。大林の持論に傾倒する記者が何人いるかは知らないが、知らず知らずのうちに不要論に洗脳される記者がいてもおかしくない。

一方、最近の見当たり班は大物の手配犯を逮捕するなど目覚ましい活躍があったわけではない。記者たちにアピールする術《すべ》も持ち合わせていない。加えて、佐々木が秘匿捜査に入り、その理由や目的すら聞かされていない。小出の苛立ちは十分に理解できるし、片桐も落ち着かない気分のままだ。

「そうか、わかった。すぐに臨場させる」

スマホで話していた川勝が大きな声で言った。片桐と小出は反射的に上司を見た。机上のメモを手に取り、川勝が言った。

「四ツ谷駅近くのドラッグストアで強盗致傷事件発生だ。男性店長が頭部を殴られ重傷、所轄の四谷署と一課、ＳＳＢＣが現場に向かっている。小出、片桐もすぐに行ってくれ」

川勝がメモを片桐に差し出した。場所は四ツ谷駅に近い四谷一丁目、新宿通り沿いにある全国チェーン店だ。

「稲本も現場に向かっている。臨場したら稲本の指示に従ってくれ」

矢継ぎ早に川勝が言った。

「犯人《ホシ》はアジア系外国人、売上金の五万円を奪い、逃走した」

川勝が追加のメモを読み上げる間、片桐と小出は身支度を整え、二班のシマを飛び出した。


片桐は小出とともにタクシーを新宿通り沿いで降りた。四ツ谷駅から新宿方向に向かって左側、大通りに面した歩道に黄色い規制線が貼られていた。

所轄の四谷署の若い巡査たちが五、六名で現場周辺をガード中だ。黄色い線の外側には、学生や通りすがりの勤め人たちが群がり、鑑識作業や背広姿の捜査員を見つめていた。また、大通り沿いの歩道には、背中にＳＳＢＣとプリントされた青いジャンパーを着た捜査員たちの姿もある。凶悪事件発生に際し、一課とともに緊急臨場したＳＳＢＣのメンバーたちは、被害店舗周辺の防犯カメラ映像を根こそぎ回収しているようだ。

「あそこよ」

小出が規制線脇にいる背の高い男を指した。稲本はスマホを手に、小出を手招きした。

「どうしてこの一件をカバーするんですか？　臨場要請はかかっていません」

小出が小声で稲本に尋ねた。

「要請されていないからこそだ」

低い声で稲本が答えた。

「なぜ一斉報を？」

一一〇番通報があると、本部の通信指令センターにつながり、これが所轄署や一課など関連する部署に一斉報で伝わる。

だが、見当たり捜査班は即時即応の部署ではないため、連絡が入らない。それに、稲本は事件発生時には通常の見当たり捜査に当たっており、どこかの街にいた。なぜ一課の臨場を知ったのか。片桐が尋ねると、稲本は表情を変えずに言った。

「後輩に知らせるよう厳命していた」

一課を離れても、稲本を慕う後輩がいる。無駄口を叩かず、同僚たちと飲み歩くような様子が一切ない稲本だが、協力者は残っているようだ。いや、なにか稲本に弱みを握られている後輩かもしれない。

「それに、現場を仕切っているのは……」

稲本が言葉を切った。

「仕切りに問題でも？」

片桐が尋ねると、稲本が首を振った。

「なんでもない」

「我々はなにをすればいいですか？」

片桐が訊くと、稲本はスマホを小さく振った。

「要請が出ていないから規制線の中には入れないわよね。それでスマホ？」

小出が首を傾げた。

「これが有力な武器になる」

稲本が言った。片桐も小出と同じく、なぜ呼び出されたのかがわからない。加えてスマホが武器とはどういうことなのか。

「ちょっとこっちへ」

稲本が顎を動かし、ドラッグストア脇の小路を指した。小出とともに片桐は稲本の後を追い、大量の段ボール箱が積み重なった店の通用口に近い小路に入った。

「スマホを使って、この一帯一キロ四方の駐車車両のナンバーを写してくれ。違法路駐、コインパーキングも含めてできるだけ多くだ。それに車両だけでなく、周囲も必ず写すように」

一週間前、稲本は秘策があると言った。だが、スマホで車両のナンバーを撮影することが秘策なのか。

「私たち、交通課じゃないんだけど」

腰に手を当て、小出が不満げに言った。小出のように露骨に態度に出す勇気はないが、片桐も正直なところ拍子抜けした。佐々木の秘匿捜査がどんな中身かは知らないが、自分たちはこんな地味な作業を続けて、大林一課長の鼻を明かすようなことができるのか。

「いずれ正解につながる」

稲本が低い声で言った。

「でも……」

小出が反論しかけたが、稲本が強く首を振り、言葉を遮った。

「とにかく、付近一帯にある駐車車両、ナンバーと周囲の風景をスマホで撮影しろ」

「了解しました」

片桐の返答を聞く前に、稲本がさっさと小路の奥へと足を向けた。

「仕方ないわね」

溜息を吐いたあと、小出が自分のスマホを取り出した。

「私は新宿方面へ四谷二丁目まで、片桐君は市《いち》ヶ谷《や》方面をお願い」

「わかりました」

片桐は四ツ谷駅方向に歩き出した。ハザードランプを灯《とも》しながら路駐するトラックや営業車がことのほか多い。また、タクシーや一般の乗用車も路肩に停《と》められている。四ツ谷駅前の新宿側の両車線、そして市ヶ谷方向の車両を全て撮影するのに何時間かかるのか。そして何台分のデータを集めれば作業が終わりになるのか。全く予想がつかない。

「こっちのビルはどうだ？」

腰をかがめて写真を撮っていると、歩道を行く青いジャンパーの男たちの会話が漏れ聞こえてきた。ＳＳＢＣの要員だ。二人組で、それぞれの手にはタブレット端末があり、一人は雑居ビルの防犯カメラを指し、一方は端末で位置情報を確認中だ。

ＳＳＢＣは都内にある約九割の防犯カメラの存在を把握している。新しく建設されたビルや一般住宅があれば、カメラの位置を記録する担当者がもれなくシステムに追加していく。

今回の強盗致傷事件の現場では二〇名近くのＳＳＢＣ要員が投入されているはずだ。それぞれのメンバーが映像を回収してネット経由で本部に送り、ソフトを通して犯行現場一帯の映像を繫《つな》ぎ合わせていくのだ。

一つのカメラが点ならば、複数の画像が集まれば線になる。この防犯カメラ画像のデータ量が増えるに従い、線は面へと大きく形を変えていく。

動画データは重いが、本部にあるシステムはなんどもアップデートを繰り返し、迅速な処理が可能になっているらしい。

犯人が犯行に及ぶ前段階である前足、そして犯行後、どこに逃げたかの後足は、着実に捕捉できるだろう。

一方、片桐は未だ一〇台分の車両の写真を撮っただけだ。稲本はいずれ正解につながると言ったが、本当に思い通りの結果につながるのか。

停車中の法人タクシーのナンバーを撮影していると、スマホの画面が着信を告げた。

「片桐です」

〈川勝だ。一課が犯人《ホシ》を緊急逮捕《キンタイ》した〉

川勝の声が沈んでいた。舌打ちを堪《こら》えながら、片桐は電話を切った。

8

片桐が小出とともに溜息を吐きながら本部に戻ると、ちょうど広報課から資料をもらってきた川勝と鉢合わせになった。

〈四谷一丁目ドラッグストア強盗致傷事件　被疑者逮捕について〉

川勝がデスクに広報文を置くと、片桐は小出とともに中身を凝視した。まずは今日の日付と被疑者確保の時間が綴ってあり、ベトナム人の男性の氏名と年齢が記してあった。

「茨城の農園に技能実習生として従事していたらしいが、半年で脱走し、郷里の地縁者を頼って東京に来たらしい。オーバーステイだったから警官を見た途端に逃げ出したようだ」

逮捕した場所は、四谷三丁目交差点近くのチェーンのコーヒーショップで、道路に面した窓際の席で様子を見ていたようだ。

「認否は？」

小出が尋ねると、川勝が首を振った。

「否認している。でもな、ＳＳＢＣが後足を追いかけたなら、逃げられない」

川勝が唾棄するように言い、片桐より先に本部に戻っていた稲本を見た。片桐も稲本に目を向けた。川勝の言葉が聞こえているはずだが、稲本は目の前のデスクトップパソコンと真剣な眼差しで対峙《たいじ》していた。

「稲本、どうなってんだ？」

川勝が苛立った声をあげた。

「いきなり結果が出るとは限りません。しかし、ちゃんと成算はあります」

パソコンの画面に視線を固定したまま稲本が言った。肩をすくめた川勝が片桐に顔を向け、小声で言った。

「稲本にも考えがあるようだ。どうか腐らんでくれ」

川勝のとりなしに、小出が小さく息を吐いたときだった。

「小出、片桐。ちょっと来てくれ」

先ほどと同じで、稲本が画面に視線を固定させたまま言った。小出が驚いた顔になり、片桐を見た。肩をすくめた小出が、稲本に歩み寄る。慌てて片桐も後に続いた。

「現場付近で撮影したデータを全部こちらへくれ」

「えっ、でも被疑者は逮捕されましたよ」

小出が告げると、稲本は首を振った。

「とにかくデータだ」

稲本が左手を差し出した。小出と顔を見合わせたあと、片桐はスマホを取り出し、写真のファイルを表示させた。

「つなげ」

稲本が細いケーブルを片桐に差し出した。片桐は端末にケーブルを差したあと、スマホの画面に表示された〈データ転送〉のボタンを押した。

「次は小出の分だ」

画面を睨んだまま稲本が言ったときだった。

「川勝さん、ちょっといい？」

先日大林一課長の裏懇談を知らせてくれた大和新聞の記者が顔を出した。

「おう、なんだ？」

「ちょっと」

記者が川勝を手招きした。川勝は面倒臭そうに立ち上がると、廊下に出た。事件の早期解決を受け、大林が得意げに記者レクを開き、またぞろ見当たり不要論でもぶちあげたのか。片桐が廊下の方向を見つめていると、小出が諦め顔で口を開いた。

「こっちは成果なしで、あちらは電撃逮捕。記者レクにも力が入ったんじゃないの？」

片桐は稲本の席に近づき、声をかけた。

「あの、なにかお手伝いしましょうか」

片桐は声をかけながら、パソコンの画面を見た。画面の半分に地図ソフトが表示され、残りの部分には片桐と小出が収集した画像データが表示されていた。地図は四谷一丁目を中心に描かれ、画像データがある部分には赤いピンの表示が付けられていた。

「いずれ嫌というほど手伝ってもらう。それまで体を休めておけ」

事件は解決したばかりだ。稲本の真意がわからない。稲本の言葉を聞いた小出も首を傾げている。

「まじかよ」

独り言を呟きながら川勝が廊下から戻ってきた。先ほどと表情が一変し、顔が強張っている。

川勝は一目散に稲本の傍らに行くと、耳打ちした。

「稲本、おまえさんが正解だった」

川勝の言葉を聞き、片桐は小出と顔を見合わせた。稲本は画面に視線を向けたまま頷いた。

「一課が誤認逮捕をやらかした」

「ということは、まだ被疑者は逃走中なのね？」

反射的に小出が口を開いた。

「その通りだ」

川勝が答えると、稲本が目の前のパソコンを指した。

「答えはこの中にある」

低い声だったが、稲本の言葉が鋭く片桐の耳を刺激した。

「ドライブレコーダーのデータが上書きされないうちに、当たるぞ」

稲本の号令とともに、片桐と小出は稲本のデスクトップパソコンに駆け寄った。

9

片桐は刑事部の覆面車両で警視庁本部から大久保へ急行した。

データの上書きを防ぐという大義名分で、サイレンを鳴らすことも許可された。警察の緊急車両を運転するための青免許を取得して五年経過したが、自らハンドルを握るのはまだ四、五回目だ。次々と路肩に避ける一般車両をかき分け、混み合う大久保の街中を突っ切り、小滝橋通りを左折した。

目的地は大手宅配会社の荷物中継センターだ。全国各地の配送拠点から東京に送られてきた荷物を集め、新宿区内の小規模店舗に回す役割だ。

事件直後、この拠点に所属するミニバンがドラッグストア脇の小道にあるコインパーキングに停車していた。写真を撮ったのは片桐だ。

本部で問い合わせした際、ドライバーが荷物を宅配する間も防犯対策のために常時ドライブレコーダーが作動していると聞かされ、真っ先に駆けつけることを決めた。

同じ要領で、小出は四谷一丁目の隣にある若葉《わかば》一丁目に停車していた江東区のタクシー会社へ急いだ。後から本部に合流した平野は、ドラッグストア脇に停車していたコンビニ関連の食品輸送会社がある板橋へとそれぞれ覆面車両を走らせている。


大和新聞の一課担記者がもたらした情報で、二班のムードが一変した。一課は全く別人のベトナム人青年を強盗犯と勘違いして緊急逮捕したのだ。

事の顚末《てんまつ》は、お粗末を絵に描いたようなものだった。

襲われた店長は額からの出血が酷《ひど》く、証言する前に救急車で搬送された。バックヤードにいた他の店員たちは犯人を見ておらず、店内を映し出す二台の防犯カメラの映像が頼りだった。

真っ先に臨場した機動捜査隊の面々と一課の若手が現場周辺で初動捜査の一環として目撃者《マルモク》を探した。すると、店舗脇を歩いていた通行人や近隣店舗のスタッフが異口同音に肌の浅黒いアジア系の青年が走り去ったと証言した。

店頭の防犯カメラを確認したＳＳＢＣのスタッフも、店内にいた癖毛の青年の横顔を認識し、目撃情報と合わせて〈アジア系の青年、ダウンコート着用〉という情報が現場捜査員に共有された。

以降、現場周辺には所轄と機捜、一課の捜査員が散らばり、ＳＳＢＣからの情報を追加しながら、四谷一丁目周辺を徹底的に探し回る面の捜査が展開された。

事件発生から約一時間後だった。

ＳＳＢＣが新宿通り沿いの店舗や中小企業の受付にあった防犯カメラ映像を複数解析すると、新宿御苑方面へ駆けるダウンコートを着たアジア系の青年の姿が割り出された。この情報を境に、捜査は一段とスピードアップする。

所轄署で手の空いていた警官も動員され、アジア系でダウンコートを着た青年を徹底的に探すローラー作戦が始まった。

すると、ものの一五分で、四谷三丁目交差点近くにあるチェーンのコーヒー店で、窓際の席にいた青年を発見した。逃げ場を塞ぐ捜査員たちのもとに、防犯カメラの映像を取り込んだタブレット端末を持つＳＳＢＣスタッフが合流した。

日本語が不自由だと嘯《うそぶ》く青年に対し、タブレットの映像を見せると、さらに逃走の気配があった。現場に臨場した若きキャリア管理官の判断で、緊急逮捕が決まったのだ。

事の顚末を川勝から聞かされた直後、片桐は心の中で手を打った。

〈それに、現場を仕切っているのは……〉

一課の後輩から一斉報を知った稲本は、現場指揮官が誰かについても情報を仕入れたのだ。逮捕された元技能実習生のベトナム人青年は、在留資格の切れた不法滞在、すなわちオーバーステイだった。

四ツ谷駅を降りて友人が住む四谷の舟町《ふなまち》を目指して歩いていると、急にサイレンの音が鳴り響き、取り乱したという。

オーバーステイで身柄拘束されれば、母国への強制送還が確定する。来日前、青年は約一五〇万円の借金をして、渡航費用と斡旋費をブローカーに渡していた。

実習先の北関東の建築資材製造工場では、残業とパワハラに苦しみ、挙句給料カットをちらつかされたため、逃げ出した。

新しい働き口を紹介してくれるという同郷の友人を訪ねたが、パトカーのサイレンに驚き、我が身が追われていると勘違いし、咄嗟《とっさ》に逃げた。この行動が思わぬ副作用となり、誤認逮捕という結果をもたらした。

ハンドルを握りながら、稲本の顔が浮かんだ。捜査経験の浅いキャリア管理官が指揮をとれば、どこかに綻びが生じる……稲本はそう予見していたのだ。

片桐と小出より先に、稲本はドラッグストア前に現着していた。捜査経験の豊富な稲本は、一課の見立てと違う逃走ルートを見出《みいだ》していた。だからこそ、店舗脇の通用口を見つけ、そこから犯人《ホシ》が姿をくらましたと判断し、周辺の車両を当たるよう指示した。

一課の慢心を突く……稲本はそう断言した。ＳＳＢＣの分析力と機動力を過信したキャリア管理官の慢心を、稲本は冷静に炙り出した。

防犯カメラ映像の回収を最優先にするSSBCを横目に、稲本や小出、そして片桐は別の目であるドライブレコーダーという最新兵器に注力した。

本部二班のシマで、稲本とともに店舗裏の小路を中心に地図と撮影したナンバーと風景を照らし合わせながら、車両を探した。

稲本が着目したのが宅配便の車両、タクシー、そしてコンビニ関連会社のバンだった。二班のメンバーで手分けして当事者たちを当たり、ドライブレコーダーの映像回収の協力を求め、片桐は大久保にある配送センターへと向かった。


「こちらになります」

配送センターの駐車場に覆面車両を停め、片桐が事務所に向かうとノートパソコンが用意されていた。事前にデータを照会させてほしいと連絡していたことが奏功した。宅配業者の事務スタッフも協力的で、片桐はなんども頭を下げた。

「再生します」

女性スタッフがエンターキーを押すと、画面の中に配送用ミニバンのダッシュボードとフロントガラスが映った。片桐は画面下の時刻表示に目をやった。事件発生から一分後の時刻が秒単位で記録され、刻々と数字が進んでいく。

「あっ！」

片桐は反射的に停止ボタンを押した。フロントガラスの真正面に人影が映った。ダウンコートを羽織り、後方を振り返る青年の顔がある。

浅黒い肌、アジア系の顔つきだ。片桐はポケットからスマホを取り出し、一課が誤認逮捕したベトナム人の顔写真を見た。同系となるグレーっぽいダウンコートで、やはり浅黒い肌の青年だ。目の前のパソコンの再生ボタンを押す。青年は顔を戻し、若葉一丁目方面へと駆けて行った。

片桐はスマホの画面を切り替え、通話ボタンを押した。

〈はい、稲本〉

「片桐です。宅配会社のミニバン、犯人らしき人物を発見。ドラッグストア脇の小径を若葉一丁目方面に逃走」

〈わかった。すぐデータを転送しろ〉

一方的に電話が切れた。片桐は宅配会社のスタッフに断り、先ほどの動画を巻き戻し、青年が映った部分をキャプチャーすると、データを二班のアドレスへと転送した。

「ほんの一瞬ですけど、これはお役にたちましたか?」

女性スタッフが心配げに言った。

「もちろんです」

「これだけなんですよ……」

「助かりました。これで犯人検挙の重要な手がかりができました」

片桐がそう告げたとき、スマホが振動した。小出からだ。

〈どう？〉

「こちら、若葉一丁目方面に逃走する犯人《ホシ》が映り込んでいました」

〈よかった。私のところもヒット。若葉一丁目から信濃町駅へ抜ける方向だった〉

「そうか、四谷三丁目方面に戦力を集中させた一課は……」

〈完全に撒《ま》かれたわけ〉

「見返すことができますね」

〈川勝さんが得意満面でデータを一課に持ち込むわよ〉

久々に小出の弾んだ声を聞いた。

「俺、別の会社も回ってさらにデータ集めますよ」

〈私もそのつもり。一課をぎゃふんと言わせてやるわ〉

軽口を叩いたあと、小出が電話を切った。

「ご協力に感謝いたします。近いうちに、上司と共に改めてお礼にうかがいます」

片桐は女性スタッフに深く頭を下げたのち、覆面車両に駆け戻った。

運転席に座ると、リストアップしておいた食品輸送専門の住所をカーナビに打ち込んだ。もっとデータを集め、確かな成果を出す。片桐はハンドルを強く握りしめた。

10

片桐や二班のメンバーが都内を走り回ってから三日後だった。朝の打ち合わせ前に、片桐は自席で大和新聞の社会面を凝視した。

〈見当たり捜査班、お手柄〉

〈一課の誤認逮捕後、大逆転で真犯人をキャッチ〉

片桐が見出しを一瞥し、本文を読み始めたとき、川勝が快活な声で告げた。

「稲本、さすがだよ。やっぱりおまえは根っからの刑事《デカ》だ」

川勝はカラカラと笑ったあと、パソコン画面を睨んでいる稲本に目を向けた。片桐は紙面の陰から二人のやりとりをうかがった。

小さく頭を下げたものの、稲本の顔には笑みもなければ満足げな表情もない。いつものように言葉少なで、淡々と獲物の痕跡を追っている様子だ。

三日前、片桐は大久保の宅配業者の集配センターで真犯人《ホンボシ》の画像データを収集した。その後、北区の食品輸送専門業者、荒川区のタクシー会社に回り、四谷一丁目の裏小路から若葉一丁目方面へと逃走する被疑者の別の動画データも確認した。

同じように、小出と平野が都内の業者や自家用車の持ち主を当たり、合計二〇件の動画データを得た。各々は映像を本部で控えていた稲本に送った。

稲本は地図ソフト上にそれぞれの動画データを重ね、犯人の逃走ルートを割り出した。正解は一課とSSBCが割り出した四谷三丁目ではなく、信濃町駅だった。

川勝は新たな逃走ルートに関する詳細なデータを一課に持ち込んだ。誤認逮捕という失態を犯したキャリアの若い管理官は仰天し、川勝に全面降伏した。一課はデータをSSBCに送り、今度は計五〇名の捜査員が動員され、真犯人の行方を追った。見当たり班がもたらした新しい逃走ルートをもとに、通常のリレー捜査が展開された恰好《かっこう》だ。

一方、この間見当たり班もフル稼働し続けた。

真犯人の足取りが判明して以降、稲本と小出のベテラン二人がそれぞれの情報源《ネタモト》から逐次話を聞き出し、手がかりを得たのだ。

まずは稲本が新事実を暴いた。ドライブレコーダーの画像を分析した稲本は、左の手の甲にベトナム人が好む花の刺青《いれずみ》を発見。似たような顔つきの東南アジア諸国の中から、ベトナムという国を特定した。その後は、歌舞伎町人脈から不法滞在するベトナム人たちが新大久保にある現地食材専門店に出入りしていることを炙り出した。

二班の中でも情報は着実にリレーされた。稲本の話を聞いた小出が動いた。小出は所轄署時代にベトナム人の被疑者を逮捕した際、同国出身の通訳を使った。この縁から今回の強盗犯が北部ベトナムの出身ではないかとの情報を手繰り寄せ、彼らが大久保の裏通りのアパートをねぐらにしていることをつかんだ。

二人の情報を統合し、見当たり班は総員で大久保駅や新大久保駅、あるいは東新宿駅周辺で監視活動を展開した。

見当たり二日目の午後、小出と平野がドラレコに映っていた男を大久保駅の南口改札で発見。追跡の結果、百人町《ひゃくにんちょう》の細い小路を抜けたエリアにあるベトナム人が多く住むアパートに入る直前、声をかけ、身柄を確保した。

真犯人逮捕の情報は本部で待機していた川勝にもたらされ、その後は警視庁全体に伝播《でんぱ》し、最終的には刑事部長が記者会見して見当たり班の活躍をメディアに発表した。

川勝は一課の鼻を明かすと同時に、二班全員に警視総監賞が授与されることが決まったと鼻高々だった。

稲本の機転で事件は急転直下、解決した。今まで単独行動を貫いてきた稲本が二班メンバーと連携することで、見当たり班不要論に一矢報いたのだ。

事件は解決したが、片桐は少し複雑だった。衝動的な犯行の背後には、日本社会の歪みが内包されていたからだ。

ドラッグストアの店長は大量出血したが、幸いにも一命を取り留めた。ベトナム人の犯人は誤認逮捕された先の青年と同様、元技能実習生だった。

山梨県下の果樹農園に従事していたが、休みなく働かされた上、給料の遅配が多発したことで、職場を放棄して逃走した。

その後は、北関東一円に広がるベトナム人ネットワークを頼り、東京から栃木へと移る予定だったという。だが東京で手持ちの金が無くなり、たまたま四谷の店舗レジで売上金を数えていた店長を見つけ、凶行に及んだと自供した。

新型コロナの蔓延《まんえん》に伴う不況が日本経済を長期間襲い、仕事の下支えをしていた外国人労働者にも皺寄せがきたのだ。


「片桐もお手柄だったな」

新聞の記事に集中していると、いつの間にか片桐の横に川勝が回り込んでいた。

「稲本さんの指示通りに動いただけです」

本心からだ。稲本の深い洞察力と素早い行動力に後押しされていなければ、真犯人を見つけることは不可能だった。早いタイミングでドラッグストアに赴いたことで、周辺に停まっていた車両をチェックすることができたのだ。

「なんにせよ、一課に一矢報いたことは大きい」

川勝が片桐の机の上にある大和新聞の見出しを指で弾《はじ》いた。

「この記事を書いた一課担はベテランでな。俺が所轄にいたころから面倒見ていた。それにアンチ大林だしな」

川勝の発した言葉に引っかかった。

「その記者さんはどうして大林さんに疑問を？」

「彼は頭抜けて優秀な刑事だ。しかしな、これだけの大組織をノンキャリとして泳ぎ切って課長まで上り詰めた。その陰には変わり身が早いというか、ヒラメというか……」

言葉尻を濁しながら、川勝が稲本に視線を向けた。

川勝の言葉は届いているはずだが、稲本は先ほどと同じ姿勢を保ったまま、パソコンでデータを処理中だ。片桐は新聞を退け、ノートパソコンのキーボードに指を走らせた。

〈稲本さんと大林課長、なにがあったんですか？〉

画面を覗き込んだ川勝が天井を見上げたあと、溜息を吐いた。川勝は一瞬稲本に顔を向けたあと、首を振った。片桐は気になって仕方がない。ずっと単独行動を貫き、他の班員と言葉すら交わさなかった稲本の態度が、大林の裏懇談を境に一変したのだ。

〈なぜ教えてくれないのですか？〉

片桐はもう一度、キーボードに指を走らせた。

「いずれわかる」

川勝が片桐の耳元で言った。いつもの軽口かと思って川勝の顔を見たが、その表情はいつになく真剣だった。

「あの……」

食い下がろうとしたとき、二班のドアが開いた。

「ただいま」

久々に見る佐々木の顔だった。丸顔で肝っ玉母《こ》ちゃん然とした小出とは対照的に、佐々木は細面でクールだ。目の前の佐々木は普段より頬が痩けて、両目が爛々《らんらん》と光っていた。川勝が大袈裟《おおげさ》に手を挙げ、言った。

「お疲れさま。それでどうだった？」

佐々木の口元には笑みがある。しかし、両目は笑っていない。鋭い視線で川勝に応じた。

「報告しますね」

佐々木は川勝の脇を通り過ぎ、稲本の席に向かった。川勝と稲本しか知らない極秘任務を佐々木は担ってきた。川勝に向けた視線は、収穫ありというサインに他ならない。佐々木はどんな獲物を追い、具体的になにを持ち帰ったのか。

佐々木は稲本の隣の席に座り、小声でなにか話し始めた。稲本は黙って頷くのみだ。

「おい、二人とも会議室に来てくれ」

足取りも軽やかに川勝が共助課の奥にある会議室に向かった。稲本がゆっくりと立ち上がり、佐々木もその後に続く。

一課の慢心と、ＳＳＢＣの隙を逃さず、二班は獲物を見つけ、逆転打を放った。結果的に一課は見当たり班に貸しを作ることになった。

まだ一課を揺さぶるネタがあるのか。佐々木の獲物がどう作用するのか。片桐には理解できないことばかりだ。遠ざかる三人の後ろ姿を追いながら、片桐は考え続けた。

11

書類を整理しながら川勝、稲本、佐々木の会議の結果を待ったが、三名は長時間出てこなかった。痺《しび》れを切らした片桐は街へ出た。

新橋、五反田、渋谷と回ったが、この日も手配犯の姿はなかった。渋谷の百軒店《ひゃっけんだな》の古い洋食屋で夕食を摂ったあと、片桐は本部へ戻った。

壁に掛かった二班の行動表を見ると、川勝の欄には〈会議〉、小出、平野、稲本は〈見当たり中〉とあり、シマには佐々木のみが在籍していた。

机の上いっぱいに領収書を広げた佐々木は、ノートパソコンの表計算ソフトを睨み、右手で猛烈な速さでキーを打ち込んでいる。

「お疲れさまです」

片桐が声をかけると、佐々木は画面に視線を固定させたまま、軽く右手を挙げた。

「すごい領収書の数ですけど、今までどんな捜査をされていたのですか？」

片桐は佐々木の隣席に腰を下ろした。

「川勝さんから完全保秘の命令が出ているの。まだ話せないわ」

普段のクールな佐々木の言いぶりだ。だが、微《かす》かに声音が弾んでいるような気がした。つまり、着実な成果を得て川勝と稲本に報告したのだ。

保秘を盾にされるのは想定通りだったが、話を広げていけば、なにかヒントを得られるかもしれない。

「佐々木さんが隠密行動されているとき、稲本さん主導でSSBCと一課を見返すことができました」

「そのようね」

忙《せわ》しなく右手で数字を打ち込みながら、佐々木が答えた。片桐は一課のキャリア管理官が判断ミスを犯したこと、稲本が冷静に一課の隙を捉え、真犯人の足跡をたどったことを簡単に説明した。

「ただ、謎があるんです」

「なに？」

「課長に大林さんが就任した直後に、SSBCと一課が連続で手配犯を捕まえたことです」

「そうだったわね」

「場所は日本武道館と両国国技館でした。武道館はアイドルのコンサートで国技館はプロレスの興行中でした。そして愛知県警と神奈川県警が手配した被疑者は、わいせつの常習犯とベテランの泥棒でした」

「そうね」

「二人の特性が違いすぎます。行動パターンも性格も違う。そんな二人の被疑者をどうやってSSBCと一課が炙り出したのかいまだにわかりません」

片桐だけでなく、小出や平野もこの問題を解決していないと明かすと、佐々木が口元に笑みを浮かべた。

「たしかに分かりづらいかもね」

佐々木はパソコンの脇に置いていたスマホを取り上げると、写真ファイルを開いた。片桐が目を凝らすと、小さな画面の中には駅のプラットホームや自動改札の写真が並んでいた。

「これがなにか関係するんですか？」

佐々木が画面に触れ、写真を拡大表示させた。すると、画面の中央にドーム型の防犯カメラが映った。

「今はどこの駅にもあります」

佐々木の意図がわからぬまま、片桐は言った。

「JE《ジャパン・エキスプレス》東日本が面白いことをやっているの」

ジャパン・エキスプレスは国営の日本鉄道が民営化され、六分割された組織だ。東日本は関東から東北までをカバーする巨大な鉄道会社だ。街中に防犯カメラ網がくまなく張り巡らされているのと同様に、大きな鉄道会社のほとんどが防犯カメラを導入している。運行管理のほか、事故防止のためだ。毎日、鉄道を使って都内各地に足を運ぶ片桐にとって、特段面白い話ではない。

「それぞれのカメラには顔認証機能がついているの」

「顔認証？」

佐々木が突飛なことを言い出した。佐々木は机の上のスマホをつかむと、いきなり片桐の顔を撮影した。

「ちょっと見て」

佐々木が撮影したばかりのデータを片桐に向けた。自分の顔写真の下に、小さな文字が点滅していた。

〈撮影データが登録されていない人です。人物ファイルに登録しますか？〉

佐々木が口を開いた。

「SNS、例えば世界最大手のフェイスノートは知っているよね」

「ええ」

「フェイスノートは実名登録が原則。そして写真をアカウントに登録すると、顔認証機能がフル稼働する」

佐々木がスマホの画面を切り替えた。あまり使ったことはないが、フェイスノートのシンボルカラーであるネイビーブルーの画面と佐々木の後ろ姿の写真が映った。

「大人数の飲み会で写真を撮って、フェイスノートにアップすると私とつながっている人なら、即座に何人もの名前が画面に出てくる。特別ハイレベルな機能じゃないけど、顔認証は世の中に溢《あふ》れているわ」

「なるほど……」

「SSBCが回収している街中の防犯カメラは安価な物が多いけど、JE各社が使っているカメラは高価で高性能、それに常にソフトをアップデートしているわ」

佐々木のスマホ画面を眺めていると、片桐は閃いた。

「そうか、ＪＥ東と一課とＳＳＢＣが手を組んで、指名手配犯のデータをカメラと連動させたら……」

目の前の佐々木が口元に笑みを浮かべた。同時に、片桐は背中に悪寒を感じた。わいせつ常習犯と盗犯、同じ犯罪者でもそれぞれの習性は全く違う。それに、前回の一連の検挙では、愛知と神奈川と地域も異なった。だが、指名手配犯の顔を見分ける認証機能が付与された防犯カメラが稼働し、警察にデータを提供していたら、話は一八〇度違ってくる。

「こんな裏技があったから、一課長は見当たり不要論をぶち上げたわけですね」

「実際に使って成果が上がったから、自信満々だったわけ」

「これで稲本さんの謎かけの意味がわかりました」

一課とＳＳＢＣが連続で手配犯を検挙したあと、稲本は手配書を睨みながら共通点があると指摘した。

ＪＥ東日本と一課が共同歩調を取れば、たとえ犯罪者の種類、犯罪の発生地域が違っても最新鋭のシステムが膨大な数にのぼる鉄道利用者を篩《ふるい》にかけ、手配犯を見つける。稲本が言った共通点とは、全国指名手配犯だった。

「ＪＥ東は手配犯だけでなく、元受刑者や仮釈放中の人も顔認証で炙り出しているわ。それにＪＥが以前から不審者としてマークしていた人物も含まれている」

「不審者とは？」

「泥酔者や痴漢常習者なんかね。彼らが駅に現れたら、事務室でブザーが鳴って駅員さんたちが警戒するらしいよ」

ブザーという言葉を聞き、今度は片桐の両腕が粟《あわ》だった。見当たり捜査の基本動作の一つとして、片桐は毎日ターミナル駅の改札口付近に立つ。仮に駅員が片桐のことを不審者と見なしていたら、自分は常にブザーを鳴らす存在となっているのかもしれない。

「一課が日本武道館と両国国技館で手配犯を連続で検挙したのは、案外シンプルな仕組みなの。神奈川県警と愛知県警が手配した被疑者が東京に来た。そして新幹線や在来線を使って東京の主要なＪＥ東の駅に降り立ったら、ブザーが鳴った。担当者が調べたら、手配犯よ。そうなれば警視庁に通報するわよね」

「警視庁とＪＥがシステムで連携すると協定を結んだのですか？」

片桐が訊くと、佐々木が強く首を振った。

「そんなニュース、どこかで読んだ記憶ある？」

「いえ、ありません……」

「もし正式にプレスリリース出したら、大騒ぎになるわよ」

「そうですよね」

片桐の脳裏に、有楽町駅殺人事件の現場の光景が浮かんだ。被疑者を追う過程で、小出とコンビを組んだ。その際、小出が中国の事情を話してくれた。

広大な中国大陸の至る所にカメラが設置され、政府が常に国民を監視しているという話だ。実際に事件が起きれば、縦横無尽に張り巡らされた監視網がフル稼働し、ＡＩも駆使して犯人の出かけそうな場所、交際相手の住居などを割り出し、スピード検挙が日常的になっている、という内容だった。

こうした監視網は、信号無視や一時停止違反などにも適用されているという。一党独裁の同国上層部は、国民からの批判をなによりも恐れる。そのため、国民一人ひとりを個別に監視する必要に迫られ、監視カメラとＡＩを融合させたシステムを早々に構築したのだ。

「一応日本は民主国家という建前になっているわ。だから、警視庁とＪＥ東の目論見《もくろみ》は試験使用ということになっている」

佐々木があえて、仮定だと言った。しかし、二人の手配犯を即時に炙り出したシステムの有効性は認めねばならない。

「データ駆動型捜査と呼ぶらしいわ」

「しかし、鉄道利用者に無断で顔認証して、ＡＩで篩にかけるなんて、人権はどうなるんですか？」

「ＪＥだけじゃないわ。最近は、街中に設置されている飲料水の自動販売機の中にも監視カメラが埋め込まれている製品があるらしいの」

「本当ですか？」

「小銭盗まれたりするからね。企業にとっては正当な防犯対策だと思う。だけど……」

「だけど、なんですか？」

「警視庁がＪＥ東と同じような協定を飲料メーカーと結んでいたら？」

「中国と同じじゃないですか」

そう告げた直後、片桐は空席の稲本の席を見つめた。

「まさか、稲本さんはそれを見越して佐々木さんに指示を出された？」

「一部は正解ね。でも、本当の狙いを知ったらびっくりするわよ」

「教えてくださいよ」

佐々木がまた首を横に振った。

「それは川勝さんが決めること。まだ厳重保秘段階だから」

「それじゃあ、大林一課長をあそこまで稲本さんが毛嫌いするのはなぜですか？　見当たり班を潰すためにＪＥ東と手を組んだから？」

「今回の一件と因縁がある、そんなことを川勝さんが言っていたわ」

「因縁とは？」

「そこまでは知らないわ。でもね、警察だってＪＥのことをとやかく言えないのよ」

「なぜですか？」

「警察自身、一切の詳細を知らせずに国民を常に監視しているじゃない」

佐々木の言葉を聞いた瞬間、片桐の頭の中に無機質な大型カメラの姿が浮かんだ。

「そうか、Ｎシステムだ……」

「だからね、この件の扱いは非常にデリケートなわけ。そして隠密任務を下命された私には、厳重な保秘が課せられている」

「しかし……」

「だからさ、しかるべきタイミングで川勝さんが開示してくれるわ」

一方的に告げると、佐々木が席に戻り、再び猛烈な勢いでキーボードを叩き始めた。片桐の耳の奥で、監視という言葉がなんども反響した。

12

午後一一時半過ぎ、片桐は通常の見当たり捜査を終え二班の自席に戻った。街中にいても佐々木が言った言葉がなんども耳の奥で響いた。

〈警察自身、一切の詳細を知らせずに国民を常に監視しているじゃない〉

片桐は実際の捜査でNシステムを使ったことはないが、所轄署にいる頃からNシステムの存在は知っていた。

深夜、当直で地域課や刑事課にいると、常に緊急事態に接する。本部の通信指令センターから発せられる一斉報の中で、しばしばNヒットという単語が流れたからだ。

デスクの引き出しから、所轄署時代に作ったノートを取り出し、片桐はページをめくり続けた。

Nシステムとは、車両のナンバーを示すNから取った俗称で、正式には「自動車ナンバー自動読取装置」という。

全国に張り巡らされた高速道路網のほか、主要国道や県道、空港や自衛隊基地など警察が重要施設と認めた周辺に設置されている。通過車両を俯瞰《ふかん》するように道路上に設置され、通過時刻とナンバープレートを撮影することが可能だ。

設置の主目的は、車両盗難や強盗などが車両を用いて逃走するなど、現在進行形の犯罪に対処するためだ。

所轄署で片桐が度々耳にしたNヒットとは、盗難車がNシステムの下を通過した際、これを自動的に検知し、関係部署に通報する仕組みが作動したことだ。警ら係や自ら隊との無線を通じ、〈盗難車両が何丁目交差点付近を通過、Nヒットした〉という具合だった。こうした報せが入ると、関係部門の捜査員や車両が追尾し、ときには幹線道路で検問を実施する。

ここまではあくまでも表向きの運用だ。高速道路やバイパスなどに設置されているオービスは、一定速度を超過した車両のみを撮影し、のちに違反者を摘発するよう運用されているが、Nシステムは通過した車両のナンバーのみならず、運転者や同乗者も撮影するようセットされている。個人情報を根こそぎ刈り取るようなものだ。

佐々木が言った〈国民を常に監視する〉という仕組みのキモはここにある。Nシステムの運用状況はほとんど公表されることはない。それは、警察の捜査手法の詳細に触れるからという理由だったが、片桐は鵜呑《うの》みにはできなかった。

片桐が奉職して三年目の秋、隣の所轄で不可解な辞職劇が起きた。近隣の刑事課で名の知れた警部補が突然辞めたのだ。

後輩の面倒見が良く、検挙実績も申し分ない。他の署の若手刑事に捜査のいろはを教えることもある名物刑事だった。健康面にも不安はなく、取り締まり対象となる企業や団体との癒着を疑われるようなこともなかったのになぜ辞めたのか。

当該警部補の退職から半年後だった。刑事課内の慰労会で酔った刑事課長が真相を明かしてくれた。課長によれば、当該警部補は非番の日に、同じ署の経理担当職員とドライブデートしていたのだという。非番の日になにをしようと勝手だが、警察組織は監察という厳しい内部管理体制が敷かれている。

警部補は家族思いの良き父親だったが、実は経理担当職員と半年間不倫関係にあったという。二人は監察を気にして、管轄から遠く離れた横浜を中心にデートしていたが、これがバレた。監察がNシステムの中から警察関係者のナンバーを無作為に抽出して調べたところ、当該警部補と女性職員がそれぞれの自家用車で出かけ、横浜港近くのホテルにチェックインしたことを突き止めたという。

監察の調べに対し警部補はギブアップして警察を辞めた。女性職員もやんわりと退職を勧奨され、これに従った。

Nシステムの本来目的とは全く違う使用方法があるのだと片桐は思い知らされた。警察内部でさえ監視の対象とするのだ。これが政府や警察権力に批判的な文化人やマスコミ関係者だったらどうなるのか。

〈警察だってJEのことをとやかく言えない〉

佐々木が肩をすくめて言った背景には、Ｎシステムという警察が持つ諸刃《もろは》の刃《やいば》の存在がある。佐々木が課せられた厳重な保秘の中身はなにか。ＪＥ東日本が警視庁と協力して手配犯を挙げるのは、見当たり捜査班の存在意義は別として、治安を守るという意味では社会に貢献する。しかし、それは個人情報を知らず知らずのうちに一般の人が吸い上げられているということと裏表の関係にある。

隣の所轄の警部補のように、組織内の規律を正すという目的で本人が知り得ない形でＪＥ東と警視庁が手を握っていると世間に知られれば、マスコミが黙っていないだろう。そういう意味で佐々木は厳重保秘と言ったのか。それとも別の要因が絡んでいるのか。

古いノートを見つめ、片桐は考えを巡らせた。

13

新宿駅東口のバス停前で見当たりを続けていたとき、片桐のダウンジャケットのポケットの中でスマホが鈍い音をたてて振動した。ネットのサイトで〈警視庁〉のキーワードが含まれたニュースが配信されたときの合図だ。

〈ＪＥ東、主要駅構内で顔認証システム監視カメラ使用、無作為に前歴者や出所者を把握〉

昨日、佐々木が話してくれたＪＥ東日本に関する大和新聞の記事だ。片桐は唾を飲み込み、記事を読んだ。

〈先頃、警視庁が相次いで他県の指名手配犯を逮捕した。この逮捕にあたり、もしJE東と警視庁が協力関係にあるとすれば、個人情報の扱いについて重大な懸念がある〉

署名をチェックすると、頻繁に川勝のところに出入りしている大和新聞の記者の名が掲載されていた。さらに記事を読み進める。

〈IT技術、機器の飛躍的な進歩により、顔認証技術の活用が官民のあらゆる分野で進んでいる。顔認証データは個人情報の最たるもの。防犯や捜査に関して収集する場合は法令上の規定があるが、使用についての詳細かつ明確な決まりはない。内閣府の個人情報保護委員会によれば「利用目的の明示が必要」とされているが、JE東のような民間企業がどのような目的で利用するかについては、個々の判断に委ねられているのが現状だ。膨大な数にのぼる鉄道駅の利用者データが捜査機関に内密に渡されていたとしたら、日本も中国のような監視国家……〉

捜査については、SSBCが積極的に防犯カメラ映像を使用し、着実に検挙実績を上げている。だからこそ、大林一課長のように見当たりを不要と唱える捜査幹部が現れている。一方、不特定多数の人が集まる駅で、JE東のような大企業が顔認証システムを使う際に、個人情報の利用目的を明示していないのだ。大和の記者が問題視するのは当然だろう。

東京の各ターミナル駅は、一日百万単位の乗客が利用する。指名手配犯を炙り出し、その情報を警視庁に提供するのは百歩譲って理解できる。しかし、前歴者の顔まで捕捉するのは明らかにやりすぎではないのか。

記事を睨み、片桐は首を傾げた。罪を償い、更生した前歴者を犯罪者予備軍のように扱っているに等しいからだ。

〈本紙の問い合わせに対しＪＥ東は、「公共空間での顔認識技術利用の明確なルールがなく、時期尚早と判断し、近く運用を停止する」と回答。一方、警視庁は「個別捜査に係る情報開示はできない」とコメントした〉

いずれにせよ、川勝が情報をリークしたのは間違いない。見当たり捜査不要論をぶち上げた大林一課長への強い牽制《けんせい》であり、大企業と捜査側がタッグを組んだ監視社会への懸念を伝えたいとの強い思いがあったのだ。

ニュースサイトを表示していると、突然画面が切り替わり、着信の知らせが届いた。

〈川勝だ〉

「今しがた大和のニュースを読みました」

〈そうか、なら話が早い。戻ってこられるか？〉

「会議ですか？」

〈いや、面白いものを見せてやるよ〉

そう言うと、川勝が一方的に電話を切った。面白いものとはなにか。川勝の声が久々に弾んでいた。

本部へ戻ると二班のシマが異様に静まり返っていた。川勝の姿はなく、小出、佐々木が神妙な顔でそれぞれの席にいた。自席に戻ると、平野がパソコンのキーボードを叩いていた。

「なにがあったんですか？」

小声で片桐が尋ねると、平野が顎で会議室を指した。

「誰かお客さんですか？」

「ああ。相当な大物だ」

平野が答えた直後、会議室の扉が開いた。捜査共助課の課長、川勝に続き、一課長の大林が出てきた。三人の顔は相当に強張っている。

「どういうことですか？」

片桐は平野に尋ねた。

「あとで川勝さんが説明してくれる」

共助課課長と川勝、大林が二班のシマの横を通ったとき、稲本が帰ってきた。大林の顔を見た瞬間、稲本の顔が引きつった。

「よう、ひさしぶりだな」

鷹揚《おうよう》な態度とは裏腹に、大林の声が上ずっている。一方の稲本は軽く会釈したのみで、大林の脇を通り過ぎた。だが、大林が振り返り、稲本の肩をつかんだ。

「今回の件、俺に復讐《ふくしゅう》したつもりか？」

挑発的な言葉を聞き、稲本が息を吸い込み、大林を睨んだ。

「報道と自分は無関係です」

「それなら、久しぶりに帰ってくるか」

大林が発した一言に、稲本が眦を切り上げ、強く首を振った。

「俺の居場所はここです」

「昔のこと、まだ根に持っているようだな」

大林の言葉に稲本は強く首を振った。稲本はもう一度大林を睨み、自分の席に戻った。

「稲本の推薦なら、誰か若手を引っ張ってやってもいいぞ」

捨て台詞《ぜりふ》のように言うと、大林は共助課を後にした。

「さてと。みんな戻っているな。会議だ」

川勝が号令をかけると、二班のメンバー全員が腰を上げ、会議室へ向かった。依然として張り詰めた空気が残っている。片桐は稲本に続き、会議室に入った。

14

二班のメンバーを見渡したあと、川勝が咳払いした。片桐は上司の言葉を待った。

「緊急招集の理由はみんなが先ほど見た通りだ」

川勝が淡々と告げると、小出が口を開いた。

「大林一課長がわざわざ来たのは謝罪のため？」

「完全降伏しに、あの一課長様がおいでくださった」

川勝が胸を張った。

「大和の記事が効いたの？」

小出が矢継ぎ早に尋ねる。川勝は頷いたあと、言った。

「上層部に怒られるが、リークしたのは俺だ。個人情報の扱いもろくに決まっていないのに、警視庁が独走したらいずれもっと大きな問題になるからな」

片桐は二班のメンバーの様子を探った。川勝は少しだけ顔を赤らめている。組織を潰そうと画策した大林をやり込めたことで、興奮を抑えきれない様子だ。

「勘の良い大林課長だ。こちらの手駒が大和新聞だけでないことを察し、わざわざ頭を下げに来た」

そう言うと、川勝が佐々木に目をやった。

「佐々木が良い仕事をしてくれた」

川勝の言葉に佐々木が小さく頭を下げ、立ち上がった。

「私は川勝さん、稲本さんの指示で大林課長を行確していました」

行確とは行動確認という意味だ。佐々木は捜査二課出身で行確は二班の中では一番巧みだ。だが、見当たり班の仕事では全く馴染《なじ》みがない。

「一課長はずっと専用車で動きますよね」

平野が尋ねた。

「その通り。公務のときは隙がない。だからあえてプライベートの時間を狙ったわ」

「プライベートと言っても、一課長は常に捜査本部を回っていて、休み時間は少ないはずです」

片桐は思い切って口にした。すると佐々木が首を振った。

「一課長がわずかな休みを取るタイミングは、稲本さんが情報を入れてくれたの」

佐々木が稲本の顔を見た。稲本は腕を組み、目を閉じて動かない。そういえば、稲本はドラッグストア強盗事件の際も一課から情報を取っていた。誰が協力者なのか。何人いるのかは知らないが、佐々木の様子を見るに確実なネタを持ってきたのは確かだ。

「ここから先は厳重保秘だ。大林一課長と握りが成立したので、他の捜査員、ましてマスコミには他言無用だ」

川勝がドスを利かせた声で告げたあと、佐々木を見た。佐々木は手元にあるファイルを広げ、口を開いた。

「結論から言うと、大林課長は複数の大手ＩＴ、ソフト開発企業とズブズブの関係でした」

佐々木が淡々と告げた。佐々木は詐欺や汚職捜査を専門とする捜査二課の第一線にいた。不正を働く役人、袖の下を送る民間企業の生態については、二班の誰よりも詳しく、行確のスキルまで持ち合わせている。

佐々木は手元の分厚いファイルを軽く叩き、言葉を継いだ。

「厳重保秘なので中身はお見せできません。しかし、行確中に秘匿撮影したデータが一〇〇〇枚超、ここには先方企業の重役や担当課長が写っています。また、銀行口座も洗いました」

佐々木は淀《よど》みなく説明を続ける。

「大林課長の給与振込は皆さんと同じ警視庁職員信用組合《けいしんくみあい》です。しかし、親族の口座を洗うと、神奈川の地銀に裏口座がありました。奥さんの弟が営む企画会社、事実上ペーパーカンパニーですが、ここにコンサルティング料金として、計一〇〇万円が振り込まれていました」

片桐は佐々木の横顔を凝視した。通常の捜査報告と同じトーンで話しているが、佐々木が探り当てた鉱脈は警視庁全体を揺るがしかねない一大スキャンダルだ。

「ここだけの話だが、大和の報道で大林課長が頭を下げてこなければ、さらに追加でネタを出すつもりでいた」

川勝が言葉に力を込めた。

「もちろん、追加のネタの有無についても探りを入れてきたので、元二課の佐々木が調べている、そう明かすと完全降伏した。金は早々に返金手続きを取る上、見当たり不要論を撤回すると確約した」

川勝が一気に告げた。

片桐は机の下で拳を握りしめた。警察組織は元々縄張り意識が強い。とりわけ、捜査に関わるセクションでは、常に手柄を取り合うライバル関係がある。一課では、複数の強行犯係同士がしのぎを削り、二課ではナンバー知能と呼ばれる各捜査係が情報を抱え込み、絶対に他班のメンバーと口をきかないほどだ。

そうした環境下で大林一課長は見当たり捜査班不要論をぶった。しかも手懐《てなず》けた記者向けにあえて挑発するような口振りでリークを重ねた。

川勝や捜査共助課長が激怒するのは当然だが、あえて大林の粗探しまでするとは。片桐は考えが及ばなかった。それだけ縄張り意識が強いということであり、まして組織の存続までかかってくると、警官は身内をここまで追い詰めるのか。片桐は思い知らされた。

川勝と佐々木の話を聞く間、片桐は時折稲本を見た。大林が一課長に就任して以降、稲本は下げたくない頭を下げ、二班のメンバー全員と仕事をこなした。佐々木がＩＴ大手やソフト企業と大林の癒着を突き止めたのも、稲本の情報が端緒だったに違いない。

先ほど、見当たり捜査班のシマを後にする際、大林は稲本に帰ってこいと告げた。大林は稲本が今回の行確と癒着を暴いたことを知り、敵を自らの監視下に置こうと試みた。だが、稲本は明確に断った。不機嫌そうに目を閉じる稲本を、片桐は凝視した。

15

一課・ＳＳＢＣ連合との揉《も》め事が一応の解決をみた翌日、片桐は通常の見当たり捜査に出た。

週に二、三度訪れる新宿歌舞伎町、猥雑《わいざつ》な一角へと通じるゲート下の定位置で監視を始めた。本部配属となってからこの場所に立つのはなんど目だろうか。

ゲートの真下でテイクアウトしたホットコーヒーを飲んでいると、何人もの知り合いが目線で挨拶してくる。酒問屋の配達員、風俗案内所のスタッフ、そして歌舞伎町中心部の劇場横に集う様々な髪色をした少年や少女たちだ。

彼らには身分を明かしてある。ゲート下にいるときは、警察官としての業務を遂行中のため、あえて声をかけぬよう願い出ると、不思議と彼らは目線だけで挨拶してくるようになった。そして片桐がゲートを離れると、天気やスポーツの話などごく普通の世間話を交わす。風俗案内所のスタッフらによれば、片桐は街の風景に溶け込み始めたのだという。

自らの手で獲物を得たわけではないが、こうした話を聞かされると少しだけ誇らしい気持ちになった。

「ご苦労さん」

突然、靖国通りの方向から声をかけられた。

「はい？」

手帳から顔を上げると、白髪混じりの中年男性が立っていた。靖国通りの方向を見ると、ハザードランプを灯したセダンが停車し、その傍らに七三の白髪をポマードで固めた背広姿の男が立っている。

「獲物は見つかったか？」

低い声を発したのは、仕立ての良いスーツを着た大林一課長だった。慌てて片桐が敬礼の姿勢を取ろうとすると、大林が小声で言った。

「バカだな、見当たりだってバレるだろう」

「失礼しました。片桐巡査部長です」

片桐は小さく頭を下げた。大林は襟元にある〈Ｓ１Ｓ〉の文字が刻まれた赤いバッジを夕刊紙で隠している。最近はドラマや映画で捜一刑事の胸元に必ず小道具としてダミーが用いられている。大林は周囲の目を気にしてさりげなくバッジが見えないよう配慮しているのだ。

「ちょうど新宿署の帳場を回ってきたところでな」

「ありがとうございます」

大林の肩越しに、専用車の運転手である一課の若手捜査員の鋭い眼光が見えた。

「ところで、川勝はなにか教えてくれたか？」

「いえ、あの……」

「裏金か。あのなぁ三五〇名も部下がいるんだ。帳場への差し入れやら飲み会費用の補てん向けに歴代課長から引き継いだ口座だよ。まあ、佐々木は見事に炙り出した」

「そうでしたか……」

片桐はコーヒーを片手に、時折わざとらしく笑みを浮かべ、世間話をする通行人とサラリーマンの体を装った。

「こうやって街頭に立って手配犯を追う。その仕事は大変だし、俺も認めている」

大林が鷹揚な口調で言った。若い部下を鼓舞し、一癖も二癖もあるベテランを束ねて事件を扱うのが一課長だ。その中でも、大林は人たらしとして有名だと小出が教えてくれた。今、目の前にいる捜査幹部は、街頭の捜査員を激励している。だが、本当の狙いはなにか。

「稲本の下にいるんだよな」

「はい」

「俺の悪口を聞いたか？」

「いえ、具体的にはなにも」

「あの男は言わないだろうな。でもな、刑事としての立ち位置の違いが俺とあいつを引き裂いた。どちらが良い悪いじゃないんだ」

「そうなんですか？」

「ああ、俺は清濁併せ飲むタイプで、あいつは曲がったことが大嫌い。それだけのことで、刑事としての資質はあまり変わりがない」

曖昧な笑みを浮かべながら、片桐はごまかした。

「まあ、答えられんわな」

片桐の気持ちを察したのか、大林が苦笑いした。

「あの……」

「なんだ？」

「一つだけお聞きしてもいいですか？」

片桐はなんとか声を振り絞った。

「なぜ稲本さんと袂《たもと》を分かったのですか？」

稲本には聞けなかったが、なぜか目の前の殿上人《てんじょうびと》には言葉が出た。

「稲本に聞けよ」

大林の目が一瞬だけ光ったような気がした。だが、当の稲本に尋ねることができないから、覚悟を決めて大林に言ったのだ。

「刑事なら自分で掘り起こしたらどうだ？　真相が分かれば、今後君の生き方の指針になるかもしれん」

「指針ですか？」

「刑事としての矜持《きょうじ》と言い換えてもいいかもしれん。俺型になるか、稲本型として生きていくか、大事な分かれ道だ」

片桐はまたもや答えに窮した。見かねたように大林が口を開いた。

「君は真《ま》っ直《す》ぐで優秀な刑事だと聞いた。いずれにせよ、一課に上がってこい」

笑みを浮かべた大林が乱暴に片桐の肩を叩き、専用車に引き揚げていった。後ろ姿に軽く頭を下げ、片桐は大林を見送った。

叩かれた肩に心地よい重みを感じる。これが一課長の持つ圧倒的な力だ。一年前、いや半年前ならこの場で跳び上がらんばかりに喜んだだろう。だが、今は違う。大林の後ろ姿に、ヒョロリと背の高い稲本の姿が重なった。

たった今、大林は二人の明確な違いを告げた。大林は清濁併せ飲む度量を持ち、ノンキャリアの頂点たる一課長ポストにのぼり詰めた。一方の稲本は、将来を嘱望された刑事の道を捨て、自ら地味な見当たり捜査班へと転じた。

稲本と一緒だったらどうだろう。具体的になにも教えてくれないが、本部に上がってから関わった事件では、いつも稲本の影がちらついた。いや、影ではなく、あの猫背でぶっきらぼうな男に振り回されたように見えて、しっかりと稲本は片桐に道筋を示してくれた。

とっくにいなくなった専用車の轍《わだち》を探すように、片桐は靖国通り沿いの歩道に出て、警視庁本部のある東側を見続けた。

16

大林が去ったあと、片桐は歌舞伎町のゲート脇にあるコーヒーショップに入り、二杯目のコーヒーを飲み始めた。通りを見渡せる窓際のカウンター席に陣取ると、片桐はバッグから手帳を取り出し、ページを繰った。

新規に追加された手配犯の人相を凝視し、一分に一度の割合で通りの人波に目を凝らす。配属前であれば忙しなく感じる動作だったが、習慣となった今は当たり前の日常だ。

〈おまえは低能なのか?〉

事件の顛末が明らかとなった今は、稲本の言葉に納得できる。思い込みと焦り。結果が出ないことで片桐は精神的にも肉体的にも追い詰められていた。稲本がジャズ喫茶の店員に告げた〈心眼〉という言葉を嚙《か》み締めることがなければ、先には進めないのだ。

コーヒーを一口飲み、再度歌舞伎町の中心部へと続く道路を見やる。次いで、ページをめくった。

今度も目の前にイラストの手配書がある。

〈越谷《こしがや》ラブホテル刺殺事件　容疑者逮捕にご協力を!〉

埼玉県警が一年半前に手配した男性被疑者の似顔絵だ。工藤と諸橋の場合は、似顔絵捜査官が目撃者から丹念に情報を聞き取り、顔立ちが本人たちにそっくりだった。だが、今目にしているイラストは少し違う。

髪の毛が逆立ち、額に幾筋もの皺が刻まれ、両目は大きく見開かれていた。似顔絵というよりも、漫画で敵キャラクターが激怒した表情をデフォルメしたようなタッチになっている。片桐は似顔絵に添えられた捜査資料に視線を向けた。

〈年齢は二〇代から三〇代半ばの青年〉

メモの横には、粒子の粗い写真二枚が掲載されていた。タクシーの車内カメラで写した一枚は、キャップを目深に被り、サングラス、マスク姿の人物がいる。もう一枚は、駅の防犯カメラの画像で、キャップにサングラス、マスク、そしてサイズが大きめのトレーナー、バギータイプのデニムとスニーカーが確認できる。今時の若者が好んで身につけるオーバーサイズの上下だ。ダボダボの衣服で体のシルエットが見えないため、細身か中肉中背なのか防犯カメラの画像では判別できない。画像分析により、身長は一六五センチ前後だという。

ここまでは、埼玉県警のホームページでも確認できる一般向け情報だ。片桐はさらにページをめくった。埼玉県警捜査一課と所轄の越谷署が綴った事件の概要がある。

〈被害者は市内に住む三五歳の女性。介護施設のヘルパーで、シングルマザー。施設の同僚の証言によれば被害者は月に一、二回の割合でマッチングアプリを利用。ストレス発散と同時に売春行為によって小遣い銭を稼ぎ、遊興費や生活費に充当。事件時は、所持金約二万円が強奪され

る〉

〈マッチングアプリの履歴によれば、相手は「マコ」というハンドルネームを使用する男性＝他の使用履歴はなし〉

〈被害者女性の運転する軽自動車でホテルにチェックイン、約二時間半後に男性だけ退出＝その際、連れが寝ているので、アラームをセットした＝ホテル従業員は被害者が常連客で昼寝をすることがあるため、不審に思わず＝被疑者はアプリでタクシーを呼び、ホテルを出る〉

〈被疑者はホテル内で性行為後に被害者を刃渡り一〇センチのバタフライナイフで刺殺後に逃走＝左利き＝洗面台やベッド、テーブル、ビールの空き缶より被疑者の指紋採取＝前歴者リストに該当なし〉

〈被疑者は国道四号経由で東武線蒲生《がもう》駅にて降車を確認（キャップ、サングラス）〉

一年半前といえば、新型コロナの影響でほとんどの人間がマスクをしていた。さらにラブホテルという場所柄、サングラスやキャップを被っていても怪しまれない。自らの欲求を満たした上での物盗りだ。目撃情報がほとんどなかった上に、マッチングアプリ上での出会いということで、鑑取りも難しく、捜査は難航した。

〈蒲生駅の男性用トイレにて、洗面台で踞《うずくま》っている男性客がいるとの連絡で駅員が急行＝洗面台で懸命に返り血を除去するため、手を洗っていた＝心配して近寄った駅員に殴りかかろうとするなど、凶暴な性格＝駅員を振り切り、北千住《きたせんじゅ》方面の電車に乗車＝その後、足取りが途絶える〉

〈県警本部鑑識課から似顔絵捜査官が臨場、駅員の目撃情報から似顔絵を作成〉

資料を読み込んだあと、片桐はカップをカウンターに返却し、店の外に出た。手帳を閉じたが、未だ手配犯の顔は目に焼き付いている。

凶悪犯の典型のような面相だったからだ。これだけの特徴があれば、すぐに検挙されそうだが、被疑者は一年半も逃亡を続けている。どこか警察の手の及ばない場所に潜んでいるのか、海外に逃亡したのか。片桐はスマホを取り出し、縮小された捜査本部が残る越谷署刑事課に電話をかけた。警視庁の見当たり班だと名乗ると、相手の声音が柔らかくなった。

〈どうかご協力をお願いします〉

「一つうかがいたいのですが」

〈なんでしょう？〉

「被疑者はホテルからタクシーを使い、四号線を使って蒲生駅に向かったとありますが、この際のNの状況はどうでしたか？」

片桐はNシステムの記述がなかったことで、再確認の意味で尋ねた。

〈あの……そこについては、ちょっと〉

電話口の埼玉県警の捜査員が口籠った。

「私も警官です。色々な事情はわかっていますから」

〈申し訳ありません、そこについては県警以外の方に口外するなと言われておりまして〉

今まで歯切れの良かった捜査員の声音が上ずっていた。Nシステムに関しては、埼玉県警だけでなく、警視庁でも取り扱いに注意が必要だと佐々木に教えられたばかりだ。

「わかりました。それでは見当たりに注力します」

〈なにとぞよろしくお願いします〉

恐縮したように言うと、県警捜査員が電話を切った。片桐が注意を促されたように、県警でもNシステムはデリケートな対象なのだと思い知った。

歌舞伎町中心部に向かいながら、〈越谷ラブホテル刺殺事件〉の概要を頭の中で反復した。被疑者は二〇代から三〇代半ば程度の男性、左利きで、指紋を残した。そして目を見開いた凶暴な顔つきで、一六五センチ程度。風俗店の前や焼肉屋の前にいる男性たちをチェックしながら、片桐は見当たりを続けた。

17

コーヒーショップを出たあと、歌舞伎町の中心部に進んだ。片桐はシネコン脇の広場に赴き、地べたに座る少年や少女たちを見た。

体型を覆い隠すようなオーバーサイズのダウンジャケットを着込んだ少年たちが、近所のハンバーガー屋で買ったポテトをつつきシェイクを飲んでいる。

「どう、元気なの？」

毎回この場所で声をかける少年を見つけた。片桐は膝を折り、少年と目線の高さを合わせた。

「どうも。ちょっと寒いけどなんとかやってるよ」

少年は肩をすくめ、言った。

「最近、危ない思いしてないか？」

「大丈夫。こうやって兄さんみたいな人が声かけてくれるから。な、そうだろ」

少年は傍らの三人の少女に目を向けた。

「売春《ウリ》とか薬物《クスリ》は絶対やめとけよ」

「わかったぁ」

少女が鼻にかかった声で告げた。隣の二人も頷く。以前話したときは、川崎の団地から週に二、三度の割合で集まっていると言っていた。

「学校はどうした？」

「行っても授業ついていけないし、ここだったら話が合う人たくさんいるし」

語尾を上げる独特の言い回しで少女が答えた。

「なにかあったら、あそこの交番に行くんだ、いいね」

歌舞伎町の劇場や高層ホテルの北側には日本で一番多忙だとされる交番がある。常に制服警官が複数詰めている。

「りょうかーい」

少年たちが声を揃えて言い、笑った。片桐は立ち上がり、交番のある花道通りへと歩き出した。途中、高層ホテル脇で、自転車でリヤカーを引く酒問屋のスタッフの顔を見つけた。

「景気はどう？」

片桐が問いかけると、男性スタッフが首を振った。

「円安がひどくてさ、輸入物のワインやらウイスキーがバカみたいに高くなっちゃって、大変だよ。売り上げが相当落ちているね」

「そうか、ならワイン飲んで貢献しないとね」

「そうしてくれると助かる。またね」

スタッフは額に薄《うっす》らと汗を浮かべていた。売り上げが低迷しているというのは本当だろう。リヤカーの荷台にあるビールのケースがいつもより少ない。ワインやシャンパンの空き瓶も数えるほどだ。

花道通りに出ると、西側に交番が見え、老人に道案内する若い巡査の姿があった。頑張れよと心の中で声をかけ、片桐は明治通り方面へと足を向けた。

「どうもKさん」

交番から二〇メートルほどの位置にある無料風俗案内所の前で、庇《ひさし》の陰から声をかけられた。薄暗い庇に目を凝らすと、長い髪を後頭部で束ねた細身のスーツ男がいた。右手には電子タバコがある。四カ月ほど前から世間話をするようになった副所長で、片桐は警官だと名乗ったあと、名前で呼んでくれと頼んだ。片桐だと言いにくいので、いつのまにか頭文字のKが呼び名となった。

「どうよ、忙しい?」

「ダメだね、さっぱりだよ。やっぱり海外からの観光客が来てくれないとね。日本人は貧乏だから、風俗に金を回す余裕がないんだよ」

副所長は肩をすくめ、言った。

「なんかヤバい話、仕入れてないの？」

片桐が水を向けると、副所長は電子タバコを吸い、眉を寄せた。

「最近さ、ホストが刺されるケース増えていてさ。おっかねえよな」

「ホストが？」

「そう、メンヘラの風俗嬢の客が多いやつほど、ビビってるよ」

ホストと聞き、片桐は先ほどの埼玉県警手配のイラストを思い起こした。最近のホスト業界は低料金化と店舗乱立による過当競争が過熱していると副所長から聞いていた。風俗嬢から金をまき上げるのはホストの常套《じょうとう》手段だが、刃傷《にんじょう》沙汰が増えているとは初耳だった。

「この前も、中堅店のナンバーワンが自宅で五カ所も文化包丁で刺されて、ヤバかったみたい」

「被害届けは？」

「さすがに出したみたいだよ。一〇日くらいの入院で済んだらしいけど」

「なるほどなぁ」

ホストと同様に、風俗嬢も実入りが減っているらしく、心に変調をきたす向きが多いのだという。

ストレスから過度な飲酒に走り、あげくホストに入れ上げる嬢も少なくない。稼ぎどきとみたホストが色恋営業をしかける機会も増えたことから、刃傷沙汰が増加しているのだという。

文化包丁、刃傷と聞き、再度越谷の事件が頭に浮かんだ。仮に、事件の被疑者が歌舞伎町のホストだったらどうか。歌舞伎町には一大ラブホテル街があるが、店の近くで色恋営業をすればたちまち知り合いに見つかり、噂《うわさ》はあっという間に広がる。だから都心から離れた越谷に行った……。そんな仮説が浮かんだ。

「刺された連中は、ホテルで？」

「みんな自宅だよ。東新宿とか中野《なかの》、下落合《しもおちあい》とか結構歌舞伎町に近いところに住んでいる奴《やつ》が多くて、自宅で刺されることが多いみたいだ」

「なるほど」

歌舞伎町で名を上げたいホストが、わざわざ埼玉まで行くことは考えにくい。

「他にヤバい話はないの？」

片桐は軽い口調で尋ねた。

「ないことはないけど……」

副所長が電子タバコを吸い、眉根を寄せた。

「そう頻繁じゃないんだけど、ちょっと耳にしたアレかな」

「どんな奴？」

片桐はさらに尋ねた。

「デリヘル嬢の首を絞めるのが好きな客がいる」

「それって特殊な性癖なの？」

「いやね、ＳＭの人たちの中には首絞め好きな人がいるんだけど、大体はおっさんなんだよね」

「そのデリヘルの客は若いわけ？」

「そう、二〇代か三〇代前半って言ってたな。そもそもデリヘルの嬢たちは、生活苦の娘たちが多くて、ＳだのＭだの高尚な趣味はないんだ。だからみんなびっくりして、いくつかの店で出禁になっているらしいよ」

副所長が透明な煙を吐きながら言った。夜の風俗、男女の事柄には疎い。だが、その道のプロで名案内人を自称する副所長が珍しいと言う。片桐はその出禁客に興味を持った。

「店の人の話を聞いてみたいな」

「紹介しようか？」

「頼むよ」

「ちょっと待ってて」

副所長はジャケットからスマホを取り出すと、電話をかけ始めた。通話を横で聞きながら、片桐は考えた。これは本来の見当たりの仕事とは違う。だが、警官のセンサーがなにかを感じ取ったのは事実だ。少し回り道になるかもしれないが、もっと深掘りしようと思った。

18

歌舞伎町の北の外れにある大久保公園を抜け、職安通りが目の前に迫る。片桐は副所長に教えてもらった雑居ビルの前に立った。韓国風中華料理店やアジア風スイーツの店が軒を連ねる一角にある細長いビルだ。

エレベーターで四階にのぼると、片桐は部屋の呼び鈴を鳴らした。どうぞという声のあとドアノブを回す。

「失礼します。副所長から聞いた者です」

狭い上り框《かまち》で声をかけると、カーテンが開いた。三和土《たたき》にはパンプスやサイズの小さなスニーカーが四人分揃えて置いてある。事務所兼嬢たちの待合スペースになっている。

「どうぞ、入って」

カーテンが開き、寝癖のもつれた髪を掻《か》きながら、中年の男が現れた。

「彼から聞いていますけど、新宿署の生安の方じゃないんですよね？」

中年男は薄っぺらい名刺を差し出し、言った。名刺にはセントラル・プランという屋号、そして代表取締役の肩書きが刷ってある。

「警視庁本部の者です。少し、街のあれこれを調べていまして。決してお仕事の邪魔をしませんので、少しだけ話を聞かせてください」

片桐が頭を下げると、代表が奥へ入るよう言った。周囲はスポーツ紙や夕刊紙、実話系週刊誌が所狭しと置かれている。それぞれの媒体に広告でも出しているのだろう。

「ここでいいですか？」

仕切りカーテンの脇、小さなテーブルにスマホが四台、型の古いノートパソコンがある。対面に代表が座り、片桐は折りたたみ椅子に腰を下ろした。

「首絞め野郎のことですよね？」

「ええ、少し毛色の違う感じがしたもので」

「そうですね……まあ、ウチだけじゃなく、他所《よそ》も出禁になっていますからね」

代表によると、問題の客は追加で料金を払うので、首を絞めさせてほしいと依頼してきたという。片桐にとって、全く理解のできない行動だ。

「案内所で聞いたと思いますけど、変態客はそれなりに高い店に行き、専門のスキルのある嬢と遊びます。当然、ウチの子はびっくりして、こちらに連絡を入れてきました」

「どんな中身ですか？」

「なんでも、その客はサコッシュの中にナイフを入れていたそうです。だから尚更《なおさら》怖くなったんだと思います」

ナイフという言葉に片桐は反応した。趣味か護身用か。ただ、職務質問を受ければ確実に銃刀法違反で検挙される。

「俺がホテルに駆けつけ、返金の手続きをしました」

代表は苦々しげに言った。片桐はバッグから手帳を取り出し、先ほどコーヒーショップで開いたページを代表に見せた。

「こんな男じゃありませんでしたか？」

イラストの似顔絵を見た瞬間、代表は首を強く振った。

「ちがうなぁ。こんなイキった感じの輩系《やからけい》ではなく、もっと穏やかな、ごくごく普通の青年でしたよ」

「そうですか」

片桐は手帳を閉じた。そんなに都合よく越谷の犯人が歌舞伎町に現れるはずがない。

「他のお店に事情を聴くことは可能ですか？」

「いいですよ。元々同じ店にいた後輩がやっていますから」

そう言うと代表がスマホを取り上げ、通話ボタンを押した。やはり、考えすぎなのか。脇道に逸《そ》れた調べ物を切り上げ、見当たり捜査に戻った方が良いかもしれない。そんなことを考え始めた矢先、通話中の代表が親指を立てた。

19

「ハラミ追加でもらってもいいですか？」

「もちろん。好きなだけ食べてください」

職安通りに面した七輪焼肉の店で、片桐は目の前の女に言った。

「焼肉なんて何年ぶりだろう。お言葉に甘えます」

そう言うと目の前の森田洋子《もりたようこ》が勢いよく手を挙げ、店員を呼んだ。

二時間前、セントラル・プランの代表から別のデリヘル業者を紹介してもらった。時間があるからいつでも会えると言われ、片桐が出向いたのが歌舞伎町のホテル街の真ん中にあるコインパーキングだった。

停車中のミニバンに近づくと、助手席の窓が開き、名前を尋ねられた。片桐が自分の名を告げると、後部座席に入るよう指示された。

ミニバンは、客から指名された嬢を送迎する専用車だった。後部座席には濡れティッシュや女性誌が無造作に置かれていた。

ミニバンの中で、店の専務だという青年と〈首絞め男〉に関する話をした。セントラル・プランの代表と同じく、この店でもその男を出禁処分としたという。待機中のミニバンはその首絞め男を接客した嬢を待っていた。

「それにしても、あの時は怖かった。ほんとマジで」

森田は二七歳の派遣社員だ。横浜や川崎の百貨店で食品売り場に立っているが、新型コロナ蔓延のあおりでシフトを減らされ、生活費を賄うために風俗での仕事を始めたのだとミニバンの中で話してくれた。

目の前の森田は、化粧も薄く、着古したスウェットとデニム姿だ。髪もボブカットで、どこにでもいそうな風貌だ。紫煙が充満する焼肉店で誰も森田が風俗嬢だとは気づかないだろう。それほど、派遣社員や契約社員の待遇が厳しく、女性が生きていくのが大変なのだと思った。

「これだよね」

片桐は再度手配イラストを森田に見せた。ネギタン塩を口に運びながら、森田がなんども頷いた。セントラル・プランの男とは全く違う反応だ。はやる気持ちを懸命に抑えながら、片桐は森田を凝視した。

「この人、ほんとにすごく怖い人だった」

「もっと詳しく話してもらえないかな？」

「いいよ」

森田はレモンハイを一気に飲み干した。片桐は空いたジョッキを手に持ち、近くにいたスタッフにおかわりをオーダーする。

「部屋で最初に会ったときは、すごくおとなしい人だったの」

「印象はどんな感じだった？」

「そうねえ、身長は高くもなく、低くもない。刑事さんよりちょっと背が低かったかな」

片桐はテーブルの下で素早く両手を動かした。スマホのメモ欄にフリック入力で要点を記す。

「俺の身長は一七〇センチだから、一六〇センチくらい？」

「私が一六〇だから、もう少し高かったと思う」

片桐は一六〇センチ台半ばと打ち込んだ。頭の中で埼玉県警の手配書が浮かぶ。越谷の被疑者は一六五センチ程度だ。指先にじっとりと汗が滲《にじ》む。

「それでね、いざサービスを始めたの。大人しい印象だったけど、だんだん興奮してきてね」

「なるほど」

片桐自身、性風俗を利用したことはない。だが、男ならば誰しも行為の最中に心拍数が上がるはずだ。

「よくある話なんだけど、あの客もチップ払うから本番やらせろって」

「ダメだよね」

「もちろんよ。そんなことして、ネットに噂が流れたら、私これだもの」

新しいジョッキをテーブルに置き、森田が首の前でなんども右手を水平に動かした。クビになる、という意味だ。

「それで？」

「普通さ、強く断られたら諦めるのよ。でもあの客は違った。最初は人見知りの暗い人かと思ったけど、プレイが始まるとどんどんオラオラ系に変わっていくの」

「見た目は大人しいんだよね？」

「そうそう。でもねガラッと性格変わっちゃう客は多いから。それでね……」

森田が言いかけたとき、ハラミの追加がテーブルの上に置かれた。片桐はトングを使い、肉を網の上に並べた。

「首絞めの話？」

「そうそう、本番はいいから、首絞めていいかって」

森田が顔をしかめた。本当に怖かったのだ。

「ダメって言った。それに、あの客のサコッシュに折り畳み式のナイフ入っているの、シャワーの前に見ちゃったから。すぐに店長に電話して来てもらった」

「それで、この顔に変わったんだね？」

もう一度、手配書を見せた。

「そう、ほんと怖かったんだから。キャラ変にもほどがあるわよ」

森田は眉根を寄せ、言った。ミニバンで初めて話をしたときと同様、森田の証言にブレはない。

「ほかに世間話とかしたの？」

片桐は水を向けた。

「一緒にシャワー浴びたときにね、いつものように職業を尋ねたの。だって、どんな人かわからないから、少しでも糸口がほしいじゃない？」

「そうだね。それでその男はなんて答えたの？」

「小学校だか中学校の先生だって言ってたよ」

「教員か」

「お堅い職業の人ほど、裏ではすけべだからね。教員は初めてじゃなかったから。それでね、どこら辺の学校かって尋ねたら、目白の辺りって言ってた」

「目白の周辺ね」

テーブルの下でスマホの画面を切り替えた。目白、学校でネット検索をかけると、公立、私立を合わせ四〇校近い小中学校の名前がヒットした。

「おいしい、このハラミ」

森田が焼けた肉を次々に口に運んだ。作り笑いをしながら、片桐は首を傾げた。四〇の学校の教員となれば、千人単位での検索が必要となる。

「そうそう、あの人ね、地味な印象だったけど、ネックレスしていたわ」

「どんなやつだった？」

「これ」

森田が箸を置き、額と胸の前でなんどか手を交差させた。

「どういう意味？」

「だから、十字架のネックレスよ。大事そうに外して、ハンカチの上に置いていたもの」

森田の口から溢れ出た十字架という言葉が、片桐の耳を強く刺激した。

「そうか！」

片桐が思わずそう口にすると、眼前の森田が首を傾げた。

「どうしたの？」

「ありがとう、どこの学校に勤務しているのか、目星がついた」

片桐は笑みを浮かべ、なんども森田に頷いてみせた。

20

森田に会った翌朝、片桐は自宅アパートのある山吹町から徒歩で都電荒川線の始発駅にたどり着き、都内で一路線だけ残る路面電車に乗った。

大きなランドセルを背負い、濃紺のブレザーを着た小学校低学年の子供たちに混じり、ゆっくり進む電車の揺れに身を任せた。

越谷刺殺事件のことは、二班の誰にも知らせていない。被疑者本人だという確証を得てから、稲本に相談して動く腹積りでいた。

始発駅を発《た》った路面電車は、明治通り沿いに池袋方面へと緩い坂を上り始めた。二つ目の学習院下駅で数人の老人が降り、今度は別のランドセルの五、六名が乗り込んできた。

狙う獲物は電車には乗っていない。だが油断はできない。片桐は神経を研ぎ澄ませ、カタカタと揺れる電車の進行方向を睨んだ。

明治通りと目白通りが立体交差する千登世橋《ちとせばし》をくぐり、電車は緩いカーブに差し掛かった。ほぼ同時に鬼子母神前《きしぼじんまえ》停留場にまもなく到着すると車内アナウンスが告げた。ランドセルの一団が降車口に向かった。片桐も後に続く。

雑司《ぞうし》が谷《や》には鬼子母神《きしもじん》堂があるほか、閑静な住宅街が広がる。高層ビルやマンションが立ち並ぶ池袋と目と鼻の位置にありながら、昭和の風情を色濃く残す一帯だ。神社のほかには、ミッション系の一貫校、光野《こうや》学園があることで知られる。大正時代に米国のプロテスタント牧師が創立した学園で、現在は小学校から大学まで雑司が谷の東部にキャンパスを有している。

〈だから、十字架のネックレスよ〉

今時、ネックレスは珍しい物ではない。まして男性が首からかけていても誰も怪しまない。だが、デリヘルを利用した青年は、これを大切にハンカチの上に置いたのだ。自身も信者である公算が高い。

子供たちから二〇メートルほど距離をとりながら、片桐はゆっくりと歩いた。あと少し進めば、地下鉄副都心線雑司が谷駅からの学生も合流するはずだ。森田の証言が正しければ、客となった教師もどこからか現れるはずだ。

不思議と気負いはなかった。昨夜アパートに戻ってから、インターネットの地図サイトで雑司ヶ谷と光野学園の位置関係を丹念に調べた。地図ソフトでは、実際に通行人の視点となるようなサービスを利用することができた。

確実に獲物に近づいているという手応えがあった。今までは二班の同僚の補助に徹してきた。自分で初めて狩ったと思った獲物が間違いだったこともあった。しかし、埼玉県警が手配した被疑者は、この静かな住宅街にいて、教師という聖職に就いている。だが、聖職を一皮向けば生身の人間だ。

昨夜、自宅アパートに戻る途中だった。江戸川橋の駅から山吹町へと歩いていると、製本業者の古い建物の脇から小型のマルチーズを散歩させている老人が出てきた。白く若いメス犬だった。リードを持つ老人を引っ張りながら、若いメス犬が片桐の足元まで来たときだった。今まで舌を出し愛嬌《あいきょう》たっぷりだった犬の表情が一変した。

すみませんと謝る老人をよそに、メス犬は歯を剝《む》き出し、鼻の上に何本もの皺を刻んで片桐に唸った。虫の居所が悪かったのか、それとも老人を片桐から守ろうとしたのか。マルチーズの本意はわからない。だが、愛玩犬の顔が一変し、凶暴なイヌの本能を露《あら》わにしたのだ。口を大きく開き、なんども吠《ほ》えて片桐を威嚇する様が、越谷刺殺事件の被疑者の似顔絵とシンクロした。教員だから正しい。愛玩犬だから可愛《かわい》い……そんな固定観念はマルチーズに吠えられた瞬間、粉々に砕け散った。

森田が言った通り、欲望を前にすれば人間は豹変する。とくに性が絡んだ場合、欲望はより尖り、その欲求は相手を傷つける。

教員が被疑者だった場合、越谷ではどんなことをきっかけに一線を越えたのだろうか。ランドセルの子供たちを見続けながら、片桐は考え続けた。

鬼子母神前停留場から一〇分ほど歩くと、蔦《つた》に覆われた煉瓦《れんが》造りの学園正門が見え始めた。ランドセルの子供たちのほかに、詰襟姿の男子生徒やブレザーを着た女子生徒も増えた。

「おはようございます」

「ごきげんよう」

歴史ある学園の児童、生徒たちは一様に丁寧な言葉で挨拶を交わしている。片桐はバス停の横で歩みを止め、ショルダーバッグからポケット版〈東京街歩き〉のムックを取り出し、ページをめくった。

この間も、周囲へのチェックは怠らなかった。

片桐の横を恰幅の良い教師らしき中年男性が通りすぎた。反対車線のバス停からは、女性教師らが相次いで降車し、構内へと吸い込まれていく。

片桐は腕時計に目をやった。時刻は午前八時一〇分だ。始業前に部活動でもあるのか、中学生らしき男子生徒が大きなスポーツバッグを抱えながら正門へと向かっていくのが見えた。

その直後だった。野球のバットケースを携えた男子生徒の隣に、オーバーサイズ気味の濃紺のスーツを着た青年がいた。

年のころは二〇代後半、前髪を額に垂らしたおかっぱ風だ。少し猫背で、バットケースを持つ男子生徒の肩に触れた。

「おはようございます、黒田《くろだ》先生」

「おはよう。調子はどう？」

二人が笑みを浮かべ、会話を交わしている。

「どうもバッティングの調子が悪くて。今日の放課後に特打ちします」

「頑張ってね」

そう言った直後、青年がバットを構える身振りをした。

「あっ」

様子を見ながら、片桐は思わず声を上げた。青年は目に見えぬバットを構えた。右手の上に左手の拳がある。左打ちだ。

片桐は〈黒田〉という名前を記憶に刻み付けると、拳を握りしめた。

21

片桐は腕時計に目をやった。時刻は午後五時四三分だ。光野学園の正門からは、大学生のほか、中高生も続々と出てきた。

一昨日の朝に見た恰幅の良い中年教諭も大きな鞄《かばん》を抱え、足早に地下鉄駅の方向に去った。片桐は一〇メートルほど離れた場所に停めてある覆面車両に目を向けた。運転席には稲本が座り、連絡を入れればいつでも発進できるよう事前に打ち合わせた。

「明日のミーティング、遅れるなよ」

「了解！」

大学生の男女が大声で話し、それぞれが別々の方向に去った。サークル活動の打ち合わせなのだろう。二人は大きなテニスラケットケースを肩にかけていた。

〈焦るな〉

突然、イヤホンから稲本のくぐもった声が響いた。

「はい。テストの採点か部活動の後片付けに手間取っているのかもしれません」

〈出てきたら、すぐに報せろ〉

「了解」

ダウンジャケットの袖口にセットした小型マイクに小声で返答した。その後、片桐はショルダーバッグから手帳を取り出し、付箋のあるページを開いた。

〈越谷ラブホテル刺殺事件　容疑者逮捕にご協力を！〉

埼玉県警本部鑑識課員が描いた似顔絵を凝視したあと、正門を見据えた。まだ黒田俊光《としみつ》教諭は出てこない。

警察の気配を察知して裏門から逃げたのか。それとも、残業しているのか。黒田が担任を務める初等部四年生の生徒はほとんどが下校した。担当する理科の教諭たちと会議をしているのかもしれない。正門から出てくる中等部の生徒をつかまえ、黒田の様子を尋ねたい気持ちを必死に押し殺す。

〈焦るな〉

無線は繋がっていないが、稲本の低い声が耳の奥に響いた気がした。


一昨日、黒田を正門前で見定めたあと、片桐は動き回った。まずは本部に戻り、光野学園のホームページを当たった。

初等部職員紹介のコーナーに、理科担当の副主任教諭として黒田が紹介されていた。画像をコピーし、デリヘルで働く森田に転送し、確認してもらった。

メールを送ってわずか三分後だった。森田から〈この男に間違いなし〉との連絡を受けた。念のため、最初に訪ねたセントラル・プランの代表にも依頼し、サービスを施したデリヘル嬢に確認してもらった。こちらも首絞め男だと断定した。

二つの証言を得たあと、自信を持って川勝に報告した。川勝は〈光野学園〉というキーワードに鋭く反応した。警官はもとより、教師や弁護士、大手マスコミの記者など、日頃正論を説く者が犯罪者となれば、通常の顔との間に大きなギャップが生じ、世間の注目を集める。しかも埼玉県警が見つけられなかった被疑者だ。二班が逮捕したとなれば、見当たり捜査班の評価アップにもつながる。それだけに、川勝は確実に黒田本人が越谷刺殺事件の被疑者であることを証明せよと厳命した。

この点について、片桐には考えがあった。埼玉県警の手配書によれば、被疑者は犯行現場に指紋を残していた。風俗関係者の有力証言のほかに、黒田の指紋を採取して埼玉県警が持っている証拠と一致すれば完璧だ。

片桐は昨日、黒田の登校時をチャンスと捉えた。普通の勤め人のようにスーツを着て、大きな書類入れを携えて光野学園の正門付近で待機した。

実際に黒田が正門近くに現れた際、市販の地図帳を手に近づき、地下鉄駅の方向を尋ねたのだ。この際、地方から上京し、都内の方角がさっぱりわからないと言い添えた。黒田は手渡した地図帳を持ち、丁寧に道順を教えてくれた。

このときも事前に予防線を張った。黒田は逮捕されていない。すなわち、強制的に指紋採取できない状態だった。このため、裁判所から身体検査令状を入手した上で臨んだのだ。万が一、逮捕後に弁護士から違法捜査だと指摘を受けることを警戒した。搦《から》め手であまり筋が良いとはいえないが、川勝に相談すると即座に令状を請求してくれた。

地図帳を渡す際、片桐は両手の指先にセロテープを貼り、黒田の指紋が採取しやすいよう念には念を入れた。

道案内を終えたあとは、タクシーで警視庁本部に急行した。鑑識課に駆け込み、地図帳から指紋を採取した。このあと、鑑識課が警察庁のデータベースから越谷刺殺事件の遺留指紋と照合すると、両者はぴたりと一致した。つまり、黒田が真犯人《ホンボシ》であることが科学的に証明された瞬間だった。


「来ました」

袖口の小型マイクに小声で言った。腕時計を見ると、午後六時二分だ。スポーツバッグを持ち、大きめのスーツを来た黒田教諭がゆっくりとした足取りで正門の脇を通り過ぎた。

〈すぐ声をかけろ〉

稲本の低い声を聞き、自然に足が前に出た。双眼鏡を使い、稲本も車中から監視していたようだ。

「了解」

そう言った直後、片桐は地下鉄駅方向に歩く黒田の後ろで歩みを速めた。黒田との距離はおよそ一五メートルだ。ダッシュすればすぐに追いつける距離に被疑者がいる。だが、黒田の周囲には、中高生の一団がいる。

〈被疑者はホテル内で性行為後に被害者を刃渡り一〇センチのバタフライナイフで刺殺後に逃

走〉

万が一、黒田が持つ鞄の中にナイフが入っていたらどうするか。女子中学生を人質に取られ、近隣の民家や商店に立て籠ったらどうか。様々な思いが頭の中で交錯する。

〈まだか？〉

耳の奥で稲本の声が響いた。

「ナイフ所持の可能性あり」

〈即座に応援する。行け〉

稲本の声が耳に突き刺さった。

川勝と稲本、二人の上司に相談したところ、黒田がナイフで暴れることも考慮し、単独での逮捕は断念した。万が一のために、稲本と片桐は防刃《ぼうじん》ベストを着込んでいる。覆面車両には刺股《さすまた》や特殊警棒もある。稲本がすぐに動けという意味は理解できる。だが、目の前にいる男は、片桐にとって初めての獲物だ。躊躇《ためら》うなという方が無理だ。

〈どうした、行け〉

再度、稲本の声が響いた。

「はい！」

袖口のマイクに応答した直後、片桐は駆け出した。

一〇メートル、五メートル……着実に黒田との距離が縮む。女子中学生の一団が歩みを緩め、少しだけ黒田との間に距離ができた。この瞬間、片桐は足を速めた。女子中学生を追い越し、黒田の背後一メートルまで来た時、思い切って声をかけた。

「黒田先生、少しいいですか？」

「はい？」

黒田が足を止め、振り向いた。眉毛をへの字に歪ませ、黒田が片桐を見上げた。

「警視庁の者です」

片桐は周囲に目立たぬよう腰のあたりで身分証を開き、黒田に見せた。

「なんでしょうか？」

黒田が鞄の持ち手を引き、自分の体に寄せた。

〈一気に行け〉

耳の奥のイヤフォンから稲本の指示が飛ぶ。

「ここではなんですから、近くの警察署にご同行ください」

「なんのためですか？」

黒田の眉根がさらに寄った。鞄の持ち手を空いた手が手繰り寄せる。もし鞄の中にナイフがあったら。片桐は低い声で言った。

「鞄を置き、両手を上げてください。指示に従うように」

強い口調で告げる。黒田の肩が強張り、小刻みに震え始めた。血圧が急上昇しているのは確かだ。ここで利き手の左肩が動けば、抵抗するサインだ。

「両手を上げて」

周囲の生徒たちを驚かせぬよう、片桐は低い声で言った。だが、黒田は手を上げない。やはり、抵抗するのか。

「これで最後だ。両手を上げろ」

力を込めて告げると、黒田が息を吐き、鞄を足元に置いた。片桐は黒田の両目を睨んだまま腰を折り、鞄を自分の側に引き寄せた。

「両手だ」

片桐の言葉に、黒田が渋々両手を肩の辺りまで引きあげた。安堵《あんど》の息を吐きたかったが、まだ油断はできない。

「いったいなんの用ですか？」

黒田が苛立った声をあげたとき、片桐は立ち上がった。

「越谷のホテルの件です」

「越谷？」

黒田がわざと目線を外し、自分のバッグを見た。

「あなたを殺人容疑で逮捕します。ただし、ここは生徒たちの目がある。できれば他の場所で身柄を確保したい」

二人の周囲を何人もの中高生が通り過ぎた。中には黒田の方を見て会釈する生徒もいる。

「越谷って、なんのことかわかりませんけど」

黒田が視線を足下に向け、言った。まだ悪あがきする気か。怒鳴りつけたい気持ちを抑えつつ、片桐は告げた。

「昨日あなたから採取した指紋が犯行現場のホテルにあったものと完全一致しました。もう逃げられません」

片桐の声を聞き、黒田が大きな息を吐いた。その直後、黒田の背後に人影があった。二メートルほどの距離を取っているが、稲本はいつでも飛び付ける間合いを保っている。

「わかりました……」

黒田が下を向き、肩をすぼませた。片桐はすぐさま横に駆け寄り、右手をつかんだ。

「抵抗しないで。生徒たちの前で手錠をかけたくない」

「はい……」

黒田は抵抗しなかった。被疑者の体全体から力が抜け、今にもその場にへたり込みそうだった。片桐は空いた手で黒田の腰に手を回し、ズボンのベルトの穴に指を通した。こうすれば抵抗されても逃げられることはない。黒田に抵抗や逃亡の意思はないようで、片桐が促したまま寄り添って歩く。放置された鞄は稲本が回収し、中身を確認している。

「ブツはない、安心しろ」

後方から稲本の声が響いた。黒田の身柄を確保したと同時に、一年以上前の歌舞伎町さくら通りの光景が蘇《よみがえ》った。

山梨県警が手配した強盗犯をゲームセンターで確保するサポートに回った。あのとき、全身の血が逆流するような感覚があった。その後、似顔絵で手配されていたカップルの住居《ヤサ》を見つけたときも血圧が上がり、体温が上昇するのを感じた。

だが、今は不思議なほど冷静だった。

明確な理由はわからない。ただ、一歩一歩犯人との間合いを詰め、やるべきことをやったという充足感はある。これからもこうして一人ずつ手配犯を見つけ出し、着実に検挙することが自分の役目だと悟ったからかもしれない。

頭の中に映った埼玉県警の似顔絵が静かに消えたあと、片桐は口を開いた。

「運転お願いできますか？」

「わかった」

覆面車両の横に着いたとき、無意識のうちに稲本に言った。稲本が後部座席のドアを開け、黒田を先に乗せた。片桐は後に続いた。

「本部へ行くぞ」

「お願いします」

ルームミラー越しに稲本と目線を交わした。稲本はいつもと全く変わりがない。淡々と語り、適切な処置を行なうよう片桐に指示を与え続けた。

「ありがとうございました」

ミラー越しに言うと、稲本が目を見開いた。

「当たり前だ」

そう言ったきり、稲本は口を閉ざした。

22

午後一〇時半過ぎだった。片桐は本部二階の取調室で黒田の身柄を埼玉県警捜査一課、越谷署捜査本部の担当警部補二名に引き渡した。

埼玉県警が到着するまでの間、取調室で小一時間黒田と対峙した。本格的な調べは埼玉県警が行なうため、片桐はあくまで身柄を確保した担当として尋ねた。

なぜ越谷だったのか。そしてなぜ殺したのか。片桐が訊くと、黒田は淡々と話した。

〈有名校特有のストレスに押し潰されそうだった〉

〈保護者、とくに母親たちの監視が酷く、いつしか同年代の女を殺したいと思い始めた〉

〈首を絞めることを断られ、一気に頭に血が上った〉

黒田が語った犯行動機の要旨はこれだけだった。今後埼玉の捜査本部が徹底的に裏付け捜査と動機の解明に動くにしても、片桐には理解し得ぬ内容だった。

ありふれた公立校から三流私大に進んだ片桐にとって、有名校、しかも小学校から大学まで一貫教育する学園のしきたりや慣習はわからない。

性風俗の利用についても訊いた。

〈学園と自宅の往復ばかりで出会いがなかった〉

〈金で女を買ううち、ストレス発散になることがわかった〉

黒田は淡々と告げた。だが、あくまで自分を取り巻く環境が最終的に殺人につながったのだと他責の姿勢は崩さず、被害者に対する謝罪や反省の言葉は最後までなかった。

若い教員にとって、有名校の格式や習わしには順応できなかった。かと言って全く関係のない女性を殺して良いという理屈にはつながらない。今後の取り調べに対しては、素直に自供し、かつ被害者とその家族には誠心誠意償いをするよう告げ、片桐は埼玉県警にバトンタッチした。

「よくやった！」

二班のシマに戻るなり、待ち構えていた川勝が言った。

「ようやく獲物を捕まえました。みなさんのご協力のおかげです」

二班には、小出、佐々木、平野が残っていた。大きな拍手こそないが、皆の笑顔に触れ、やっと一人前になれたのだと確信した。

「念願のアレ、やってみろよ」

平野が警察庁の専用端末を指した。

「はい」

片桐は早足で端末の前に進み、椅子に腰を下ろした。職員番号とパスワードを入力し、手配犯のページを画面に呼び出した。画面をなんどかスクロールしたあと、埼玉県警が発した似顔絵の手配書をクリックした。

〈警視庁見当たり捜査班が逮捕〉

キーボードに打ち込み、エンターキーを押すと、イラストに赤い枠がはまると同時に赤い斜線が引かれた。これで全国の見当たり捜査担当者の記憶から黒田の記憶が一斉に削除された。

黒田の身柄を確保したときと同様、全身が打ち震えるような感情の高ぶりは感じられなかった。初めて自分で獲物を見定め、居所を探り、この手で確保したのだ。もっと興奮するものだと思っていた。だが、キーボードを打つ指は、日頃の経費精算のときと同様に事務的に動き、ミスタイプすることもなかった。

淡々と調べを進め、獲物が潜む森を見つけた。獣道をかき分け、間合いを詰めたあとで矢を放った。見当たりの仕事が体に馴染んだのだと感じた。

「どうした？　もっと喜べよ」

いつの間にか、背後に平野がいた。

「嬉しいです。これでご遺族も安心されるでしょうし、ウチの面子もたちました」

「そうだな。これで埼玉から金一封が出たら、行くか？」

平野がおどけた調子で言い、コップを空にする真似《まね》をした。

「ぜひ行きましょう」

片桐がそう答えた直後だった。人影が見えた。

「大林さん……」

小出が咄嗟に口にした。同時に川勝がわざとらしく咳払いして、近くにあった夕刊を広げ、自らの視界を遮った。刑事部内のトラブルは一応解決済みだが、川勝にとって大林は顔を合わせたくない存在だ。他の共助課のメンバーたちも大林の存在を気にしつつ、普段通りに書類を繰る、あるいはパソコンの画面を睨んでいる。

「邪魔するよ」

共助課全体のムードを敏感に感じているはずの大林は軽い調子で言い、二班のシマを通り過ぎ、専用端末前にいる片桐に近づいてきた。歌舞伎町で会ったときと同じで、大林は鷹揚な笑みを浮かべている。

「お手柄だったらしいじゃないか」

歩みを止めたあと、大林がなんども片桐の肩を叩いた。共助課にいる捜査員全員の視線が集まっているのを感じながら、片桐は頭を下げた。

「埼玉の捜査本部にいる管理官が昔一課で研修した仲間なんだ」

大林は良く通る声で告げた。

「そうでしたか」

「仲間の分も礼を言う。ありがとう」

大林が突然腰を折り、片桐に深く頭を下げた。共助課にいる誰かはわからないが、大林の咄嗟の行動に数人が息を呑んだのがわかった。

「やめてください。本職は当たり前に仕事をしただけです」

片桐は面食らった。

「犯人《ホシ》を割った手法も聞いた。大したもんだ」

そう言った直後、大林が突然片桐の耳に顔を寄せた。

「どうだ、本当に一課に来る気はないか?」

低い声だった。片桐にしか聞こえない。だが、大林の発した一言が片桐の耳を強く刺激した。

この瞬間、大林が人たらしであり、清濁併せのむ度量を持つ刑事だと周囲が言うその本質を理解した。

「あの……」

歌舞伎町で声をかけられたときと同様、片桐は返す言葉に詰まった。

「考えておいてくれ。それじゃあな」

大林は再度片桐の肩を強く叩いた。

本部の捜査一課を目指す刑事にとって、これほど嬉しい言葉はない。課長直々にスカウトされた若手が果たして何人いるだろう。埼玉県警に昔の仲間がいるという部分を差し引いても、大林は自分の仕事ぶりを見ていてくれたのは間違いない。

だが、それは課長というポストにあって優秀な若手を引き上げるという意味なのか、それとも鋭く対立した見当たり捜査班に対する強烈な当てつけなのか。

一年以上の期間を費やして本部の仕事をこなした。その経験に照らせば、大林がわざわざ出向いてきた目的は後者にある。いつか一課に上がるために職質のポイントを稼ぎ、細かな業務も手を抜かず所轄署の勤務を終えた。大林の言葉は本来、片桐の警官人生の中でも最上級の喜びのはずだが、手放しで喜ぶ気持ちは湧いてこない。

「邪魔したね」

気を利かせて茶を運んできた女性職員に右手を挙げたあと、大林はゆっくりと歩みを進め、二班のシマを後にした。

「おい、大林はなにしに来た？」

新聞を机に放り出したあと、川勝が駆け寄ってきた。

「かつての仲間が埼玉の捜査本部にいらっしゃるそうで、今回の件で礼を言われました」

片桐は咄嗟に返した。

「そうか。これでますます彼はウチに頭が上がらんぞ」

川勝がそう言い、大声で笑った。

「おかえりなさい」

佐々木の声が響いた。声の方向を見ると、稲本が戻ってきた。黒田を本部に移送したあと、稲本はいつものように街に出ていたようだ。

「ありがとうございました」

専用端末の前で腰を上げ、片桐は稲本に頭を下げた。すると稲本がつかつかと歩み寄り、近くにあったパイプ椅子を引き寄せて座った。

「今、廊下で大林に会った」

稲本が片桐に目線で座るよう指示した。鋭い視線に抗《あらが》えるはずもなく、片桐は腰を下ろした。

その途端、瞬《まばた》きしない両目が目の前に迫った。

「埼玉の捜査本部にかつて警視庁で研修された仲間がおられるそうで、そのお礼だと仰《おっしゃ》っていました」

片桐は視線を外し、小さな声で答えた。嘘《うそ》は言っていない。

「嘘だな」

目線を上げると、稲本の両目の奥が鈍く光った気がした。

「えっ」

大林の本当の意思は告げていない。

「奴はおまえをスカウトに来たはずだ」

思い切り低い声だった。

目の前のベテラン刑事はとっくに片桐の内面を見透かしていた。稲本は怒っているわけでもなく、威嚇しているのではない。だが、瞬きしない両目が片桐を凍《いて》つかせた。

「……はい。でも、なぜわかったのですか？」

「俺も同じことをされたからだ」

抑揚を排した声で、稲本が答えた。

「所轄の刑事課で強盗殺人の犯人《ホシ》を挙げた。そのとき、本部から来ていた大林とコンビを組んだ」

稲本が淡々と告げた。息が詰まりそうだった。片桐と同じ経験をしたからこそ、稲本は大林の行動を読み解いていたのだ。何も言えずにいると、稲本が口を開いた。

「あの男は、手柄をあげた若手を積極的にスカウトする」

「手柄というほどでは……」

片桐が言った直後、稲本が首を振った。

「しかし、その後伸び悩めばすぐさま首を切る。自分の手柄にカウントできるうちはいいが、ダメになったら掌《てのひら》を返すように態度を変える」

「そんな……」

にわかには信じがたい話だ。埼玉の仲間の代わりに礼を言いにくるほど、大林はフットワークが軽い。一課長の椅子に座った途端、態度が横柄になる刑事もいる中で、大林の殊勝な姿勢は若手の心を強く動かす力を持つ。だが、その大林と対立した稲本の言葉には重みがある。

「一課はくだらない場所だ」

稲本の声が一段と低くなった。他の二班メンバーには聞こえない。しかし、片桐の両耳は錐《きり》を刺しこまれたように痛む。

「なぜですか?」

片桐は声を振り絞り、尋ねた。対面の稲本の眉間に深い皺が刻まれた。依然として稲本は瞬きをせず、片桐を凝視し続けている。

「理由を教えていただけないと、判断できません」

自分でも驚いた。今まで稲本にこんなことを言ったことはないし、言えるような雰囲気も一切なかった。だが、ここで大林との確執の本質を知らねば、前にも進めず、まして退くこともできない。追い込まれた気持ちが、勝手に片桐を操っている。

稲本が少しだけ顎を引き、口を開いた。

「奴はお調子者で、何人も煮え湯を飲まされてきた。この俺がその一人だ」

低く、唸るような声だった。

「練馬の建設会社社長殺人事件があったことを知っているな」

「はい。稲本さんと大林さんがコンビで捜査に当たられた一件です」

「ああ」

短く答えると、稲本が口を閉ざした。依然としてその両目は瞬きをしない。至近距離で稲本が黙った。押し潰されそうな空気が片桐の周囲を覆う。

片桐が頭の中で捜査資料のページをめくると、一二年前の日付が資料に刻まれていた。

都内の幹線道路、目白通りと環七通り近くにあった地元建設会社の社長宅に物盗り目的で二人組の男が押し入り、当時一人で自宅にいた社長を脅した上で金庫から現金一〇〇〇万円と高級腕時計を奪った。直後、目的を果たした犯人たちは社長を刺殺し、盗難車を使って逃走した。

〈犯人検挙に至るも不起訴〉

稲本と大林はかつて一課で名コンビを組んでいた。華々しい活躍を資料上に追ったが、この一件だけは不起訴処分になっていた。練馬の事件が二人の軋轢《あつれき》の根源にあるのは間違いない。

目の前の稲本は口を閉ざしたままだ。片桐はさらに訊いた。

「なぜ、不起訴になったのか教えてください」

目の前の稲本の両目がさらに大きく開き、口元がゆっくりと動いた。

「Nだ」

「Nシステムのことですね？」

「ああ」

「盗難車で犯人たちは逃走した。その後は？」

Nと発した稲本の口元が歪み、眉間の皺がさらに深くなった。

今回の黒田の一件でも片桐はNシステムに触れた。埼玉県警に問い合わせを入れた際、Nの存在を当該の捜査本部は外部に明かせぬと突っぱねた。Nシステムの存在は広く知られているが、記録されたデータをどの程度の期間保存しているか、また、捜査以外の目的で使用しているか否かなどは国民に詳《つまび》らかにされていない。これだけ苦々しい顔をする稲本は、Nシステムとどんな因縁があるのか。

稲本がゆっくりと言葉を継いだ。

「車両は目白通りの谷原《やはら》交差点、それに外環道の和光《わこう》インター、美女木《びじょぎ》ジャンクションでもNヒットした」

口溶けの悪い漢方薬を飲んだような顔つきで稲本が告げた。

「たしか、Nのデータは公判で使わないという申し合わせが……」

片桐の言葉に、稲本がこくりと頷いた。

二班の佐々木が指摘したように、Nシステムの運用の詳細は警察庁が一切外部に明かしていない。隣の所轄の警部補が不倫で職場を追われたように、事件捜査だけでなく、警察職員、あるいは政府批判を繰り返すような評論家たちの監視目的で警察が運用しているのがバレると、凄《すさ》まじい世論の反発が予想されるからだ。

警察と歩調を合わせる検察庁も同じ考えで、Ｎシステムで得た情報を裁判の場で証拠提出する機会はほぼない。

当然、稲本はそんなことは承知の上だったはずだ。

「Ｎヒットだけでは、証拠として検事が食ってくれなかった、そういうことだったんですね」

「半分正解で、半分はずれだ」

下腹に響くような低音で稲本が言った。

「Ｎだけでは検事が食わない。だから確実な目撃証言を集めようと主張した俺に対し、奴は無理だと告げた」

稲本の両目が充血し始めた。

「だが、諦め切れなかった俺は、三カ月の間、昼夜を問わず目撃者を探し続けた。その結果、家族が壊れた」

そう言うと、稲本が唇を噛んだ。その悔しげな表情を見た瞬間、生活感のない稲本の職員住宅の廊下の光景が頭をよぎった。

殺人事件の捜査本部メンバーになれば、一カ月、二カ月帰宅できないことはざらだと所轄の先輩刑事が言った。まして稲本は一課の強行犯係の精鋭だった。家庭を顧みず、捜査に突き進んだに違いない。

家族が壊れた……稲本は唸るように言った。

本部では、一課だけでなく激務が続く捜査員が多い。これに連なる形で、所轄署よりも離婚率が高いと聞いたことがある。稲本もその一人だとはいえ、眼前にいる大ベテランが壊れたという言葉を使う意味合いはとてつもなく重い。戸塚の職員寮の廊下は、三輪車や子供用の玩具があちこちにあった。だが、稲本の部屋の前だけは妙に片付いていた。いや、片付ける必要がないのだ。

稲本には一人娘がいる。何年顔を合わせていないのか。たまにメールや電話でやりとりしているのか……そんなことを考えた直後、もう一度、家族が壊れたという稲本の言葉が後頭部で反響した。入学式や運動会に行けなかったのか。それとも親族の行事をすべてすっぽかしたのか……いや、片桐が考えつくような事柄ではないはずだ。

気ままな独身男がこれ以上尋ねることは無理だ。片桐は話を元に戻した。

「しかし、最終的には犯人グループは逮捕されたんですよね」

「ああ」

言葉を切り、稲本が先ほどまで大林がいたドアの方向を見た。

「奴は稼働間もなかったSSBCを俺に内緒で投入させ、足取りがわかる画像をいくつか回収した」

SSBCの稼働は二〇〇九年だ。練馬の一件と同じ時期に当たる。Nシステム、そしてSSBC。ともに画像を解析するデジタルな仕組みであり、アナログな見当たり班の仕事とは対極に位置する。Nシステムの使用で躓《つまず》いた稲本にとって、SSBCという新たな組織は天敵とも言える存在だ。だから大林が見当たり不要論をぶち上げた際、稲本は動いたのだ。いや、絶対に看過できないと考え、打撃を与えようと考え抜いたに違いない。

「一〇枚程度の画像データとともに、奴は単独で犯人《ホシ》を挙げ、送検した」

「そのことは稲本さんの知らないところで？」

「ああ」

稲本が唇を嚙み、一瞬だけ下を向いた。一課と二班の対立が先鋭化したとき、佐々木が隠密行動に徹した。だが、佐々木は命令で口を閉ざしていただけで、仲間を裏切ったわけではない。

一方、稲本によれば、大林は長年コンビを組んだ相棒に内緒で捜査を続け、いつの間にか犯人を逮捕した。不意打ちどころか、裏切り行為だ。

「しかし、不起訴になったんですよね」

「逮捕したという実績がどうしても必要だった」

「なぜですか？」

「奴は十二桜《じゅうにさくら》達成目前だったから、相棒さえ欺いた」

十二桜とは、警視庁独特の職員報奨システムだ。

警視庁のシンボルマークである桜を象《かたど》った金、銀、銅のメダルがあり、功績に応じて上層部から授与される仕組みだ。金メダルを十二個集めると、特製のメダルホルダーが渡される。長い警視庁の歴史の中でも、十二個の金を集めた刑事は五〇人ほどしかいないと聞かされた。

「奴はなにより手柄が必要だった。検事が食う食わないは別にして、仲間を裏切ってまで犯人確保だけに注力した」

稲本が吐き捨てるように言った。十二桜を得たとなれば、その後の昇進にもプラスとして働く。ノンキャリアとしてさらなる高みを目指すため。本当に大林がそんなことをしたのか。

「そうですか……」

現状、稲本の言い分しか聞いていない。だが、チームプレーを嫌い、単独行動で着々と成果を上げ続ける稲本の経歴を考えれば、大林の裏切りが一大転機となったのは間違いないようだ。

「今のようにＳＳＢＣのシステムが整備されていなかった。犯人は確保したが、証拠となる画像は粗く、検事は公判維持が無理だと判断し、不起訴処分にした」

稲本がぶっきらぼうに言った。

「本来、不起訴案件に桜は出ないが、大林に恩義を感じたキャリア管理官が強硬に上層部へ進言した」

「当時の管理官とは……」

「今の刑事部長だ」

稲本が唾棄するように言った。

片桐は息を呑んだ。一課はくだらない場所だと言った稲本の真意の一つに、部長・課長のコンビが含まれているのは間違いない。

刑事部長は首相官邸の秘書官を経験するなど将来の警察庁長官、警視総監を有望視される人材だ。現場の責任者である大林と長年持ちつ持たれつの関係が続いていること、そしてその政治力の使い方が、職人肌の稲本とは決定的にソリが合わないのだ。

「一課に行く行かないを決めるのはおまえだ」

稲本の言葉が耳の奥で鈍く反響するが、片桐は言葉が出ない。

「手柄のためなら、違法すれすれの捜査だって厭《いと》わないのが今の一課だ。そんなところで、クソ真面目《まじめ》なおまえはやっていけるか？」

稲本の顔を凝視した。表情は先ほどとなんら変わらない。両目も大きく見開かれたままだ。しかし、声音は変質した。今まで片桐が知る無機質な稲本の声ではなく、同僚を思う刑事の声だと思った。

「白い物を黒と言え、大林がそう命令したら、絶対に黒にしなければならない」

低い声に力がこもり始めた。

「奴を大切な先輩と信じ、俺は家族を裏切り続けた」

稲本も様々な葛藤を経験し、今のような孤独な生活と仕事を選んだ。その言葉に微塵《みじん》も誇張は感じられない。

「そんな組織におまえが適応できるのか？」

稲本が顔を近づけてきた。

片桐は強く唇を嚙んだ。先ほど大林が顔を見せたのは、見当たり班の手柄に敬意を示すためであった。そして、稲本の教えを忠実に守り、成長の伸び代がありそうだと判断した自分を引っこ抜きにきたのだ。いや、自分と袂を分かった稲本への当てつけなのだ。

「あとはおまえの判断だ」

そう言って稲本が腰を浮かしかけたとき、片桐は思い切って口を開いた。

「行ってみます」

不意に、自分でも驚くような答えが口を衝《つ》いて出た。

「そうか」

稲本の返事は淡々としていた。驚きも否定的なニュアンスも感じられない。

「稲本さんの教えを活《い》かす、そんな捜査をやってみたいと思います」

稲本が動きを止め、片桐を見つめた。

「手柄や無機質なシステム重視の捜査ではなく、心眼を使い、血の通った視線で事件を見つめます」

片桐は腹の底から這い上がってきた思いを言葉に託した。すると、稲本が瞬きしたあと、ゆっくりと頷いた。

初出
「Amazonオーディブル」配信
二〇二二年一二月

本作はフィクションであり、実在の個人・団体・事件とは一切関係ありません。

（編集部）

［著者略歴］
相場英雄（あいば・ひでお）
1967年、新潟県生まれ。専門学校卒業後、時事通信社へ。経済部記者を務める。2005年『デフォルト 債務不履行』で第2回ダイヤモンド経済小説大賞を受賞しデビュー。『震える牛』がベストセラーに。『血の轍』『ガラパゴス（上・下）』『不発弾』『トップリーグ』他、映像化作品多数。主な著書に『ファンクション7』『偽金 フェイクマネー』『復讐の血』『共震』『アンダークラス』『Exit イグジット』『レッドネック』『マンモスの抜け殻』『覇王の轍』がある。

心眼《しんがん》

2023年7月20日　初版第1刷発行

著　者／相場英雄
発行者／岩野裕一
発行所／株式会社実業之日本社
〒107-0062
東京都港区南青山6-6-22　emergence 2
電話（編集）03-6809-0473　（販売）03-6809-0495
https://www.j-n.co.jp/
小社のプライバシー・ポリシーは上記ホームページをご覧ください。

ＤＴＰ／ラッシュ
印刷所／大日本印刷株式会社
製本所／大日本印刷株式会社

ISBN978-4-408-53827-3（第二文芸）